LES LARMES NOIRES
DES CIGOGNES

STÉPHANE SCHMUCKER

LES LARMES NOIRES DES CIGOGNES

Thriller

ÉDITIONS PRISMA

ISBN : 978-2-8104-4018-4

À mon papa.
À ma maman.

– PROLOGUE –

Article des *Dernières Nouvelles d'Alsace*
Édition du jeudi 15 mai 2003
Communauté Urbaine de Strasbourg

La petite Charlotte (trois ans) retrouvée saine et sauve

Dénouement heureux dans l'affaire de la disparition de la petite Charlotte, trois ans, enlevée au domicile familial la nuit du 7 au 8 mai 2003 à Ostwald. L'enfant a été retrouvée en vie et en bonne santé, après sept jours de captivité.

Semaine tendue pour les services de la police judiciaire de Strasbourg. Dès le signalement de l'enlèvement, au matin du 8 mai, un large dispositif a été déployé pour tenter de localiser Charlotte. Plus de vingt agents et une brigade canine ont été mobilisés. Des barrages routiers ont été mis en place sur des axes stratégiques et des hélicoptères de gendarmerie ont effectué une recherche aérienne au-dessus de la région.

La situation avait immédiatement été jugée très préoccupante par le préfet de police du Bas-Rhin, étant donné que le père de la disparue n'est autre que le major Éric Breuil, policier récemment impliqué dans la résolution de l'affaire des piqûres et de celle des cadavres sans mains. Le major Breuil avait de manière active participé à l'interpellation d'Ambre Rosieri, coupable présumée dans ces deux dossiers.

Après une semaine intense d'investigations et d'interrogatoires visant à identifier le ravisseur de Charlotte, c'est finalement une source anonyme qui signalera aux policiers l'endroit où Charlotte était retenue prisonnière.

Selon nos informations, c'est le major Breuil qui est arrivé le premier sur les lieux, accompagné par le commandant Simon Jacquier, peu avant d'être rejoints par le reste de l'équipe d'enquête et des proches de la famille Breuil. Le sauvetage aurait eu lieu quelque part en forêt de Haguenau, hier en fin d'après-midi. C'était, en effet, au moment du violent orage qui a traversé la région que le major a été aperçu portant sa fille dans ses bras, emmitouflée dans une couverture [en peau de bête », NDLR[1]]. D'après un témoignage, la petite était en bonne santé, mais semblait frigorifiée et choquée. Les parents n'ont fait pour l'instant aucune déclaration et souhaitent que l'on respecte leur besoin de se retrouver au calme.

Si l'enquête doit encore faire toute la lumière sur les circonstances de ce terrible épisode, souhaitons que Charlotte, le major Breuil et leur famille puissent surmonter cette épreuve et rapidement reprendre une vie normale.

---

1. Note de la rédaction.

– I –

Juillet 2022

JOUR 1

– 1 –

Juillet 2022

Illkirch-Graffenstaden, centre-ville

Minuit trente. Le thermomètre affichait encore 32 °C. Une moiteur désagréable régnait à l'intérieur du fourgon. Tous se tenaient prêts à débarquer et à investir les lieux. Cinq agents de l'antenne RAID de la police de Strasbourg. Malgré la chaleur, gilets pare-balles et casques à visière blindés obligatoires pour cette opération.

– Eh, la prochaine fois, n'hésitez pas à mettre du déo…

– Ça y est, Martinez nous refait sa princesse !

Des rires francs fusèrent malgré la tension grandissante. Ultime instant de détente avant l'action. Avant que le chef de brigade ne reprenne la main.

– Les gars, on se calme. Arrivée m-5.

Le conducteur coupa les gyrophares pour ne pas alerter le criminel par un ballet lumineux outrancier et le vacarme des sirènes.

– Bon, je vous refais un topo rapide. On descend en plein centre d'Illkirch-Graffenstaden. La cible est un appartement. Des voisins disent avoir aperçu par la baie vitrée du salon une silhouette qui plantait un couteau dans le corps d'une deuxième personne recroquevillée sur le sol. Une patrouille s'y est déjà rendue, il y a une heure, pour un simple contrôle. RAS. Personne n'a répondu à l'interphone, lumières éteintes, aucun son à l'intérieur. Le problème, c'est que le centre de traitement d'urgence a depuis reçu deux autres signalements en tous points similaires. Même adresse. Identités et numéros de téléphone des déclarants différents. La commission rogatoire pour perquisitionner le domicile vient de tomber... On ne sait pas ce que l'on va trouver là-bas ! Alors, prenez le truc au sérieux. Arrivée m-1.

Les membres du groupe d'intervention firent glisser la portière latérale puis se regroupèrent au pied de l'immeuble. Ils se firent ouvrir la porte sécurisée du hall par un voisin, après avoir sonné à plusieurs appartements.

– Le logement se trouve au quatrième étage. Martinez, M'Barek, vous prenez l'escalier ! Les deux autres, par l'ascenseur !

D'un geste, le chef d'escouade déclencha l'action. Il resta posté au bas de l'immeuble, distillant ses ordres au travers de son talkie-walkie fixé au poignet.

– Au pas de course les gars ! On sécurise, on s'annonce et on entre !

Les quatre agents se postèrent de part et d'autre de la porte de l'appartement. Ils effectuèrent les repérages initiaux.

– Commandant, aucun signe apparent de présence à l'intérieur.

Ils procédèrent à une première sommation :

– POLICE ! OUVREZ VOTRE PORTE... SINON NOUS ALLONS ENTRER PAR LA FORCE !

Il n'y en eut pas de deuxième.

– FEU VERT !

Deux policiers plaquèrent leur lampe torche à la crosse de leur révolver Sig Sauer SP 2022 pointé droit devant eux. Les autres saisirent le bélier. Deux impacts furent nécessaires pour faire sauter les deux verrous, principal et supérieur, de la porte dans un fracas assourdissant. L'agent Martinez entra en tête. En une fraction de seconde, tous se dispersèrent à l'intérieur selon un plan strict et une chorégraphie précise de faisceaux lumineux.

Martinez, sur ses gardes, s'avança vers la pièce principale. L'adrénaline comme conviction. D'un geste du coude, il élargit l'ouverture de la porte. Le salon donnait sur la grande fenêtre qui permettait l'accès au balcon côté rue. Fenêtre par laquelle les voisins disaient avoir vu la scène, au travers des voilages. Il contourna l'imposant canapé de cuir. L'iris de ses yeux s'adaptait lentement à l'éclairage tamisé provenant de la rue. Il quadrilla de sa lampe chaque recoin. Aucun bruit dans cette pièce. Seul celui de sa propre respiration.

Les quatre agents sécurisèrent rapidement les lieux. Il n'y avait personne à l'intérieur de l'appartement. Pas un souffle de vie. Excepté les leurs.

Martinez allait rengainer son arme. Le rai de lumière de sa lampe torche fendit l'espace étroit entre le dos du canapé et le mur du fond. L'opération n'avait pas été déclenchée pour rien. Au sol, un corps gisait de tout son long.

– 2 –

Juillet 2022

Illkirch-Graffenstaden, centre-ville

Un simple mannequin. Un putain de mannequin en plastique. Le meurtre sanglant décrit par plusieurs témoins n'était qu'une foutue mise en scène. Le faux homicide d'une victime en polymère. Une supercherie de bien mauvais goût.

Martinez et les autres policiers réquisitionnèrent les coordonnées du propriétaire de l'appartement auprès de son opérateur téléphonique et le contactèrent malgré l'heure avancée de la nuit. Il déclara être en déplacement chez sa sœur dans le sud de la France. Un homme inconnu des services de police, sans antécédents judiciaires. Habitant dans la région depuis son enfance. Sans enfant, mère décédée et père en maison de retraite, à la Résidence des Cigognes, localisée à Ostwald, la ville d'à côté. Les policiers l'informèrent qu'ils avaient été obligés de forcer l'entrée de son domicile et qu'il devrait se présenter au commissariat de Strasbourg à son retour de voyage.

La brigade ne s'attarda pas plus longtemps. Alors que ses collègues descendaient déjà vers le hall de l'immeuble, l'agent Martinez flaira quelque chose d'inhabituel dans l'appartement. Une sensation étrange. Dérangeante. L'auteur de cette mascarade avait pris beaucoup de risques pour s'assurer qu'on le remarque. Les témoignages ayant été enregistrés à des horaires légèrement décalés, cela ne pouvait signifier qu'une chose. La scène avait été rejouée plusieurs fois. Pour être sûr qu'au moins une personne dans le voisinage alerte la police.

Martinez décida d'étudier le macchabée de plastique de plus près. Il s'agenouilla auprès de lui. Lorsqu'il le bascula sur le dos, il remarqua plusieurs aiguilles piquées sur son corps. Il n'y avait rien de surprenant à retrouver des épingles sur ce type de mannequin mode, notamment celles que l'on utilisait pour ajuster les tenues et les mettre en valeur. Cependant, plusieurs d'entre elles, plantées au niveau des hanches, n'étaient pas des épingles de couture. Mais des pointes de seringue. Type 23 G. Il se plaqua à plat ventre sur le sol. Le côté de la tête presque collé sur le carrelage du séjour, il devina quelque chose qui traînait sous le canapé. Ce quelque chose pouvait se trouver là depuis des semaines, mais son intuition lui dictait le contraire. Le reste de l'appartement était impeccablement propre et rangé. Il tendit le bras pour l'attraper. Il l'observa dans la paume de sa main. Le petit emballage de pointe de seringue n'était pas arrivé là par hasard. Martinez entreprit d'inspecter plus en détail les lieux. Il étudia le contenu de la corbeille à papier près du secrétaire, celui du frigo et même de la poubelle de la cuisine. On en apprenait beaucoup sur les gens en analysant ce qu'ils mangeaient ou ce dont ils se débarrassaient. Le propriétaire de l'appartement semblait avoir une vie classique de trentenaire célibataire au niveau social relativement aisé. L'agent Martinez poussa le vice jusqu'à consulter l'historique de ses derniers visionnages Netflix. Des films américains. Rien de remarquable. Les étagères en bois massif étaient remplies de beaux livres photographiques sur les plus beaux endroits du monde et d'une collection de récits historiques sur la Seconde Guerre mondiale. Des thèmes clairs. Il fut perturbé par le livre de conte fantastique posé sur la table de la salle à manger. Il contrastait avec le reste. Peut-être un cadeau pour une nièce ou un neveu. En définitive, rien ici ne concordait vraiment avec la présence de ce mannequin ou de matériel médical. Martinez fut convaincu que cet appartement avait été choisi parce qu'il était temporairement inoccupé et que, en raison de son exposition, il serait le théâtre idéal de la scène qui avait amené son équipe à en défoncer la porte. D'ailleurs, il était suspect que l'auteur de cette imposture n'ait pas eu à forcer la serrure pour y pénétrer.

Juste avant de rentrer au bercail, le policier voulut informer son supérieur de ses observations. Celui-ci n'en eut que faire, exaspéré d'avoir déjà trop perdu de temps. L'équipe d'intervention avait été mobilisée pour rien.

Plus tard, en se changeant au vestiaire, Martinez, toujours mal à l'aise, ralluma son portable et envoya un SMS à sa fiancée : « Salut, je sais qu'il est très tard, mais est-ce que je peux venir passer la nuit chez toi ? » La réponse ne tarda pas puisque son téléphone se mit à vibrer presque instantanément.

Il gara sa moto dans la cour arrière vers trois heures du matin environ. Elle n'habitait qu'à quelques minutes du commissariat de la place de l'Étoile. C'était pratique pour elle aussi. L'accueil fut réconfortant. Elle lui sauta au cou et l'embrassa fougueusement.

– Alors, on se languissait de retrouver mon corps de rêve ?

– Salut Mathilde, désolé de t'avoir réveillée…

– Pas de souci, Marti. Tu n'as pas l'air bien. Il y a un truc qui ne va pas ? Qu'est-ce qui se passe ?

Elle s'écarta pour le laisser entrer. Il déposa son casque et son sac de sport dans le couloir puis se jeta sur l'un des fauteuils du salon. Elle décapsula deux bières et lui tendit l'une des bouteilles. Il lui raconta son épopée nocturne.

– Je ne comprends pas ce qui te tracasse tellement. Ce n'est pas la première fois que les journaleux se paieront votre tête… ou alors c'est que tu en as marre que ton sup ne t'écoute pas suffisamment.

– Non, ce n'est pas ça…

– Tu sais, moi non plus, je ne ferais pas perdre du temps à mes gars pour mener des investigations pour trouver un horrible acupuncteur de poupées gonflables…

La remarque avait pour but de donner un peu de légèreté à la conversation. Il n'en fut rien.

– S'il te plaît, arrête tes conneries ! Écoute, peut-être que je suis à côté de la plaque, mais les aiguilles dans ses hanches, ça m'a fait penser à cette affaire avec l'autre folle qui piquait et tuait à tout va et la petite fille de ton collègue qui avait été enlevée et séquestrée dans ce cloaque en forêt… ici, en Alsace… Ta première grosse affaire après ton arrivée en métropole, il y a quinze ans…

Elle ne put s'empêcher de rectifier :

– C'était, en fait, il y a une vingtaine d'années. En 2003, très exactement…

– Tu voudrais bien m'en reparler un peu et me donner quelques détails ?

Elle posa sa bière, le temps de se projeter mentalement dans le passé. Puis, elle lui énuméra les faits :

– Entre 1998 et 2003, les corps de sept femmes ont été retrouvés dans la banlieue strasbourgeoise. Abandonnés dans des zones industrielles, des quartiers résidentiels calmes ou des chemins peu fréquentés. Le plus souvent débarrassés de leurs vêtements. Visages tuméfiés, voire défigurés. Les victimes ont rapidement été attribuées au même tueur, parce qu'il suivait un *modus operandi* particulier. Toutes avaient subi des mutilations au niveau des avant-bras pour leur couper les deux mains. Des coupures franches et nettes, les chairs des poignets très légèrement broyées…

Martinez grimaça. Un détail le tourmentait.

– Il n'avait pas ses mains…

– Hein ?

– Ce fichu mannequin qu'on a retrouvé, il lui manquait ses deux mains !

Elle tenta d'effacer sa gêne. De raisonner avec sobriété aussi.

– On devrait arrêter de discuter de ça pour cette nuit. Je comprends tes doutes, mais c'est une vieille histoire. Rien n'indique qu'il y ait un rapport.

– J'espère sincèrement me tromper, mais je voulais quand même t'en parler. Je ne sais pas… pour que tu sois vigilante au moins…

Il tendit la main et caressa tendrement la joue de Mathilde. Il releva une dreadlock qui retombait sur le visage de sa compagne et la passa derrière son oreille.

– Tu penses que je pète un câble ?

– Je pense que tu as besoin de repos. Écoute, si cela peut te rassurer, je mettrai quelqu'un dessus pour faire quelques vérifications demain. Si cela peut éviter une éventuelle psychose chez les jeunes femmes parce qu'on laisse raconter n'importe quoi…

– Est-ce que tu crois que ça pourrait être lié à la même psychopathe ?

– Tu parles d'Ambre Rosieri ? C'est impossible. Tu sais bien ce qui lui est arrivé et ce qui s'est passé. Elle n'a jamais remis les pieds dehors depuis le jour où on l'a interpellée. Elle avait pris perpète. Et je peux t'assurer qu'avec tous les crimes qu'elle avait commis et le nombre de cadavres qu'elle avait au cul, aucune permission de sortie, même sur une seule journée, n'a pu être acceptée. Donc, si toute cette mascarade a un lien quelconque, de près ou de loin, avec cette vieille affaire, Rosieri n'a rien à voir là-dedans parce que, de un, elle a fini au trou et, de deux, elle n'aurait jamais pu contacter qui que ce soit à l'extérieur… Tu sais quoi, toi, tu oublies tout ça et je m'en occupe… Je prendrai contact dans la matinée avec Jacquier, mon boss de l'époque, même s'il a quitté la PJ depuis. Et j'en parlerai aussi avec Éric Breuil. Il s'était beaucoup impliqué dans l'enquête, par la force des choses.

Elle se leva, tout en terminant sa phrase, et déposa un baiser sur sa bouche. Il l'enserra à la taille.

– Merci Mathilde. OK, peut-être que tu as raison et que mon chef a raison. Peut-être que ce n'est rien et que je me fais un film.

– Maintenant, tu déconnectes et on file au pieu ! Tout ça, c'est juste une coïncidence. Prends une douche et rejoins-moi au lit. Comme tu le vois, j'ai encore mes deux mains et je sais très bien m'en servir !

Il la regarda faussement de travers. Elle le regarda aussi, mais de manière beaucoup plus coquine. Il se leva et se dirigea vers la salle de bains. La question sortit spontanément à mi-chemin alors qu'il lui tournait le dos :

– La fille de ton collègue… Elle s'appelle Charlotte, c'est bien ça ?

Elle fut étonnée par sa question.

– Oui. Pourquoi ?

– Elle a écrit un livre, non ? Genre livre de conte ?

Mathilde n'eut pas à répondre. Elle avait été troublée.

– Il y en avait un exemplaire placé bien en évidence dans l'appartement.

Elle se figea. Le temps d'une courte réflexion. Le temps d'absorber son embarras aussi. Sa réaction instinctive fut de prendre une posture suggestive et tenter de désamorcer encore une fois.

– Va prendre ta douche ! J'ai de quoi te faire penser à autre chose…

La remarque réussit à le faire sourire et il ferma la porte de la salle de bains derrière lui.

La douche, pour un flic, c'était comme l'interrupteur de la vie professionnelle. Si elle ne permettait pas de tout éteindre, elle servait à moduler l'intensité des drames ou des chocs émotionnels ressentis quotidiennement. Son fiancé était plutôt de nature angoissée. Mathilde savait relativiser. Dans ses Antilles natales, on savait prendre de la distance. La lieutenante Mathilde Kanga prit pourtant le temps de noter dans son agenda électronique de passer un coup de fil à Jacquier. Elle enregistra un *reminder* pour ne pas oublier d'en parler avec Éric. Les conséquences de cette affaire l'avaient bien fait morfler, et sa famille aussi. Sa fille surtout. Mathilde effectuerait pour sa part quelques contrôles de routine pour rassurer son mec. Pour se rassurer un peu elle aussi.

La petite fée qui n’avait pas d’oreilles

(Conte fantastique)
De l’aube au 1er crépuscule

Très loin à l'est des grands fleuves, aux confins de la plaine aux Sorcières et aux Sorciers,
Presque nimbée par un récif mis par les vagues à l'épreuve, s'étendait une immense forêt.
D'après la légende, celle-ci renfermait en son cœur talismans, merveilles et autres fortunes par mille,
Qui évidemment nourrissaient des envieux, les fantasmes les plus vils
Et les plus sournois.
Seulement voilà,
Cette forêt était si sombre qu'aucun Villageois n'osait y pénétrer.
Cette forêt n'était qu'ombre et pas même un fou ne s'y aventurerait.
Les hêtres y montaient jusqu'à toucher de leurs cimes la voûte d'un ciel insondable,

Et les pins noirs formaient de leurs épines une muraille infranchissable.
On racontait qu'à l'intérieur rôdaient des bêtes monstrueuses et des créatures maléfiques.
Au commencement, cette histoire était celle d'une juvénile héritière non soucieuse et pétrie d'un aveuglement tragique.
La jeune fille fut envoyée là
Par son père le vieux Roi
En quête d'une relique sacrée,
Et pas n'importe laquelle, la chrysalide d'une fée.
En effet, la coutume séculaire du royaume exigeait
Que pour que Reine mère elle fût un jour consacrée,
Avant le crépuscule du septième jour, elle devait la rapporter.
Malheureusement, l'orgueilleuse apprentie,
Dès les premiers pas, dans les ténèbres de la forêt, se perdit.
Elle y erra comme une âme en peine tout le jour, désespérée.
Ne la voyant revenir, la rumeur se propagea
Qu'elle fut dévorée par les crocs aiguisés d'un Loup au pelage bleuté.
Et que quiconque la suivrait périrait en ces bois.

Pourtant, au milieu de cette forêt maudite se trouvait une cabane.
Une toute petite cabane construite d'écorces et de branchages,
Que la mousse et le lierre avaient presque complètement recouverte,
Et dans laquelle vivait un Sorcier qui n'avait plus de Sorcière.
Bien qu'auparavant il ait pu se complaire
Dans le climat hostile de cette atmosphère,
De cette vie recluse, qui n'était pas sans avantage,

À présent, sans amour, le Sorcier se morfondait
Et désirait plus que tout changer de paysage.
Seulement pour cela fallait-il d'abord trouver
L'élu qui serait digne de lui succéder
Dans son rôle de gardien de la mystérieuse forêt.

En ce jour qui ressemblait fort à son jour précédent, au cours d'une ronde de surveillance,
Il avait aperçu la jeune fille aux cheveux couleur des chevaux alezans, étendue sur le sol, sans conscience.
Il savait qu'ainsi à la merci des Loups elle finirait en festin.
Pour ne pas la laisser périr ci-dessous, il décida de lui offrir un autre destin,
La portant sur son épaule jusque dans la petite chambre au fond de sa cabane
Où il décida de l'enfermer sans attendre. La jeune fille s'appelait Esméralda.

– 3 –

Juillet 2022

Ostwald, maison de Benjamin et Charlotte

Benjamin était vraiment contrarié. Une fois de plus. Charlotte était gonflée de l'avoir laissé s'occuper seul de l'organisation du déménagement et de l'installation dans leur nouvelle demeure. Elle avait eu beau lui répéter qu'elle devait aller là-bas, qu'elle n'avait pas vraiment le choix, lui pensait qu'elle aurait pu en faire un autre. Il en avait marre de passer au second plan. Il avait encore une fois l'impression d'être moins important à ses yeux que son activité. Pendant que madame jouait les écrivaines et vadrouillait à droite et à gauche, il perdait du temps sur son programme d'entraînement pour tout gérer.

Ils avaient décidé d'engager des travaux de rénovation pour réellement se sentir chez eux. La maison avait le charme de l'architecture des années 1960, un crépi d'origine de couleur blanche avec des ornements en pierre de grès autour des ouvertures et le long des arêtes de la façade.

La disposition des pièces était atypique, ce qui plaisait beaucoup à Charlotte. Les pièces de vie étaient à l'étage tandis que les chambres se trouvaient en souplex. Il fallait descendre un escalier en vieux terrazzo pour y accéder. Ce niveau semi-enterré permettait aussi l'accès vers la cave et le garage. Sous le toit, les combles restaient à aménager, même si une jolie chambre y avait déjà été créée. Il fallait rafraîchir l'ensemble pour le remettre au goût du jour. Benjamin prévoyait de faire beaucoup de travaux lui-même, mais ses talents en bricolage avaient leurs limites. Le pire pour lui, ces dernières semaines, avait été de passer tous ces coups de téléphone pour caler les rendez-vous avec les artisans. Il détestait cela. Et franchement, il avait d'autres chats à fouetter que de s'occuper de faire combler une cuve à fioul enterrée parce que les anciens propriétaires n'avaient pas été foutus de respecter les normes en vigueur lorsqu'ils étaient passés au chauffage au gaz. Bref, une journée pourrie en perspective.

Certains vides étaient plus faciles à combler que d'autres. Il se demandait si c'était vraiment une bonne idée que de s'installer ensemble. Dans une si grande maison qui plus est. Il n'avait que vingt-cinq ans et elle vingt-deux. Des tonnes de doutes et de remises en question jaillissaient avec cet engagement. Leur couple traversait une mauvaise période. Elle ne semblait même pas s'en rendre compte. Il parlait souvent de son mal-être avec ses amis à la salle de sport. Certains lui avaient conseillé de la quitter. C'était plus facile à dire qu'à faire !

Charlotte avait son caractère. Une personnalité hors norme. Elle voyait les choses différemment. Spéciale. Presque trop excentrique. Comme pour expier les épreuves vécues dans son passé. Benjamin ne raconterait probablement jamais à leurs futurs enfants hypothétiques les circonstances improbables de leur rencontre.

C'était il y a quatre ans déjà. Ils étaient tous deux étudiants. Lui en faculté de sport et elle en histoire de l'art, même si, pour Charlotte, l'assiduité n'était pas sa qualité première. Très investie dans le monde étudiant, elle avait fondé une sorte de sororité au sein du campus ouverte à tous types d'énergumènes qui prétextaient l'art comme moyen d'expression. Pour exprimer tout et parfois n'importe quoi. Elle avait, par exemple, déroulé une banderole géante représentant une femme en blouse blanche bâillonnée sur la façade principale pour dénoncer les agissements déplacés d'un professeur de physique envers les préparatrices de laboratoire. Le message se voulait provocateur : « Comment ces hommes peuvent-ils les forcer à ouvrir la bouche d'abord et les obliger à la fermer ensuite ? » Dans un style plus léger, sa troupe avait, une nuit, repeint en blanc l'intégralité des murs des amphithéâtres pour alerter sur la morosité ambiante et le moral en berne des étudiants. De l'Art au sens trop large aux yeux de l'administration de l'université, qui avait décidé de fermer le club. En guise de protestation, Charlotte s'était fait momifier dans une structure en carton-pâte qui s'étendait sur tout l'avant de leur local, empêchant tout accès à la porte. Seuls son visage et l'un de ses bras demeuraient visibles et mobiles. Elle avait crié au scandale toute la journée dans son porte-voix. Seulement, après quelques heures, ses camarades s'étaient lassées et elle, trop obstinée, avait fini par se retrouver seule. Seule et surtout coincée dans son sarcophage vernis-collé. Le directeur général, comme pour lui donner une leçon, l'avait informée que le service de maintenance n'interviendrait que le lendemain. C'était là que Benjamin, qui faisait son footing du soir, l'avait rencontrée.

– Psst ! Eh, l'athlète ! Tu n'aurais pas de l'eau ?

Il avait sursauté, ne s'attendant pas à être « mégaphoniquement » interpellé. Elle paraissait exténuée. Benjamin l'avait libérée de son enceinte en utilisant sa force musculaire pour déchirer des pans de la structure. Les longs cheveux auburn de Charlotte étaient restés englués au carton. Elle avait demandé à Benjamin de lui chercher une paire de ciseaux à l'intérieur du local du club dans lequel il était à nouveau possible d'accéder. Elle n'avait pas hésité une seconde. Coupe à la garçonne. Benjamin l'avait trouvée surprenante… Et belle. Il l'avait invitée à boire un thé, ce qu'elle n'avait pas refusé à son héros. Ils avaient passé la nuit ensemble.

Au début de leur relation, tout avait été magique. Charlotte était incroyable, attirante, et faire l'amour avec elle valait toutes les séances de sport du monde. C'était vrai qu'elle était souvent dans la lune, voire sur une autre planète, mais elle avait le don de faire rêver et de rendre les gens heureux.

Aujourd'hui, il devait se rendre à l'évidence, il n'était pas heureux. Du moins il ne l'était plus. Tant de couples se séparaient, usés par la monotonie du quotidien qui grignotait méthodiquement chaque particule d'amour et de passion. Lui aurait préféré connaître cette routine. Car c'était bien l'inverse de la routine qui mettait de la distance dans son couple. Avec Charlotte, on ne pouvait jamais prévoir ce qui arriverait au cours de la journée.

Un camion-toupie et une fourgonnette se garèrent devant la maison. Les deux artisans étaient arrivés vers dix heures trente. Bourrus et peu pressés. Benjamin les accueillit sur le perron. Il sentit un vent d'air déjà chaud sur les côtés de son crâne rasés à blanc. L'artisan numéro 1, qui semblait le plus âgé des deux, vint à sa rencontre. Il marqua un temps d'arrêt en apercevant la carrure de Benjamin. Un peu moins de deux mètres de haut et des biceps dont on n'avait pas envie de provoquer la contraction. Il balbutia :

– M'sieur Cheddar ? Bonjour... Désolé, on a eu du retard sur le chantier précédent. Est-ce qu'on peut garer le camion sur le côté de la « mèson » ?

Benjamin cacha son agacement lié à leur manque de ponctualité.

– Pas de souci. Allez-y. Faites juste attention au muret de la voisine si vous ne voulez pas qu'elle vous le fasse regretter toute votre vie ! Est-ce que vous voulez boire un café ?

Ce fut le numéro 2 qui répondit :

– Ce n'est pas de refus. C'est très « chentil » de votre part. Merci.

Benjamin adorait l'Alsace, mais il ne s'était jamais fait à ce bel accent toujours présent dans le verbe des plus authentiques. Ironie du sort, Benjamin Jédar détestait le fromage.

Les ouvriers mirent environ une demi-heure à placer la toupie du camion dans un bon alignement pour viser la trappe ouverte de la cuve. Un bon quart d'heure fut ensuite nécessaire pour boire sans se brûler le « café trop chaud ». Un autre quart d'heure pour enfiler leur tenue de protection. Pendant ce temps, le béton liquide faisait des tours et des tours en attendant d'être déversé afin de combler trois mille litres de vide. L'artisan numéro 2 descendit sous terre pour nettoyer la cuve et permettre de commencer le dégazage. Il restait dans le fond encore quelques centimètres de combustible. Vers midi quarante, Benjamin, occupé à nettoyer dans un seau ses rouleaux et pinceaux de peinture dans l'allée de garage, vit ses deux visiteurs rassembler quelques outils dans leur camion puis s'avancer vers lui.

– On va faire notre pause, m'sieur Cheddar... De toute façon, faut que ça dégaze et on doit aller chercher une « rallonche » d'écoulement, qu'on n'a pas prise avec nous. On sera de retour vers quinze heures.

– Si tard ? Je devais... Bon, ce n'est pas grave. Faites comme vous pouvez.

Benjamin préparait son premier Ironman. 42,195 kilomètres de course à pied, 3,8 de natation en eau vive et 180 à vélo. Une course de plus de dix heures d'efforts intenses et de dépassement de soi. Pour y entrevoir ses limites et apprendre à se connaître. Il était professeur de sport dans un lycée du coin et prévoyait d'utiliser ses congés d'été pour parfaire sa condition physique en prévision de la concrétisation de ce rêve. Aussi, chaque contrainte écornait son planning d'entraînement et l'éloignait de son objectif.

– On a pris du retard. Il y avait pas mal de poussière et de matière sèche au fond de la cuve. Parce que le dôme de fonte n'avait pas été correctement refermé. Est-ce que vous savez depuis combien de temps cette cuve n'avait pas été révisée ?

– Aucune idée, mais cela date.

– Ah... et au fait, il y a aussi ce truc qu'on a récupéré au fond de la cuve.

Il désigna un paquet luisant qui était échoué sur la pelouse. Comme une boule recouverte d'un film de plastique poisseux.

– C'est sûrement les gars qui ont fait le précédent dégazage. Il y en a qui ne sont vraiment pas consciencieux, vous savez !

Ils le saluèrent puis s'éloignèrent. Le véhicule utilitaire disparut au coin de la rue en quelques secondes. Benjamin récupéra le fameux paquet. Des pages des *Dernières Nouvelles d'Alsace*, le journal local, comprimées dans une sorte de sac de congélation translucide, le tout saucissonné par quelques bandes de scotch. Le plastique était resté intact. Le papier à l'intérieur était délabré, cependant on pouvait encore lire, en haut d'une page, la date du 9 mai 2003. Le journal présentait des taches noirâtres avec des reflets carmin et certaines parties semblaient en totale décomposition. Benjamin aurait pu simplement se débarrasser de cette immondice, mais il n'en fit rien. Cette découverte l'avait fait vaciller. En effet, il s'était toujours senti mal à la vue du sang.

– 4 –

Mai 2003, dix-neuf ans en arrière

Pas de jours fériés dans la police. Avant de sortir du lit, le major Éric Breuil se serra contre sa femme. Denise ouvrit à peine les yeux. Même la sonnerie du téléphone ne l'avait pas fait réagir. L'habitude. Éric se leva et se dirigea sans bruit vers la chambre de ses deux garçons. Jules et Benoit avaient encore dormi ensemble sur le matelas du haut de leur lit superposé. Il les embrassa puis monta à l'étage déposer un baiser sur le front de sa fille. Charlotte serrait fort contre elle sa poupée de chiffon aux ailes multicolores comme pour se réchauffer, mais avait comme à son habitude retiré son bas de pyjama et repoussé sa couette sur le côté. Éric replaça le drap sur elle. Il fila ensuite à la salle de bains sur la pointe des pieds. Il enfila un pantalon de service et une chemise blanche impeccablement repassée. Le major Breuil n'avait pas le temps de prendre un café, mais il était hors de question de sortir avec un épi dans les cheveux ou sans être rasé de près. Ce n'était pas parce qu'on avait trente-quatre ans et trois enfants qu'on devait oublier de prendre soin de soi. En partant de chez lui, il referma la porte avec précaution, veillant à ne réveiller personne.

L'air du matin était frais et agréable. Il était à peine six heures trente et les premiers rayons du soleil peinaient à éclore à l'horizon. Les poubelles du quartier avaient la tête en bas et la plupart des arbustes étaient encerclés de papier-toilette. Les adolescents s'en étaient donné à cœur joie pour célébrer dignement la « Hexennacht[1] », une tradition d'origine allemande se déroulant la nuit du 30 avril au 1er mai. Tant que les jeunes se contentaient de ces petites bêtises sans s'engouffrer dans l'escalator de la connerie, cela restait de l'ordre du folklore propre aux régions de l'est de la France. Les gamins y étaient peut-être allés un peu fort avec les œufs pourris balancés sur la maison de la sorcière d'à côté, mais cela restait bon enfant. Il n'y avait pas mort d'homme. Contrairement à la raison de la sortie matinale du major Éric Breuil. S'il devait rejoindre le commandant Jacquier en urgence, c'était dans le cadre du dossier des sept femmes assassinées et mutilées.

* * * * * *

Avant d'être impliquée dans l'enquête des « mutilées », l'équipe du commandant Jacquier à la police judiciaire de Strasbourg avait la charge d'une autre affaire. L'affaire des piqûres. Plusieurs femmes de la région strasbourgeoise avaient signalé à la police avoir ressenti un malaise ou

1. Nuit des sorcières.

perdu connaissance au cours d'une soirée. En cinq ans, depuis qu'ils avaient hérité de ce dossier, près de vingt femmes étaient concernées. Chez toutes ces femmes, une trace de piqûre très récente avait pu être constatée par le praticien de la médecine légale. Les profils des victimes étaient trop proches pour que ce soit une coïncidence. Des femmes jeunes, de vingt à trente-huit ans, engagées dans leur vie professionnelle ou étudiante, d'une allure très soignée et, pour la majorité d'entre elles, mariées ou en couple stable. Des mois de recherches et de recoupements avaient été nécessaires pour établir ces concordances et un profil psychologique de l'auteur ou des auteurs des faits. Toutes les hypothèses avaient été envisagées, du déséquilibré mental au pervers qui droguait les femmes pour les violer, en passant par le psychopathe qui cherche à faire revivre le spectre de sa mère défunte ou la piste de jeunes idiots qui se seraient lancé un défi. Le nombre de victimes était sans doute plus important que le nombre de plaintes. Toutes les victimes ne déposaient pas plainte. Les analyses toxicologiques permirent de réfuter certaines hypothèses et de rediriger l'enquête. La substance injectée aux victimes avait pu être identifiée. Un cocktail de plusieurs anesthésiques savamment dosés. Cela renforça le profil d'un coupable méthodique, organisé et déterminé. Qui ne choisissait pas ses victimes au hasard. Qui ne piquait pas au hasard. Les informations recueillies sur l'ensemble des victimes avaient été croisées informatiquement. Un biais anormal dans les données avait attiré l'attention des membres de l'équipe du commandant Jacquier. Plusieurs des victimes avaient fréquenté la clinique Berstein, une structure spécialisée dans l'IVG. Le directeur du lieu, le Pr Morvier, avait confirmé leurs doutes. La majorité des « piquées » avait au cours des derniers mois eu recours à des avortements médicalement assistés.

Un matin, le major Breuil eut une intuition. Il balança un gros classeur sur le clavier de sa collègue Mathilde Kanga. L'impact la fit sursauter.

– C'est quoi ton problème, Éric ?

– Bonjour à toi aussi Matoche ! Voici un café pour me faire pardonner. Bien frappé comme tu les aimes !

Le sourire benêt qu'il arborait eut raison de l'énervement de Mathilde. Elle se tempéra.

– Que puis-je faire pour toi ?

– J'aimerais que tu fouilles un peu dans la vie des « mutilées ».

– Je suis déjà sur l'affaire des piqûres. Tu ne peux pas demander à Alex de s'en charger ?

– Non, c'est toi la meilleure. J'ai le pressentiment que ces deux affaires pourraient être liées… Et que les « piquées » soient en quelque sorte des « mutilées » ayant échappé à leur mauvais sort… Comme des tentatives avortées, si tu me passes le jeu de mots.

– Tu déconnes ? Jacquier te suit sur ce coup ?

– Écoute, les victimes sont de la même tranche d'âge, du même rang social. Au niveau des dates des plaintes, là aussi, ça colle. Seulement quelques mois entre les premiers meurtres en 1998, puis cela s'espace. Rien en 1999 puis un seul meurtre par année jusqu'à celui du mois de janvier dernier. C'est quasiment pareil pour la chronologie et la fréquence dans les cas de piqûres. Avoue que c'est troublant. Je viens d'avoir le mec de la clinique Berstein au téléphone, ce Morvier. Il m'a confirmé que la troisième victime était passée par chez eux. Je voudrais que tu ratisses plus large. J'ai demandé à Morvier s'il existait un fichier commun avec d'autres centres qui pratiquent l'IVG en Alsace. Il m'a dit que non, mais plusieurs centres de l'est de la France participent à une étude statistique nécessitant qu'ils mutualisent certaines informations cliniques sur une base de données centralisée. Est-ce que tu peux creuser cette liste pour moi s'il te plaît ?

Il n'attendait pas réellement de réponse à sa question et poursuivit :

– Il devrait te l'envoyer dans le courant de la matinée. Tu recoupes tout et tu me sors tout ce que tu peux là-dessus.

Elle prenait des notes sur son ordinateur. Elle râlait intérieurement, mais elle savait déjà qu'elle effectuerait ce travail de recherche. Éric se trompait souvent et la faisait souvent mouliner pour rien, mais parfois il tapait dans le mille. Il savait empiler tous les scénarios possibles et les classer virtuellement dans un ordre de probabilité. Il connectait les faits et les preuves, tissait des toiles parfois tellement ténues qu'il était le seul à ne pas en perdre le fil. De fait, il était parfois le seul à voir la vérité. À son arrivée dans le service, Mathilde avait rapidement compris qu'il fallait écouter Éric. Sauf peut-être quand il faisait des blagues. Ils étaient devenus amis. Une belle confiance mutuelle que cette jeune métisse, mutée des Antilles et dernière arrivée dans le groupe, appréciait.

– De mon côté, j'ai déjà harcelé le légiste pour qu'il épluche les rapports d'autopsie et qu'il rouvre le congélo pour la petite dernière. Tiens-moi au courant dès que tu as du nouveau !

Mathilde n'eut pas à attendre des heures pour savoir qu'Éric avait vu juste. La victime mutilée numéro 2 avait subi une IVG dans une clinique de Colmar, la numéro 5 avait interrompu sa grossesse à Sarreguemines, en Moselle. Le légiste confirma le lien en indiquant que cinq des sept victimes présentaient une entaille récente compatible avec l'introduction d'une pointe de seringue. Une analyse toxicologique n'avait été demandée que dans deux dossiers. Dans les deux cas, les rapports faisaient mention de la présence de traces d'anesthésiques dans les prélèvements dans des doses anormales.

Les deux affaires qui secouaient les terres alsaciennes depuis des années n'en étaient en fait qu'une seule. L'enquête prit une ampleur inédite. Un profil du meurtrier se dessinait. Un pervers ciblait des femmes ayant eu recours à une démarche d'interruption de grossesse et les assassinait selon un rituel précis. Peut-être un militant antiavortement, ou un membre d'un groupe religieux intégriste. Il fut désormais possible de fusionner les pièces accumulées grâce au travail de fourmi des enquêteurs respectifs chargés de ces deux dossiers, ce qui permit à la toute fin du mois d'avril 2003 d'appréhender un suspect. Ou plutôt une suspecte. Ambre Rosieri. Son nom apparaissait dans les procès-verbaux d'audition de l'affaire des piqûres, étant donné qu'elle occupait un poste dans la maternité attenante à la clinique Berstein. De plus, elle avait déjà été inquiétée dans le cadre de l'affaire des mutilées quelques mois plus tôt. La direction prise par l'enquête, sous un éclairage nouveau, apporta des éléments de preuves qui permirent de justifier son arrestation.

Pendant les premières trente-six heures de sa garde à vue, Ambre Rosieri refusa de répondre à la moindre question. Totalement mutique. Un aplomb glaçant. On lisait plus que du mépris dans ses yeux verts. Dans la salle d'interrogatoire, elle ne voulut pas toucher à son verre d'eau. Les policiers lui accordèrent quelques heures de sommeil, ce qui permit à certains d'entre eux de rentrer à leur domicile. Certains membres de l'équipe d'enquête n'avaient pas partagé de bons moments avec leur famille depuis plusieurs jours. C'était le cas du major Breuil.

Mais, en pleine nuit, Ambre Rosieri alerta la policière de garde. Elle confia à l'agente Mathilde Kanga qu'elle avait des révélations à faire. Elle souhaitait s'entretenir avec le policier qui l'avait démasquée et arrêtée. Lui et personne d'autre.

★ ★ ★ ★ ★ ★

Le major Breuil arriva au commissariat de police vers six heures quarante-cinq. Son collègue de l'accueil lui tendit un gobelet de café. Il le remercia puis se dirigea vers le bureau du commandant Jacquier.

– Salut Simon. Bien dormi ?

Simon Jacquier avait les traits tirés et ses cheveux châtains en bataille.

– Très drôle ! Ne la ramène pas trop, tu sais que j'ai encore en travers de la gorge le coup de l'arrestation de l'autre soir. J'espère que cette nuit où tu as pu te reposer t'a porté conseil. Avec tes conneries, il nous faut les aveux de Rosieri, sinon le plaidaillon qui lui sera commis d'office va tout faire foirer ! Il est hors de question que ça arrive, tu m'as compris, Éric ?

Éric Breuil ne releva pas. Il étira son bras vers la coupelle qui contenait les quelques chocolats qui restaient encore du passage du lapin de Pâques dans le service.

– Vous avez réussi à en tirer quelque chose ?

– Elle n'a pas desserré les dents, putain. Puis, comme une fleur, elle décide de se mettre à table. Mais elle exige de ne parler qu'à toi. Seulement à toi. Elle impose ses putains de conditions ! Je n'ai jamais vu ça ! Depuis quand se laisse-t-on marcher dessus ?

L'odeur puissante de cigare qui flottait dans le bureau trahissait l'anxiété de son chef. Breuil l'avait rarement vu comme cela. Sa colère contrastait avec son flegme habituel. Il était sur les nerfs, évidemment, mais il y avait quelque chose d'autre.

– Est-ce qu'on a déjà eu le retour des analyses ?

– Non, on l'aura dans la matinée, d'après les experts.

Deuxième œuf en chocolat. Breuil reprit, la bouche pleine :

– Je suis convaincu que ce sera positif. Et puis, je vais réussir à la faire parler !

– Ne sois pas trop sûr de toi, Éric ! Reste vigilant. Tu sais de quoi elle est capable. Tu ne serais pas le premier à qui elle réussit à retourner le cerveau !

Le major Breuil frappa dans ses mains, comme pour signaler le top départ. Il grimaça en ingurgitant le fond marronnasse de son café. Sa main broya le gobelet de carton. Celui-ci percuta ensuite le mur moucheté de coulures avant de finir sa course dans la corbeille. D'un pas décidé comme s'il était seul dans un tunnel, Breuil parcourut les dix mètres qui le séparaient de la salle d'interrogatoire. Au passage, il saisit sur un caisson métallique à tiroirs les deux autres gobelets de café qu'il avait fait préparer en prévision par sa collègue Mathilde. Il entra dans l'arène.

Il fut encore une fois frappé par la beauté d'Ambre Rosieri. Bien sûr, il avait une mission, la faire parler, et la situation ne se prêtait pas à ce genre de divagations, mais c'était un fait. Cette femme était magnétique. Une chevelure rousse avec des reflets blonds, une silhouette élancée, un brin trop maigre cependant. C'était surtout son attitude qui était singulière. Séductrice sans le savoir, presque sauvage dans le regard. Futée. Ça, le major en était convaincu. Il fallait qu'il reste sur ses gardes. Elle serait capable à tout moment de lui sauter à la gorge. Il devrait s'assurer que ses bracelets soient toujours bien serrés autour de ses poignets.

Pourquoi avait-elle demandé à s'entretenir avec lui plutôt qu'avec un autre ? Il n'en avait pas la moindre idée. Toutefois, lorsqu'il avait croisé son regard lors de son arrestation, il était évident qu'il s'était passé quelque chose entre eux. Une accroche. Rien de sexuel, ni même un désir. Encore moins un sentiment amoureux. Le major Breuil aimait sa femme. Mais il avait perçu quelque chose. Anodin, mais réel.

⋆ ⋆ ⋆ ⋆ ⋆ ⋆

Fournir la preuve pour confondre et mettre en examen Ambre Rosieri pour l'assassinat des sept femmes « mutilées » ainsi que pour les tentatives de meurtres de la vingtaine de femmes « piquées » ne fut pas chose facile. Sans cette preuve, pas d'inculpation possible.

Ambre Rosieri avait été soupçonnée une première fois dans l'affaire des « mutilées ». Parmi les centaines de témoignages recueillis dans ce dossier, un point commun à deux déclarations concernant les enlèvements des victimes numéro 2 et numéro 7 attira l'œil des policiers. Une camionnette verte avait été aperçue, roulant à vive allure pour quitter le parking de la boîte de nuit dans un cas, du centre commercial dans l'autre. Des recherches sur les propriétaires de véhicule utilitaire de couleur verte, recoupées avec les noms des employés de la maternité et de la clinique Berstein, firent émerger un nom : Ambre Rosieri. Il avait aussi été évoqué lors des investigations sur la victime numéro 3, étant donné que sa procédure d'interruption de grossesse avait été effectuée au sein de la clinique du Pr Morvier seulement cinq jours avant que l'on ne découvre son corps à Schiltigheim sur des rochers au bord de l'Ill. Le van d'Ambre Rosieri fut saisi puis passé au crible par les experts de la scientifique. Empreintes, Blue Star pour détecter d'éventuelles traces de sang ou de fluides corporels invisibles à l'œil nu, prélèvements de cheveux et analyses ADN. La totale. La désillusion fut à la hauteur des espoirs des policiers quand les résultats du labo étaient arrivés. Négatifs. Aucun des ADN retrouvés dans l'habitacle ou dans le coffre du van ne correspondait à celui d'une des victimes. De plus, Rosieri avait un alibi pour l'enlèvement de la victime numéro 6. Les policiers pensèrent être sur une fausse piste et n'insistèrent pas. Ambre Rosieri fut disculpée.

Le major Breuil avait la conviction que le fait que son nom soit sorti au cours des deux enquêtes ne pouvait pas être fortuit. Malgré le défaut de preuves, malgré les alibis, malgré l'ordre ferme du commandant Jacquier de ne plus suivre cette piste, il s'entêta. Il éplucha minutieusement le peu d'informations dont les services disposaient sur Ambre Rosieri. Trente ans, infirmière sage-femme, domiciliée à Strasbourg, célibataire sans enfant. Les urines claires[1]. Propriétaire d'un van Volkswagen de couleur verte immatriculé 1876-AP-67 dont toutes les caractéristiques avaient été détaillées à la suite de la saisie. Pas la moindre information sur ses parents ou sur sa famille. Aucune trace d'elle en France avant ses vingt ans, âge auquel elle avait intégré l'institut de formation des soins infirmiers de Haguenau.

Breuil voulait en savoir plus. Pour satisfaire son instinct. Persuadé qu'il tenait la coupable. Il continua sa petite enquête en marge de la procédure officielle. Il découvrit rapidement que l'adresse qu'elle avait donnée à son employeur était bidon. Il passa plusieurs jours à la pister. Les planques du major Breuil pour identifier l'endroit exact où elle résidait échouèrent. Après ses gardes à la clinique Berstein, Ambre Rosieri empruntait l'autoroute A35 jusqu'à la sortie vers Haguenau. Chose surprenante, la suite de son trajet n'était jamais tout à fait la même. Comme si elle prenait des précautions. Il était difficile de la suivre. Il perdait sa trace après un sentier s'enfonçant dans la forêt de Haguenau. Y dormait-elle dans son van ? Se pouvait-il qu'elle vive dans les bois ?

1. Pas de casier judiciaire, inconnue des services de police.

Breuil prit la décision d'y planquer toute une nuit. Il fallait qu'il prévienne Denise.

– Allo chérie ? C'est moi... Comment vont les loulous ?

Il savait que l'accueil serait froid. Elle avait déjà probablement compris la raison de son appel. Il l'imaginait désabusée, sa petite ride du lion marquée, le combiné coincé entre l'oreille et l'épaule, en train de ramasser rageusement les jouets éparpillés sur le parquet du salon.

– Les enfants vont bien. Ils viennent de finir de manger leurs galettes de pommes de terre et les deux grands sont allés prendre leur douche. Ils ont demandé après toi... La petite aussi a besoin de te voir. Je suppose que tu vas rentrer *tard* à nouveau ?

Elle insista volontairement pour exprimer sa déception sans ouvertement déverser de colère.

– Oui, je suis désolé, mais c'est important, je crois que...

– C'est toujours important, toujours plus important... Éric, il ne faut pas que cela recommence comme la dernière fois, tu m'entends ?

Ce fut à son tour de contenir une pointe d'agacement. Ils étaient deux à avoir commis des erreurs. C'était compliqué de faire le dos rond et laisser fuser les reproches à sens unique. Mais il devait se taire.

– C'est promis, ma chérie. Je rentre dès que possible. Merci de t'occuper de tout. Je t'aime.

La communication fut coupée et il ne savait pas si elle avait entendu ses trois derniers mots.

Son obstination valut le coup. Vers minuit, ce soir-là, le van vert reprit la route en sens inverse. Il resta en retrait, le laissant prendre un peu d'avance, et le suivit. Il roula près de quarante-cinq minutes vers le sud de

Strasbourg avant de s'immobiliser. Le major Breuil stationna à une centaine de mètres en amont de la rue. Il sortit du véhicule et se cacha derrière un bosquet d'arbustes. Ambre Rosieri sortit côté conducteur. Elle était visiblement apprêtée, vêtue d'une magnifique robe rouge qui lui tombait jusqu'aux chevilles. Elle traversa la route, se dirigea vers les néons verts et blancs d'un bar irlandais et y pénétra. Le policier s'approcha du véhicule de sa cible et se posta à couvert. En se penchant légèrement, il avait en ligne de mire l'entrée du club. Quel était le but de la sortie nocturne d'Ambre Rosieri ? Il n'y avait en temps normal rien de louche à ce qu'une jeune femme sorte un mardi soir. Cependant, le policier soupçonnait cette femme d'être une des meurtrières les plus notables de la décennie. Cette escapade avait un objectif. Peut-être à visée morbide.

Le major Breuil longea le van et s'agenouilla à côté de la roue avant droite. Sa main effleura le pneu. C'était alors que l'enquête prit un tournant décisif. Il tenait *sa* preuve. Il était persuadé d'avoir lu dans le dossier des « mutilées » que les pneus du van vert avaient un motif classique de type « rock ». Or, ce pneu avait un motif « bloc ». L'idée germa. Ambre Rosieri devait posséder deux vans identiques, immatriculés avec des plaques identiques. L'un qui sort le jour avec ses vraies plaques, l'autre qui sort la nuit avec les fausses plaques. Il devait convaincre Jacquier que son idée était la bonne afin d'obtenir la commission rogatoire pour fouiller ce second van vert et localiser le premier. Pour maximiser les chances que son plan aboutisse, le major Breuil saisit dans sa poche son couteau suisse, un des derniers cadeaux qu'il avait encore de son père décédé des suites de la maladie d'Alzheimer. Ce qu'il s'apprêtait à faire avec était presque une manière d'honorer sa mémoire. Il déplia la lame la plus grande et creva le pneu devant lui d'un mouvement sec. Il se déplaça, toujours accroupi, et en éventra un deuxième. Tout en restant sur ses gardes, il fit le tour du châssis par l'arrière et celui-ci finit par reposer au sol uniquement soutenu par les quatre jantes. Quoi qu'il puisse se passer après, il ne fallait pas qu'Ambre Rosieri leur échappe. Il contacta le commandant Jacquier, qui, même s'il devait être rentré chez lui et couché, gardait toujours son téléphone allumé à portée de main. Quinze minutes plus tard, Simon Jacquier avait fait le nécessaire et les autorisations seraient effectives d'ici à trois heures. L'opération pour appréhender la suspecte serait mise en place vers quatre heures du matin. « Surtout, tu restes tranquille, tu surveilles, tu ne fais rien d'autre et tu attends les renforts » fut la dernière phrase prononcée par son chef.

Ce qui suivit était déraisonnable. Illustrant le caractère trop spontané du major Breuil. Il passa sa main dans ses cheveux poivre et pincée de sel et regarda le reflet de son visage dans la lame de son couteau. Les coupables devaient s'acquitter de leurs méfaits. Ils devaient payer. Il se dirigea vers le bar et y entra.

Il mit plusieurs secondes à s'accommoder du volume de la musique techno, crachée par une enceinte obsolète et de mauvaise qualité. Ses pupilles durent se dilater pour évoluer dans l'ambiance feutrée à l'intérieur du bar. L'excès de fumée de cigarette lui irritait déjà les yeux. Il sonda l'endroit. Un décor de boîte de nuit fatiguée, une bouteille d'alcool à chaque table. Moyenne d'âge environ la trentaine. Très vite, il la repéra. Il n'était pas le seul. Des regards masculins la reluquaient. Elle s'était installée à l'extrémité du bar, un verre à cocktail devant elle. Il traversa la salle principale, échangea quelques amabilités avec l'homme assis à la droite de la jeune femme, qui lui céda sa place. Elle l'ignorait tout autant que les autres mâles qui se plaçaient volontairement dans l'angle de son champ de vision ou qui se trémoussaient dans un rayon de quatre mètres autour d'elle.

– Bonsoir, puis-je me joindre à toi ? Veux-tu que je t'offre un autre verre ?

Elle plongea son regard dans le sien. Il ne sut pas dire s'il ressentait le chaud ou le froid. Si la situation devait dérailler, il lui faudrait moins d'une seconde pour déboutonner l'étui de son révolver dissimulé sous sa veste et la tenir en joue.

– Je n'ai pas envie d'avoir de la compagnie, alors barre-toi ! Va retrouver ta petite femme et éclate-toi avec elle.

Il n'avait pas retiré son alliance. Il insista :

– On s'est déjà rencontrés, je crois…

Ambre Rosieri le regarda, incrédule. Des mouvements nerveux accompagnaient ses paroles.

– C'est quoi ton problème ? Je t'ai dit que je voulais rester seule, alors va voir les autres pouffes qui bougent leur cul sur la piste pour leur demander si elles peuvent te vider les couilles !

– « Le premier qui compara la femme à une rose était un poète, le second un imbécile. »

– …

– C'est de Gérard de Nerval…

– Mais t'es un grand malade, toi ! Qui tu crois emballer avec ce genre de phrases de gros lourd ?

Il redevint plus sérieux.

– Pas aussi lourdes que les charges qui pèsent contre toi !

Une artère sur la tempe d'Ambre Rosieri se mit à battre. Son cou se crispa, faisant rougir sa peau diaphane.

– Ne me refuse pas ce verre qui sera certainement le dernier que tu boiras en si bonne compagnie… Je ne t'ai pas menti, on s'est déjà croisés. Je suis convaincu que tu m'as reconnu. Je suis policier et si je suis là, c'est pour t'arrêter pour le meurtre de sept femmes. J'ai bien en tête les sévices que tu leur as fait subir. Voilà ce que je propose : on prend un verre, on discute tranquillement ou on peut aussi ne pas parler, à ta convenance. Et après, on sortira d'ici, calmement. Je te déconseille d'essayer de me faire faux bond. Si tu coopères, cela plaidera en ta faveur. Tu peux me faire confiance. Tu préféreras peut-être passer pour folle plutôt qu'être jugée comme une psychopathe. Je peux être très créatif quand je veux. Plus tu essaieras de me mettre des bâtons dans les roues, plus je vais fouiner. Et plus on fouine, plus on trouve. On a tous des choses que l'on préfère garder secrètes.

Il la fixait. Sans cligner des yeux. Breuil appliquait ses propres méthodes en s'affranchissant parfois du protocole.

– Alors, *deal* ?

Sa colère était palpable. Volcanique. Elle ne baisserait jamais la garde, mais d'un signe de tête, elle accepta le marché. Elle avait sans doute pesé le pour et tous les contres. Certaines choses devaient compter plus pour elle que son orgueil ou sa liberté.

– Qu'est-ce que tu bois ?

– La même chose que toi.

Elle s'adressa à la serveuse de l'autre côté du comptoir et commanda deux verres d'amaro. Ils n'allèrent pas jusqu'à trinquer ensemble, mais prirent le temps de déguster leur liqueur. Elle préféra rester silencieuse. Juste avant de se diriger vers la sortie, il rompit le silence :

– Comme je ne veux pas finir cette belle soirée sur une mauvaise note, j'aimerais récupérer la seringue qui doit probablement se trouver dans ton sac à main.

Lorsque les hommes du commandant Jacquier arrivèrent à proximité du lieu indiqué, prêts à se déployer pour encercler le bar et le van vert, Breuil était assis sur le trottoir devant le bar, juste à côté d'Ambre Rosieri. Ils arrivaient après la bataille. Celle-ci se soldait par une victoire importante puisque « le tueur des mutilées » après lequel ils couraient depuis des années avait été démasqué et arrêté. Cependant, le dernier assaut n'était pas exempt de vices de procédure. L'équipe aurait sans doute voulu cacher cet épisode chaotique. Mais l'information fuita et l'image était trop belle. Quelques journalistes investis dans l'affaire qui faisait bouillonner toutes les rédactions régionales avaient réussi à filer le cortège de police. À la une des journaux du lendemain, une magnifique photographie d'un homme et d'une femme sublime côte à côte devant le pub *Elsass' Shamrock* d'Illkirch-Graffenstaden regardant dans la même direction. Elle, les menottes aux poignets.

* * * * * *

À présent, il se trouvait à nouveau face à elle. Entre quatre murs gris et dans un silence presque complet. Environ quarante-huit heures après avoir trinqué ensemble dans l'ambiance survoltée d'un bar. Pas d'alternative, il devait obtenir quelque chose.

– Bonjour Ambre. J'espère que tu ne m'as pas fait venir pour rien ! Je suis plutôt ronchon quand je n'ai pas assez dormi. Tiens, la maison t'offre son meilleur nectar !

Il déposa le breuvage devant elle, puis recula, préférant s'adosser au mur face à elle. Il sortit la touillette de son gobelet à lui et en retira la mousse avant de la placer entre ses lèvres.

Elle avait une attitude encore plus arrogante que l'avant-veille. Elle était de ces femmes qui n'avaient besoin d'aucun maquillage ni d'aucun artifice. Même au réveil. Même un réveil derrière les barreaux. Ses mains menottées trahissaient une légère tension, mais son aplomb était inentamé.

– Tu me manquais déjà… Alors j'ai dit à tes potes que je serais prête à vous donner ce que vous attendez, mais à la condition non négociable que ce soit à toi. Je veux que personne d'autre n'entende ce que je vais te dire. Alors tu coupes la caméra !

Il n'avait pas beaucoup entendu le son de sa voix jusqu'à présent. Du moins pas aussi distinctement. Une voix plutôt grave pour une femme, éraillée d'un voile subtil sur certaines syllabes.

– Tu sais bien que c'est interdit. Je n'ai pas l'autorisation de faire cela. Déjà, comment as-tu fait pour obtenir d'être placée dans la pièce aveugle sans miroir sans tain ?

– J'obtiens toujours ce que je veux ! Et toi, Breuil, tu vas arrêter de te foutre de ma gueule. On sait tous les deux que tu te fous des autorisations. Tu veux que je te rappelle comment vous m'avez chopée ?

Ils se toisèrent pendant quelques secondes. Elle l'avait bien cerné. L'objectif devait être atteint par tous les moyens. Il fallait qu'elle crache ses aveux.

– Très bien. Est-ce que cela te convient comme ça ?

Le major Breuil tendit son bras jusqu'à la caméra fixée au plafond dans le coin de la pièce. Il déconnecta un câble noir situé à l'arrière de l'appareil. Un éclat lumineux dans l'objectif dirigé vers la table au centre de la pièce mit quelques secondes à s'éteindre comme une flamme sans oxygène. L'atmosphère devint comme moins respirable.

Il but une gorgée de son café puis dégaina le premier :

– Quel est ton vrai nom ?

– Gemma Rossellini.

– 5 –

Juillet 2022

Ostwald, maison de Benjamin et Charlotte

Leur nouveau quartier était un lotissement tranquille d'Ostwald, très résidentiel, éloigné de l'agitation des centres-villes environnants de l'Eurométropole, tout en restant aux portes de Strasbourg. Charlotte adorait ce cadre de vie, donc Benjamin se devait de l'adorer aussi. Le voisinage était courtois et amical. Pour autant, Benjamin n'avait pas très envie qu'on le voie avec le paquet sorti de la cuve à fioul dans les mains et qu'on lui pose des questions sur son étrange contenu. Les Alsaciens s'occupaient d'ordinaire de leurs propres affaires plutôt que de celles des autres. Cette affirmation ne concernait cependant pas Mme Hoeflinger, la charmante nouvelle voisine de Benjamin. Après le départ des nettoyeurs, elle n'avait pu s'empêcher de se rapprocher du grillage séparant les deux propriétés pour s'en prendre à Benjamin.

– Vos travaux ont encore empêché mon Rémi de dormir ! Quand est-ce que vous aurez fini tout votre bazar ?

Depuis que Benjamin et Charlotte avaient investi leur maison, la voisine n'avait cessé de leur chercher des noises. Parmi ses nombreuses sommations, elle les harcelait pour faire couper et déraciner le mirabellier au fond de la propriété. Comme si c'était la priorité du jeune couple, avant même de rendre leur maison habitable, d'abattre un arbre ! Benjamin perdait patience, mais avait promis de remédier à ce problème dès que les travaux de mise aux normes de l'intérieur de l'habitation seraient terminés. Benjamin savait que cela faisait des années qu'elle tannait les précédents propriétaires de la maison pour faire disparaître ce pauvre mirabellier. Il faut dire que certains arguments se tenaient. Déjà, le fruitier, si l'on pouvait encore l'appeler ainsi, était famélique et semblait supplier de le tronçonner pour abréger ses souffrances. Ses branches principales avaient tendance à se courber vers le sol. Son tronc était maculé de moisissures ou autres champignons de toutes les couleurs. Un arc-en-ciel de mort imminente. De plus, le mirabellier était vraiment mal positionné, comme si l'on avait voulu contrarier la voisine en déposant le plant pile à cet endroit. Le terrain de Benjamin et Charlotte était séparé de celui de leur voisine par une clôture grillagée de l'avant à l'arrière, à l'exception des trois derniers mètres à l'arrière tout au fond, où elle s'arrêtait net, laissant un espace communicant entre les deux terrains. L'arbre était planté là. Mme Hoeflinger avait tellement mauvaise réputation dans le quartier que Benjamin ne comprenait pas que les anciens propriétaires n'aient pas tout fait pour bannir cet accès. Tout était bon pour ne pas avoir à croiser son sale caractère.

– Et s'il n'y avait que le bruit ! J'ai bien vu que vos ouvriers ont failli piétiner mes bégonias !

Reste calme, contiens-toi…

– Madame Hoeflinger, je rénove ma maison et je suis conscient du désordre sonore que cela engendre. J'en suis désolé. Ce n'est pas la peine de m'en faire le reproche tous les jours, vous savez…

– Il y a des règles de bienséance dans ce quartier, et vous les bafouez chaque jour…

AAAARGH !!!!

– Mais vous vous foutez de qui ? C'est vrai que vous êtes *la* voisine dont j'ai toujours rêvé ! Toutes mes excuses pour vos fleurs qui n'ont pas été écrasées et votre chat narcoleptique qui n'a pas pu avoir ses vingt-deux heures de sommeil quotidiennes qui lui sont sans doute nécessaires pour réussir à vous supporter !

– Oh, c'est un monde ça, quel toupet ! *Krèmbelfécker*[1] *!*

– Vous n'avez pas mieux à faire que de m'emmerder ? Que d'emmerder le monde entier ? Je ne sais pas… Un clafoutis ou une confiture par exemple ? Allez ramasser des mirabelles, tiens ! J'ai tellement d'autres choses à foutre que d'écouter les éternels reproches d'une hystérique accro aux tupperwares et qui passe son temps à mater tous ses voisins et à faire chier son monde !

La voisine, presque en apoplexie, fit volte-face en fulminant et regagna ses pénates. Benjamin ne parlait pas couramment le dialecte local, mais les insultes appartenaient

1. Expression alsacienne (grossièreté).

à un langage universel compréhensible par tous. Ce n'était donc probablement pas une belle journée qu'elle venait de lui souhaiter. Malgré la sensation de bien-être immédiat, Benjamin eut quelques regrets. En effet, il adorait les chats, et le vieux Rémi était vraiment adorable. Il n'avait rien fait pour mériter tant de colère.

Benjamin se réfugia dans l'atelier au fond de sa cave pour être tranquille. Il déposa le paquet plastique sur son vieil établi en bois massif. Il ouvrit l'un des tiroirs d'une étagère en métal, puis saisit un cutter dont il sortit la lame sur deux centimètres. Quelques mouvements saccadés écorchèrent le scotch sur la partie externe du paquet jusqu'à atteindre le papier. Si l'odeur de fioul était déjà très présente et très désagréable, une odeur âcre et pestilentielle commença à dominer les effluves chimiques. Les couches de papier devenaient de la bouillie à mesure que la lame s'enfonçait vers le centre de la sphère. Il enfila des gants en caoutchouc avant de saisir et d'écarter avec ses doigts les deux bords de la fente.

Il reconnut ce qu'il avait devant les yeux. Ses cours d'anatomie à la fac lorsqu'il était en STAPS servaient enfin. Au milieu d'une bouillie sèche, de tout petits os. Carpes, métacarpes et phalanges. Il savait qu'il valait mieux contacter la police pour signaler cette découverte macabre. Il décida d'appeler Éric directement. Le capitaine et lui se connaissaient bien. Le capitaine saurait quoi faire.

– 6 –

Mai 2003, dix-neuf ans en arrière

« *Non si conoscono mai perfettamente le ragioni, nè tutte le ragioni di nessuna verità*[1]… »

Ambre Rosieri prononça cette phrase comme d'instinct. Comme pour se replonger dans sa véritable identité. Sa véritable conscience. Le dos et un pied en appui contre le mur en face d'elle, le major Breuil l'écoutait sans l'interrompre.

– Cela pourrait se traduire littéralement par « on ne connaît jamais parfaitement toutes les raisons de toutes les vérités ».

Le major Breuil se fit sa propre interprétation : « Une vérité peut toujours en cacher une autre. » Une signification qui avait un certain retentissement dans sa vie personnelle également. Cette phrase prononcée par Ambre Rosieri pouvait jeter le discrédit sur les propos qu'elle allait tenir, mais le policier ne

1. Giacomo Leopardi.

doutait pas qu'ils s'avéreraient véridiques. La personnalité de la jeune femme était bien plus complexe que les apparences le laissaient croire. Son langage châtié et son attitude transgressive cachaient une fragilité et un psychisme bien plus profond.

Ambre lui parla de son enfance. Elle était italienne, originaire d'un petit village proche de Rimini, dans la région d'Émilie-Romagne. Son père était un petit joaillier de quartier et sa mère femme au foyer. Cette dernière faisait quelques heures de ménage pour arrondir les fins de mois difficiles et elle aidait son mari à la taille des pierres. Ambre adorait les journées où sa mère travaillait à la bijouterie. Elle musardait entre les vitrines et profitait de toutes ces jolies couleurs. Malgré tout, le foyer peinait à joindre les deux bouts. Ambre Rosieri affirma que son père avait la main lourde et le coude léger. Elle gardait un souvenir très amer de l'école. Elle était exclue par les autres enfants. Sa couleur de cheveux faisait que certains la regardaient de travers et la martyrisaient. Les légendes urbaines absurdes avaient la dent dure. En particulier en Italie où les stigmates du fascisme sous Mussolini pouvaient être latents dans certains groupuscules de la société, la couleur rousse ayant injustement été associée aux Juifs italiens. Même dans l'art italien de ces époques, Judas était traditionnellement représenté roux. Sans sourciller, Rosieri avoua qu'à ses treize ans, ses parents la firent interner dans une structure qui s'apparentait à un hôpital psychiatrique. Sa mère s'y était opposée dans un premier temps, mais son père eut le dernier mot et la dernière baffe.

– Pour quelle raison tes parents t'ont-ils fait interner ?

– D'après eux, j'étais ingérable. Les médecins m'avaient diagnostiquée bipolaire. J'ai aussi crevé un œil à un camarade de classe…

Un frisson parcourut le dos du major Breuil.

– … et cramé les cheveux de ceux qui me traitaient de sale rouquine. Mais je n'en veux pas à mes parents. En fait, j'ai plutôt apprécié mes années au centre. Bologne est une jolie ville et au centre ils m'ont remise sur le droit chemin.

Son détachement était irréel.

– J'y ai suivi des cours de littérature et de biologie. Quand j'ai eu dix-neuf ans, j'ai décidé de m'installer en France. De repartir de zéro.

Breuil envisagea plutôt l'hypothèse d'une fugue.

– J'ai fait des études, je suis devenue infirmière. J'avais envie d'une nouvelle vie. Je rêvais de fonder une famille…

Breuil la laissa raconter son parcours. La suite, il la connaissait déjà dans les grandes lignes. Elle évoqua son arrivée en Alsace. Plus son récit avançait et moins elle détaillait. Il tenta de l'attirer sur un autre terrain.

– Tu as dit tout à l'heure que tu voulais fonder une famille… Il faut être deux pour ça…

– …

Elle ignora son propos.

– Ce qui t'intéresse, c'est de savoir si c'est moi qui ai tué ces filles.

Elle désirait mener l'entretien à sa guise. C'était contraire à l'usage, mais Breuil ne pouvait pas la stopper à cet instant-là. Il était dans cette pièce pour cet instant-là. Celui où la vérité éclaterait.

– T'es-tu déjà demandé si elles n'avaient pas simplement reçu ce qu'elles méritaient ? Qu'il y a une forme de justice dans leur mort ?

– Est-ce que c'est une confession ?

D'un sourire insolent, elle éluda la question.

– As-tu déjà eu l'envie de tuer quelqu'un, monsieur le policier ? Peut-être as-tu déjà été obligé de le faire ? Qu'as-tu ressenti ? Du plaisir ?

– Ne joue pas à ça avec moi !

– Tu verrais ta tête ! Tu as perdu ton sens de l'humour ?

– J'ai surtout l'impression de perdre mon temps...

– Puisque tu n'existes que pour désigner les coupables... Eh bien, toutes ces femmes sont responsables de leur sort. Elles avaient fait trop de mal ! Elles ne savaient pas savourer leur chance.

– Parce qu'elles avaient fait le choix de ne pas garder leur enfant ?

Elle ne prit pas la peine de réagir.

– Tu sais ce que je crois ? La vérité est beaucoup plus simple. Tu désirais plus que tout être à leur place. Tu rêves maladivement d'être mère. C'est quoi le déclencheur ? Un risque trop grand de transmettre ton désordre mental à ta descendance ? Ou alors, un jour, tu apprends que t'es stérile ? Alors tu t'en es prise à ces femmes qui ont eu ce que tu n'as jamais pu avoir !

– Crois ce que tu veux... « *Non si conoscono mai perfettamente le ragioni, nè tutte le ragioni di nessuna verità...* »

– Pourquoi leur couper les mains ? Pourquoi faire ça ?

Elle leva ses poignets menottés et plaça son index devant ses lèvres.

– Chuuuut...

Elle se mit à siffloter comme pour le provoquer. Avait-il été trop brusque ? Il sentait qu'il la perdait. Elle n'avait nullement l'intention de s'expliquer. Ni de s'étendre davantage sur les origines du mal. Ambre Rosieri était étrangement lucide. Elle prit un ton plus offensif.

– Est-ce que cela t'intéresse de savoir pourquoi j'ai choisi de te parler à toi en particulier ?

– Ma « promesse » de plaider ta folie devant le juge ?

Il mima des guillemets avec les doigts de sa main libre.

– Parce que tu ne me regardes pas avec la bave aux lèvres. Tu dois beaucoup aimer ta femme. Tu as des enfants ?

Il ne fit même pas mine de répondre.

– J'ai cru que tu pouvais me comprendre. Je me suis dit que tu pourrais m'être utile… Peut-être même me confier à toi, voire te demander une faveur… Tout le monde peut se tromper…

Elle coupa son propos l'espace de quelques secondes.

– L'autre raison, c'est que tu es *border*. Est-ce que tu sais quel est le problème avec les gens *borders* ?

Breuil fit une moue avec ses lèvres. Il perdait le fil.

– Quand les choses tournent mal ou dérapent, les pourris en font aisément des boucs émissaires ou des coupables tout désignés.

Elle se tut subitement. Quelque chose dans ses yeux se voila. Ses sourcils se froncèrent. Tout se passa en quelques secondes. Le temps comme suspendu. Elle bascula sa tête en arrière, le dos voûté à l'envers. Puis le mouvement reprit dans le sens inverse dans une violence non contenue, sans conscience. Son visage percuta la table et la peau céda juste au-dessous de son œil gauche. Du sang gicla. Le bruit sourd des os contre le bois résonna entre les quatre murs. Elle souriait. Le sourire du diable.

Le major Breuil ne put réagir tout de suite. Il était pétrifié. Rien n'alla en s'arrangeant. Ambre n'en avait pas encore terminé. Elle utilisa ses menottes pour s'asséner deux violents coups sur la joue. Cette danse hérétique connut son final avec un coup de boule fracassant sur la tranche du plateau de la table, qui laissa la jeune femme pliée en deux, presque inconsciente, la tête flasque. Le major Breuil se rua sur elle, se débarrassant de son gobelet de café sur la table maculée de sang. Il vérifia son pouls à la base de sa mâchoire puis releva sa tête avec ses mains et la redressa contre le dossier de la chaise. Elle devait s'être cassé le nez lors du dernier impact, son visage était zébré de coulures rouge cinabre. Elle entrouvrit à peine les yeux et desserra les lèvres. La voix plus cassée encore.

– Qu'est-ce que tu dis de ça ? Le petit péteux d'avocat que vous m'avez trouvé va adorer. Un policier qui frappe une pauvre femme pour lui soutirer des aveux. Dis adieu à ta petite carrière minable. Dis adieu à ta famille ! On se retrouve à l'asile !

Son dernier mot fut suivi d'un crachat qui coula dans le cou et sur la chemise du policier. Un mélange de salive, de morve et de sang. Un point de plus pour elle. À l'évocation de sa famille, Breuil vit défiler dans son esprit des images de Denise, radieuse, agitant ses mains comme des marionnettes pour faire rire et interagir avec leur petite Charlotte ou encore de ses deux jumeaux Jules et Benoit, complices dans les bons et dans les mauvais coups.

Il appela à l'aide. Deux collègues enfoncèrent presque la porte et marquèrent le pas en découvrant la scène. Le commandant Jacquier, resté en retrait de l'encadrement de la porte, avait la mine encore plus mauvaise. Secoué, presque abattu. Son équipe allait perdre son meilleur élément.

– 7 –

Mai 2003, dix-neuf ans en arrière

Le commandant Jacquier était en furie, cloîtré dans son bureau. On devinait sa silhouette entre les stores défectueux qui encore il y a quelques années permettaient d'y avoir une totale intimité. Il braillait dans le combiné du téléphone.

De l'autre côté de la cloison, dans l'open space dédié au reste de l'équipe, le major Breuil était assis à son poste de travail. Plutôt sur son poste, les fesses calées contre les dossiers en cours et les pieds sur sa chaise. Il portait un vieux tee-shirt affublé d'un logo « Que fait la police ? », déniché au fond de la caisse des objets trouvés et qui devait avoir été confisqué à un manifestant qui avait fait du zèle. Sa chemise teintée vermillon avait été récupérée comme pièce à conviction. Ce qui s'était passé dans la salle d'interrogatoire avait mis le commissariat en ébullition et nourri toutes les conversations de la matinée. Malgré la gravité de la situation, la gardienne de la paix Mathilde Kanga ne put réprimer un éclat de rire en apercevant son collègue dans son accoutrement étriqué de taille M.

– Comme ça, tu t'es remis à la gonflette ?

Elle lui tendit une tasse de café.

– Deux touillettes et un sucre. Comme tu l'aimes.

– Merci Mathilde. Les autres me font la gueule ?

– Non, je ne pense pas. Mais ça fait grincer des dents quand tu prends... disons... des initiatives.

Mathilde agrippa le poignet de son collègue puis y enroula un chapelet de perles en bois. Comme un talisman de protection en lequel elle croyait. Un signe de bienveillance, à n'en pas douter. Un clin d'œil et un sourire pincé furent échangés avant qu'elle ne reprenne :

– Et Jacquier, il t'a dit quoi ? La machine est en route et le piège va se refermer sur l'innocente victime ?

Breuil haussa les épaules.

– Les victimes ne sont pas toujours celles qu'on croit...

Ses états de service et son travail acharné pour prouver les méfaits et le machiavélisme d'Ambre Rosieri devraient plaider en sa faveur. Dans ce genre de débordements, c'était la version du policier contre celle de la plaignante. Malheureusement, il le savait bien, la tendance du moment était de sanctionner durement les écarts des agents des forces de l'ordre. Les services se devaient en toutes circonstances d'être exemplaires et ne bénéficiaient d'aucune impunité.

Le commandant Jacquier sortit de son antre en claquant la porte.

– Le divisionnaire pense que le dossier d'accusation est assez solide. Mais tu vas devoir te justifier.

Qu'est-ce qui t'a pris de débrancher la caméra ? Tu ne connais pas la procédure ou c'est que tu aimes te foutre dans la merde ?

Toute la solidité des preuves dans l'affaire des « mutilées » reposait sur l'enquête menée par le major Breuil. Sur son instinct également. Sans le poids de l'institution sur ses épaules et l'obligation du discours d'État, son commandant aurait reconnu que Breuil avait du cran. Les hommes de talent mettaient en lumière tout le travail d'une équipe. Même si son côté impertinent et ingérable insupportait son supérieur, Breuil avait fait preuve de brio et d'un sang-froid remarquable. Le coup de la microcaméra, c'était du grand art. Le truc tellement énorme que personne ne l'avait vu venir.

Trois heures plus tôt, ses collègues l'avaient agrippé *manu militari* pour le sortir de la salle d'interrogatoire, les mines consternées par le spectacle. La nouvelle allait se répandre. Les médias allaient encore en faire leurs choux gras pour tomber sur la police. Cependant, à peine installé sur une chaise à l'écart et sous les regards réprobateurs braqués sur lui, Éric demanda à Mathilde de lui rapporter son gobelet de café, dans lequel il plongea ses doigts. Le geste fut accompagné d'un fin craquement. Il en sortit un petit boîtier gris encore serti de bandes de scotch. Un prototype Woodman Labs. Sur la carte SD, la scène avait été filmée à plus de 180° avec le son en prime.

Bien sûr, cette preuve pouvait être jugée irrecevable car obtenue en dehors du cadre légal, mais, subtilement amenée au procès, elle pourrait se révéler suffisamment parlante pour imprimer dans le cerveau des jurés une vérité accablante. Ambre Rosieri était une psychopathe capable de tout. Capable de faire du mal aux autres et à elle-même. Elle n'avait plus sa place dans la société.

Pour l'heure, l'état d'Ambre Rosieri nécessita son transfert dans le secteur de surveillance continue de l'hôpital de Hautepierre. Les chocs répétés à la tête qu'elle s'était infligés lui avaient fait perdre connaissance. Son traumatisme crânien se limitait à une commotion cérébrale, mais elle devrait être gardée plusieurs jours en observation. Monitorée vingt-quatre heures sur vingt-quatre, menottée aux barreaux du lit vingt-quatre heures sur vingt-quatre, un policier en faction devant la porte de sa chambre vingt-quatre heures sur vingt-quatre.

« On ne connaît jamais parfaitement toutes les raisons de toutes les vérités. » Ces mots de la tueuse des « mutilées », peu avant que son visage ne soit horriblement tuméfié et son nez fracturé, trottaient dans la tête du major Breuil. Ils faisaient évidemment écho au subterfuge des deux vans, mais questionnaient aussi sur les multiples facettes et faux-semblants de la personnalité d'Ambre Rosieri. Breuil se demanda si c'était vraiment lui qui venait de la piéger, et si c'était vraiment lui qui avait un coup d'avance. Peut-être savait-elle parfaitement ce qu'elle faisait. Elle avait gagné quelques jours supplémentaires pour garder le silence et ne s'expliquer de rien. Et en quelques jours, tout pouvait se passer.

Quatorze heures trente. Éric Breuil avait dû se coltiner un peu de paperasse pour consigner les faits de son coup d'éclat en salle d'interrogatoire. Après quoi, Jacquier l'autorisa à rentrer chez lui pour encaisser le shoot d'émotions du matin. Ils avaient les aveux. Son commandant lui assura qu'il se chargerait personnellement de discuter avec le médecin hospitalier pour connaître le délai avant de pouvoir replacer Ambre Rosieri en cellule, ainsi que des formalités avec le juge pour la faire écrouer.

Éric s'apprêtait à sortir du commissariat quand l'homme entra dans les locaux par la porte automatique, en furie.

– Où est-elle ? Où est ma femme ?

La voix caverneuse, fruste. Tignasse noire, barbe hirsute, jean usé et chemise épaisse à carreaux. Il fut immédiatement vertement invité à se calmer puis, n'entendant pas raison, fut ceinturé par les deux collègues responsables de l'accueil. Les premiers verres d'alcool avaient dû lui permettre d'affronter le choc émotionnel.

– Relâchez-la, elle n'a rien à voir avec tout ça ! Vous êtes des pourris ! Tous des pourris ! Je vous ferai tous crever ! Laissez sortir ma femme…

Les verres suivants pour noyer son chagrin.

– Calmez-vous ou vous allez vous aussi finir en cellule !

L'homme se tempéra et arrêta de se débattre. Son regard forcené sonda le hall puis se fixa sur le major Breuil.

– Toi là-bas, je te reconnais, sale faux cul ! C'est toi sur le journal ! C'est toi qui as arrêté ma femme ! Hein, c'est bien toi sur la photo ? Est-ce que tes petits amis sont au courant que tu la suivais depuis des jours, sale pervers ? Elle m'avait dit de me méfier de toi !

Le major Breuil comprit qu'Ambre Rosieri avait dû remarquer sa présence lors des filatures. Peut-être même savait-elle plus de choses sur lui qu'il ne le croyait.

– Tu es fier de toi ? Vous la retenez ici depuis deux jours…

Il valait mieux lui taire qu'elle n'était en fait plus ici et défigurée de surcroît.

– Tu me le paieras… Quand on touche aux miens…

La fin de la bouteille avait levé toute inhibition.

– Bon, allez, ça suffit, tu vas passer quelques heures en dégrisement.

L'homme disparut avec son escorte derrière les portes battantes. Le hall redevint plus calme. Éric Breuil resta immobile. Il avait senti les battements de son cœur s'accélérer. Il se posait déjà tout un tas de questions. Ambre Rosieri était-elle mariée sans que cela apparaisse nulle part ? Se pouvait-il que son mari n'ait aucune connaissance des agissements de sa femme ? Était-il son complice ? Il jugea qu'il était préférable de ne pas s'inviter dans la discussion avec son nouvel ami et sortit du bâtiment.

Passer un peu de temps avec sa femme et ses enfants allait lui faire du bien. Il ne fallait pas qu'il reproduise les erreurs du passé. Son métier prenait souvent trop de place. Il s'était promis de ne plus délaisser Denise comme il l'avait fait en particulier au cours de l'année 1998. Cette année-là, il avait enterré son père. Une distance s'était installée entre sa femme et lui. Mais il se refusait à la perdre. Il l'aimait. Denise était la femme de sa vie. Elle était pétillante et volubile. Elle était l'équilibre dans sa vie. Un contrepoids à ses excès. L'apparente décontraction d'Éric dans son univers professionnel lui permettait sans doute d'expier d'anciennes frustrations. Il restait des non-dits entre Denise et lui. Il le savait, mais il avait appris à vivre avec. Ils avaient tous les deux appris à vivre avec.

Malgré sa volonté de profiter pleinement de sa famille, il savait qu'il ne réussirait pas complètement à faire la part des choses et à mettre de côté cette affaire. Quelque chose l'incommodait. Ambre Rosieri avait fait mention de sa femme et de ses enfants. Son conjoint l'avait menacé. Étaient-ce de réelles comminations ou son esprit usé était-il en train de surinterpréter les propos d'une psychopathe et d'un ivrogne ?

– 8 –

Juillet 2022

Ostwald, maison de Benjamin et Charlotte

Éric Breuil arriva sur place seulement deux heures après avoir reçu le message laissé par Benjamin. Ils se connaissaient depuis maintenant presque quatre ans. Le capitaine pouvait paraître froid au premier abord. La cinquantaine, suspicieux par nature, le regard incisif comme s'il sondait votre âme en permanence. Son apparente rudesse amplifiée par une barbe taillée au cordeau et des cheveux coupés court, sans poivre, juste sel. Même si Benjamin et lui n'étaient pas en accord sur tous les sujets, il s'était créé une sorte de respect mutuel et tacite entre eux.

– Merci d'être venu aussi vite, Éric. Je suis désolé d'avoir eu à te déranger…

– J'espère que c'est important ! Tu te doutes que j'ai beaucoup d'autres dossiers sur le feu !

Benjamin savait que le capitaine avait tout plaqué à la seconde même où il avait su qu'il avait besoin de son aide.

– Ce sera à toi d'en juger. Tu veux bien me suivre jusqu'à la cave ?

Ils empruntèrent l'allée qui rejoignait l'entrée arrière de la maison. Le capitaine Breuil regardait tout autour de lui. Les lieux lui étaient familiers, il connaissait la maison, mais le jeune couple avait entrepris des rénovations qui la rendaient plus moderne et plus fonctionnelle. Il remarqua, dans la pelouse, le trou béant de la cuve à fioul encore ouverte. Sur la façade latérale, une fissure serpentait du sol jusqu'à la fenêtre du premier étage. Son regard teinté de mélancolie se fixa sur le petit balcon. Il y avait bien longtemps que les bacs à géraniums n'avaient plus été rempotés.

Une fois à l'intérieur de la maison, ils traversèrent le couloir de l'étage du bas, celui qui menait vers le garage, la buanderie ainsi que l'atelier. Ils durent slalomer entre les pots de peinture qui jalonnaient le sol recouvert de bâches en plastique et esquiver des étais. Le capitaine scrutait chaque élément du décor comme pour se rappeler ce qu'il y avait d'accroché sur ce mur ou de quelle couleur celui-ci était avant. Bien entendu, quand le mur existait toujours et n'avait pas été abattu pour agrandir les espaces.

Ils se retrouvèrent face au vieil établi. Benjamin désigna de la main le paquet éventré.

– Voilà ce que les ouvriers ont trouvé au fond de la cuve. Je l'ai juste ouvert pour voir ce qu'il y avait dedans.

Le capitaine jaugea ce qu'il avait sous les yeux. Pas de doute, à l'intérieur du plastique, il s'agissait d'os de la main. D'une paire de mains. Sectionnées. Il se perdit dans ses pensées. Une absence trop longue pour une simple réflexion.

– Tu as bien fait de m'appeler. C'est intrigant en effet. Cela pourrait avoir un rapport avec une vieille affaire qui s'est passée dans le coin.

Le capitaine tentait de minimiser. Ce n'était pas « une affaire », mais « l'affaire ». Celle dont il aurait voulu pouvoir ne jamais se souvenir. Celle qui avait failli faire basculer sa carrière. Celle qui avait transformé leur vie. Qui avait voilé son âme à jamais.

– Qu'il y ait un lien ou pas, ce que ces restes humains faisaient dans cette cuve, c'est un mystère. Je vais emporter le tout. Est-ce que tu aurais un sachet en papier ou un sac de congélation ? Et des gants propres s'il te plaît ?

Le visage du capitaine était sombre. Inquiet et un brin désemparé. Il tentait de connecter ses fils neuronaux emmêlés, espérant que son cerveau endormi pourrait être remis en marche, comme dans les films on redémarrait une vieille voiture. Il essaya de masquer son trouble pour ne pas inquiéter Benjamin. Celui-ci revint avec le matériel demandé. Le capitaine prit soin de ne pas altérer davantage les reliques et de ne pas les souiller par des traces génétiques contaminantes.

– Je te tiens au courant dès que j'en sais plus. Il faut que je fouille dans mes archives. Je vais aussi aller à la pêche aux informations, j'ai des gars qui étaient sur le dossier et qui pourront me rencarder. Il n'y a pas lieu d'en faire des caisses à mon avis…

Benjamin tiqua. Il s'agissait tout de même d'os humains, retrouvés chez lui qui plus est. Néanmoins, il ne protesta pas.

– Pas de souci. Je te fais confiance, Éric.

Le capitaine referma le sachet puis retira ses gants. La fermeture du zip fut comme le signal que la conversation devait changer de sujet.

– Comment va Charlotte ? Elle est partie avant-hier, c'est ça ?

– Oui, je l'ai déposée à la gare lundi et elle est bien arrivée à Paris. On a échangé quelques SMS, mais je ne l'ai pas eue au téléphone. Son interview et sa séance de dédicaces sont prévues demain, je crois.

Charlotte lui avait effectivement envoyé quelques messages et des photographies. Des selfies où elle posait avec d'autres auteurs invités par sa maison d'édition. Auteurs qui se permettaient de l'enlacer par l'épaule ou par la taille, ce qui avait le don d'agacer profondément Benjamin.

– C'est dingue tout ce qui lui arrive. Mais c'est amplement mérité. Je ne dis pas ça parce que je suis son père, mais je trouve son livre très réussi.

Le jeune homme fit une moue qui n'échappa pas au capitaine. Il s'en expliqua :

– Pour être tout à fait honnête, ce bouquin me met mal à l'aise. D'accord, c'est un conte, mais il y a une part de vécu qui me dérange. Je ne trouve pas très sain de s'exposer de la sorte... de se livrer de façon si... intime. Je ne sais pas... Moi, pour me changer les idées, je préfère aller courir ou soulever de la fonte !

La remarque amusa Éric.

– Le cerveau peut être considéré comme un muscle. L'écriture est pour elle comme un exutoire. C'est la même chose pour sa mère lorsqu'elle se met à peindre. Même si Charlotte était toute petite quand c'est arrivé, elle a forcément été marquée par l'expérience de son enlèvement. Quoi qu'il en soit, je la trouve incroyable. J'ai toujours su qu'elle avait quelque chose de spécial.

Reconnaître que le passé se manifestait dans l'inconscient de Charlotte restait quelque chose de compliqué à assumer. Éric préféra changer de sujet à nouveau.

– Alors, comment tu t'en sors avec les travaux ?

Un regard en coin de la part de Benjamin en guise de réponse suffit. Le capitaine proposa de lui donner un coup de main à l'occasion. Ils échangèrent encore quelques instants puis Benjamin raccompagna Éric jusque dans la rue. Le capitaine était connu dans le quartier et dans la ville, et Benjamin espérait que Mme Hoeflinger, assurément cachée derrière ses rideaux en dentelle à les épier, ne fourrerait pas son nez dans leurs histoires.

– C'est bien ce que tu fais pour votre couple. Vous serez bien ici.

– Oui, juste un petit coup de balai et on pourra bientôt vous inviter à déjeuner Denise et toi…

Une sensation amère. Mais Éric refusait de s'épancher sur sa relation avec Denise. Elle avait pris quelques jours loin de lui. Elle avait laissé une longue lettre dans la chambre. Elle lui écrivait qu'elle avait besoin de respirer un peu. Il n'était pas à prendre avec des pincettes en ce moment. Ce n'était pas la première fois que leur couple connaissait des périodes de doute et de tumulte. Leur barque avait bravé des petites vagues ainsi que quelques raz-de-marée. Denise arrivait à le canaliser, à l'aimer. Elle avait été patiente et compréhensive. Présente. À sa place, il serait sans doute parti depuis longtemps.

Devant la maison, Benjamin et Éric se saluèrent et le capitaine s'éloigna, son sachet d'ossements sous le bras. Du travail en perspective. Le chemin du retour serait l'occasion de réfléchir à tout cela.

Quelques minutes plus tard, sur les coups de seize heures, les artisans refirent leur apparition puis finirent de combler la cuve. Pour se libérer de la tension de la journée, Benjamin avait prévu d'aller faire un peu de course à pied en forêt. Juste avant, il termina de peindre la sous-couche des sous-pentes tout juste isolées du grenier. Charlotte voulait en faire son endroit à elle. Celui où elle créerait, où elle se raconterait en lignes. Lui aurait voulu en faire sa salle de sport. Des envies difficilement compatibles. C'était comme ça pour tout. L'anecdote du dernier anniversaire de Charlotte en était un parfait exemple. Benjamin leur avait réservé un week-end en amoureux dans les Vosges, cabane perchée dans les arbres, avec jacuzzi. Non remboursable. Avant que Benjamin n'ait eu le temps de le lui offrir, Charlotte lui avait donné rendez-vous à l'aéroport, elle avait pris deux billets pour l'Andalousie. Remboursables, eux. Et ils avaient passé deux jours en Espagne pour fêter ses vingt-deux ans.

Avec Charlotte, jamais de compromis, ses envies avant tout. Comme pour l'aménagement futur de ce grenier. En attendant, qu'allait-il faire de toutes les babioles, des toiles sans valeur et des cartons entreposés et laissés ici par les anciens occupants ? Des cartons remplis de secrets. La curiosité était un vilain défaut.

La petite fée qui n'avait pas d'oreilles

(Conte fantastique)
De l'aube au 2e crépuscule

A son réveil, bien que soulagée qu'elle ne fût pas morte, Esméralda s'affola.

Elle cogna de ses poings sur la porte, puis au travers elle s'égosilla :

- Que l'on vienne à mon secours ! Où suis-je ? Et qui êtes-vous, vous qui me gardez ainsi captive ?

La voix rocailleuse qui lui répondit ne fit pas dans la dentelle :

- Je suis le Sorcier et toi, malheureuse, tu me dois une fière chandelle !

- Ouvrez-moi, il me faut retourner d'où je viens et regagner mon royaume... Ouvrez-moi, je vous en prie, je suis une Princesse !

- Impossible ! Si d'aventure je te libère, les Loups ne feront qu'une bouchée de toi en somme ! Il n'y a rien qu'ils adorent plus que la chair bien fraîche...

- Je suis venue dans cette forêt en quête de la chrysalide d'une fée, tenta d'argumenter Esméralda. Je comptais en dérober à l'une des Sorcières qui s'y cache !
- Ta seule chance de continuer à vivre est ici de rester, fut ce que le Sorcier lui rétorqua. Ne mets surtout pas ton nez dehors. Tu ne voudrais pas que je me fâche !
- Il me faut la rapporter avant le septième coucher du soleil dans ma tour. Alors je pourrais devenir Reine.
- Rien de ce que tu pourrais imaginer n'est danger tel que la forêt qui t'entoure. Elle te tuerait sans peine.
Les paroles du Sorcier firent entrer la crainte dans son cœur.
Alors Esméralda résignée se fit à son sort et à son malheur.

Elle resta ainsi enfermée seule dans la petite chambre au fond de la cabane, livrée à l'ennui et effrayée.
Au ras du sol, par un espace entre deux planches, elle pouvait épier à travers cette lucarne le Sorcier.
La journée, celui-ci sortait dans la forêt, son épée sur l'épaule pour protéger les environs.
Afin qu'elle ne meure de faim, il laissait à manger dans sa geôle, qui, en outre pour sa distraction,
Abondait en livres, mais aussi en parchemins, en pinceaux, en fusains et en encriers.
De quoi lire donc et tout de quoi dessiner.
Le Sorcier ne réapparaîtrait qu'en courant d'air au matin suivant avant de repartir à la nature,
Laissant Esméralda s'ennuyer à contempler la fougère qui poussait au travers du mur.
La nuit, les rugissements émanant de la forêt lui firent terriblement peur.

Les bras de son père, les baisers de sa mère, manquaient tant à son bonheur.
Esméralda fit d'horribles cauchemars où les Loups la dévoraient toute crue.
Si bien que petit à petit, privée d'espoir et d'amour, elle se sentit perdue.
Peu à peu, elle ne réussit plus à trouver le repos.
Elle n'eut plus ni le cœur ni l'envie de sortir au-dehors.

– 9 –

Juillet 2022

Ostwald, Résidence des Cigognes

Encore une journée de merde. D'autres que moi – moi, c'était Jean-Noël – auraient adoré ces premiers moments au réveil après plus de dix heures de sommeil. Une odeur de pain grillé avait chatouillé mes narines, un rayon de soleil transperçant le volet avait coloré la pièce d'une lumière orangée, et le chat de Corinne était venu se frotter à ma main qui dépassait du lit. Mais moi, tout ce qui me venait à l'esprit, c'était que j'allais encore passer une journée de plus dans cet enfer. Celui de la résidence pour séniors des Cigognes. L'avant-dernier cercueil !

Si l'endroit se vantait d'être une exception dans le domaine des résidences troisième âge, aux antipodes de l'image déplorable qui avait récemment écorné la profession, elle partageait un point commun avec toutes les autres… On se faisait chier comme des rats morts. Chaque journée comme une lente agonie, à laquelle participaient deux clans. Celui des friqués plus ou moins mabouls qui séjournaient dans la partie maison de retraite et celui des mabouls plus ou moins friqués dans l'aile ultramoderne médicalisée, récemment greffée au bâtiment d'origine. Service, plus sérieusement, réservé à des résidents atteints de troubles neurologiques.

Les avantages propres à cet établissement faisaient saliver bon nombre de « vieux », plus qu'ils ne bavaient déjà naturellement, j'entends. Le centre s'enorgueillissait d'une approche d'accompagnement novatrice. Les pensionnaires non séniles et à la mobilité autonome avaient le droit de sortir de la résidence. Ils pouvaient aller et venir comme bon leur semblait, sous réserve de prévenir la direction et de garder sur eux leur téléphone muni d'un traceur GPS. Les animaux de compagnie y étaient autorisés. Certains pensionnaires pouvaient même louer un garde-meuble à l'arrière pour y stocker des affaires ou y garer leur voiture de collection. Dernier vestige d'une vie où ils n'étaient pas encore grabataires. Autre avantage, et non des moindres, cette institution se trouvait au sein d'une vaste propriété arborée et bien entretenue. Je devais reconnaître que par certains aspects ce couloir de la mort n'était pas le pire au monde. Le personnel n'était pas écrasé par le devoir de rentabilité et était aux petits soins pour les pensionnaires. Et pour prendre soin de moi, une chose essentielle avait été comprise, ce que je désirais plus que tout était qu'on me foute la paix.

Exceptionnellement, ce qui m'avait tiré de mon sommeil ne fut pas une énième quinte de toux, mais les vibrations sonores émanant du couloir. La masse des gâteux allait s'empiffrer de biscottes au réfectoire. Je ne me joindrais pas à eux. Je considérais être au-dessus de tout cela. Ici, dans la « grande famille des Cigognes », je n'accordais d'intérêt qu'à très peu de personnes. L'infirmière Jade était l'une d'elles parce que c'était elle qui m'apportait mon journal chaque matin et mes revues scientifiques. Il y avait aussi la petite Sybille, dernière recrue de l'équipe d'infirmières, qui méritait que je lui laisse une chance, car elle était la seule avec qui je pouvais réellement discuter. J'appréciais aussi, bien que modérément, l'intendante Gabrielle, car j'adorais voir sa bouche gonflée au botox me conspuer pour mon manque de considération à l'égard du personnel. Les autres membres de l'équipe soignante faisaient comme si je n'existais pas. Sybille m'avait confié que pour eux je n'étais qu'un « vieux schnock grincheux et suffisant ». Ils savaient au moins faire preuve de clairvoyance.

Je n'avais pas touché à mon petit déjeuner réglementaire. À présent, on consentait à me le servir directement dans ma chambre. Tout le monde ici était bien conscient du connard que je souhaitais être au sein de leur microcosme de vieillards incontinents et de vieilles peaux ridées ridicules. On avait sans doute estimé qu'il était préférable pour la bonne ambiance générale de céder à ma requête de me tenir à l'écart. Une preuve supplémentaire qu'ils n'étaient pas si cons. Mais il était hors de question d'ingurgiter leur porridge horrible qui ressemblait à un petit monticule de glaviots et leur tranche toastée de pain rassis. Je déposai le plateau-repas sur le rebord de ma fenêtre et broyai grossièrement le pain entre mes doigts. Si l'oiseau éponyme du lieu était aux abonnés absents dans les parages – excusez le sarcasme –, en revanche plusieurs pies et même un busard cendré avaient élu domicile dans le parc. Leur refiler mon pain fade, c'était gagnant-gagnant. Et le signe d'une estime bien plus grande pour la planète et la nature que pour mes congénères.

J'étais un privilégié dans la Résidence des Cigognes. Déjà, j'avais toute ma tête et je ne me pissais pas encore dessus. En plus, je n'avais pas à me plaindre financièrement. J'avais bien gagné ma vie lorsque j'étais directeur de mon laboratoire de recherche en génétique et neurosciences. Je pouvais me permettre de loger dans ce qu'ils appelaient une chambre VIP, dans laquelle je disposais de ma propre réserve de nourriture et de ma machine à café personnelle. Un bijou de modernité qui broyait les grains et distillait un nectar aux effluves boisés et légèrement caramélisés. À mille lieues du jus de chaussette insipide qu'ils osaient servir au réfectoire.

J'assumais pleinement d'être détesté ici. Si tous mes colocataires savaient que de surcroît je logeais ici par choix personnel, ils me haïraient d'autant plus. Quand on avait tout perdu, il fallait claquer la porte et se réfugier ailleurs. C'était ce que j'avais fait en m'enterrant ici. Une volonté de solitude, d'isolement et de silence profond.

Je n'avais gardé de contact avec personne à l'extérieur. De ma vie privée, il n'y avait de toute façon pas grand-chose à sauver. J'avais été marié sans qu'aucun enfant naisse de cette union. J'avais connu la passion et l'amour. Puis le chagrin et la douleur. Le vide d'une profondeur hadale quand l'être aimé nous échappait. J'avais perdu la seule femme qui avait fait battre mon cœur. Quelques années plus tard, ce fut au tour de ma sacro-sainte carrière de s'effondrer. Ne me laissant plus ni la gloire ni la reconnaissance. À la fin de l'année 2003, on m'avait jeté en pâture à ces crevards des comités scientifiques qui s'en étaient donné à cœur joie pour me faire tomber de mon piédestal. Sans fausse modestie – ce n'était pas mon genre, j'en convenais –, j'étais une pointure. Mes travaux sur l'édition génétique battaient leur plein et allaient conduire à des avancées sans précédent. À cause d'une seule mauvaise décision, j'avais dû tout arrêter. Cela avait remis en question toute mon existence, puisque celle-ci avait été pleinement consacrée à la science et dévouée à la recherche. À disséquer le monde du vivant et repousser les limites de la connaissance. À être toujours au-dessus.

J'avais honte de voir ce que j'étais devenu. Un ermite, aussi bien dans le mode de vie que dans la dégaine, incapable de me déplacer autrement à soixante-dix ans qu'avec cette foutue canne. À végéter dans cette résidence chiatique, avec comme seul point commun avec mon ancienne vie une petite pancarte avec mon nom sur ma porte. Mais ici, tout le monde avait droit à cet égard. Je n'étais pas mieux qu'un autre. Je n'étais donc plus rien.

Il était bien loin ce temps où j'avais ma place dans le classement des cinquante scientifiques les plus influents au monde. Maintenant, je devais me farcir les histoires de chats morts. Ce sujet était sur les lèvres de tout le monde ici. Une certaine agitation animait les couloirs de l'hospice depuis quelques jours. Le chat d'Estelle Bruno, ma voisine de chambre, première porte sur la gauche, avait été retrouvé noyé dans la fontaine du parc. Ce matou n'était malheureusement pas le premier à avoir été retrouvé mort récemment, puisque pas moins de trois autres sacs à puces avaient déjà connu le même sort. La hantise avait gagné la dizaine d'autres pensionnaires qui possédaient encore une compagnie féline. Notamment Corinne, mon autre voisine de chambre, première porte sur la droite, qui tenait à son chat comme à un fils. Je connaissais la plupart des chats qui vivaient dans la résidence. Ces boules de poils venaient souvent faire leur sieste dans ma chambre. Les chats appréciaient le calme et le silence qui y régnaient. Mais à ce rythme, l'espèce serait éteinte dans la résidence d'ici à la fin de l'été.

Le fait que quelques chats passent de vie à trépas pouvait paraître anecdotique… Si je ne redoutais pas déjà de rencontrer la grande faucheuse avec quelques semaines d'avance. Car oui, je pressentais être en danger. Il y avait des signes qui ne trompaient pas. D'autant plus lorsqu'ils s'accumulaient. J'étais persuadé que quelqu'un m'avait suivi hier et la semaine dernière jusqu'à mon garde-meuble. L'impression récurrente d'être observé. Et puis, aujourd'hui, ce fait divers rapporté dans le journal ne me laissait rien présager de bon. Les condés s'étaient déplacés sur les lieux d'un simulacre de meurtre. Un canular, peut-être bien. Peut-être pas.

La scribouillarde qui avait pondu l'article « PVsCène de crime à Illkirch » mentionnait que le mannequin en plastique utilisé pour cette supercherie pourrait bien être celui qui avait été volé dans la réserve d'une boutique de prêt-à-porter de la ville de Haguenau une semaine plus tôt. Les voleurs en avaient emporté le corps, mais auraient délibérément laissé sur place les avant-bras – aucune précision sur le fait que ceux-ci arboraient ou non deux beaux doigts d'honneur en guise de signature. L'article se terminait par ce passage : « Buzz, farce ou jeu pervers, n'oublions pas que le Code pénal réprime les sollicitations abusives des forces de l'ordre. En effet, l'article 222-16 punit ces délits d'un an d'emprisonnement et de quinze mille euros d'amende lorsque ces actes sont destinés à nuire. Au-delà de la loi, sur un plan moral, il est déplorable que les auteurs aient choisi d'exécuter leur acte dans ce quartier connu pour avoir été le théâtre, en 2003, de l'arrestation de la tueuse des "mutilées", mais aussi le "tombeau" de l'une de ses victimes. Une affaire qu'en Alsace nul ne saurait oublier… »

Je restais persuadé que relayer ce genre d'« exploit » ne faisait qu'engager une surenchère sur ces gangrènes de réseaux sociaux et ouvrait la porte aux histoires fallacieuses, dont les détails s'amplifiaient à chaque nouvelle version jusqu'à devenir une vérité sans qu'aucun fait ait été avéré. Tout le contraire de la pensée scientifique. Les rumeurs allaient plus vite de nos jours, lorsqu'elles devenaient virales sur la toile – comme les jeunes disaient maintenant –, mais bien sûr, ce n'était pas nouveau. J'en savais quelque chose. Je savais trop bien ce que c'était que d'avoir les oreilles qui sifflaient. Au sens propre comme au figuré.

Le canular du mannequin démembré avait eu lieu dans la même commune que celle où se trouvait mon ancien institut de recherche. La Résidence des Cigognes se trouvait à moins de trois kilomètres à vol d'oiseau dans la ville voisine. Non loin de mon ancien domicile. Non loin de celui des Breuil, de Denise, de là où Charlotte avait été enlevée. Le lieu choisi pour perpétrer cette facétie n'était pas le fruit du hasard. Un scientifique ne croyait pas aux coïncidences. Des signes qui ne trompaient pas. Quelqu'un savait ce que j'avais fait.

Le dieu de la mort était un habitué de notre résidence. Entre vieux croulants et depuis peu les chats, il ne chômait pas. Aujourd'hui, il voulait s'assurer que je prenne au sérieux la menace qui pesait sur moi. La pie qui s'était posée sur le rebord de ma fenêtre n'avait visiblement pas réussi à digérer mon porridge.

– 10 –

Juillet 2022

Strasbourg, hôtel de police

Mathilde s'était rendue aux aurores au poste de police. Elle avait préféré laisser son homme profiter d'une grasse matinée. Il en avait besoin. Elle n'avait pas réussi à trouver le sommeil. À bien y réfléchir, cette histoire de fausse scène de crime avait quelque chose de louche.

Sa matinée fut dédiée à se plonger dans le rapport d'intervention de l'équipe de Marti et à reprendre quelques éléments de l'enquête des « mutilées ». À l'époque, elle n'avait jamais encore été mobilisée sur une affaire de meurtre. Celle-ci l'avait en quelque sorte aidée à s'endurcir. Une carapace nécessaire pour durer et évoluer dans ce métier.

Mathilde éplucha, un à un, les rapports enregistrés dans le fichier numérique relatif au dossier. Mais son expérience lui avait appris que tout n'apparaissait pas dans les lignes des documents d'instruction. Les ressentis des gens de terrain étaient souvent plus évocateurs et plus utiles.

Travailler avec Éric lui avait beaucoup appris. Un bon policier devait sentir les choses. Ne pas se laisser formater. Ne pas juger les suspects sur ce qu'ils étaient, mais sur ce qu'ils faisaient. Puis essayer de comprendre ce qu'ils avaient fait au regard de ce qu'ils étaient. Toujours se rappeler que personne, absolument personne, n'était jamais tout noir ou tout blanc.

Mathilde prit la peine de joindre ses collègues de Haguenau qui avaient enregistré la déclaration de vol du mannequin en plastique. Ils confirmèrent que les voleurs en avaient détaché les avant-bras et précisèrent qu'un tag du mot « Vendetta » avait été constaté sur place. Après une discussion téléphonique avec la gérante du magasin qui ne lui apprit rien de plus, Mathilde contacta comme prévu Simon Jacquier en début d'après-midi.

– Kanga, que me vaut l'honneur ? Si tu pouvais faire fissa, j'ai pas mal de choses notées au planning !

– Bonjour à vous aussi commandant… Et puisque vous me le demandez, je vais bien. Merci…

– Arrête tes enfantillages s'il te plaît… Et dis-moi… Depuis quand tu me vouvoies ?

Fin des banalités d'usage.

– Je te contacte au sujet d'une opération de l'antenne locale du RAID qui a eu lieu la nuit dernière sur Illkirch. Un signalement d'homicide.

– Comme tu y vas, Kanga ! J'ai vu passer un torchon à ce sujet. C'était juste une mise en scène, des petits rigolos…

Mathilde lui décrivit tout de même les éléments troublants relevés par Marti et lui confia ses doutes en lien avec l'affaire des « mutilées ».

– Ce sont des foutaises tout ça ! Tu ne prêtes quand même pas de crédibilité à cette histoire. Cela ne repose sur rien… Sérieusement, laisse Rosieri là où elle est !

Il expliqua son point de vue tranché à Mathilde. Il ne lui laissa plus ensuite l'occasion de relancer la discussion et conclut :

– Retourne bosser, tu as sûrement plus important à t'occuper… Je parle de vrais crimes !

Il la salua et raccrocha. Elle s'attendait à une discussion plus chaleureuse avec son ancien commandant et qu'il soit plus à l'écoute. Il était celui qui avait dirigé l'enquête à l'époque. Pourtant, il ne semblait pas accorder d'importance à ce nouvel épisode. Ambre Rosieri ne pouvait pas être directement responsable de ce fait divers, mais Jacquier avait entériné définitivement le fait que, même indirectement, il ne pouvait pas y avoir de lien avec la tueuse des « mutilées ». Ce *cold case* semblait devoir rester au fond du congélateur. Mathilde pourrait rassurer son conjoint.

Elle tenta ensuite d'appeler Éric, mais celui-ci ne décrocha pas. Elle laissa un message sur son répondeur lui donnant rendez-vous le lendemain pour discuter comme au bon vieux temps. Ils se croisaient peu depuis qu'ils ne faisaient plus équipe. Mais elle n'oublierait jamais qu'il l'avait prise sous son aile dès le jour de son intégration. L'accueil n'était pas toujours aussi chaleureux quand le nouveau venu était une femme, jeune bleue et de couleur qui plus est, dans les rangs d'une institution parfois soumise à quelques relents d'une pensée archaïque. Leur amitié avait été une constante toutes ces années malgré les changements radicaux dans sa vie. Éric restait Éric, mais il était devenu plus posé, plus tolérant et encore plus présent auprès de sa famille. Il y avait eu un avant et un après l'affaire Rosieri. Un avant et un après l'enlèvement de Charlotte. Pouvait-il en être autrement ? On ne pouvait rester le même quand on pensait avoir perdu son enfant.

Lorsque son poste sonna, Mathilde songea à ne pas décrocher. Puis regretta ensuite de l'avoir fait. Elle n'avait vraiment pas envie de s'occuper d'une pathétique et chronophage affaire de chats noyés à la maison de retraite.

– 11 –

Juillet 2022

Ostwald, chez Éric Breuil

Le capitaine Breuil était désarçonné. Il savait. Le paquet surprise retrouvé dans la cuve à fioul était lié à l'affaire des femmes piquées et mutilées qui avait fait vriller sa vie et sa carrière dix-neuf ans plus tôt. Une larme coincée dans l'œil.

Certains détails étaient devenus flous. La question « Pourquoi ces débris humains gisaient-ils à cet endroit ? » ne trouvait pas de réponse, ni dans le dossier ni dans ce dont il se souvenait. Sa mémoire se transformait doucement en une mare noirâtre, un méandre labyrinthique. Connecter une remembrance au réel d'aujourd'hui lui provoquait une douleur physique. Psychosomatique peut-être, mais merde, ça faisait quand même mal.

Éric Breuil consulta d'anciens rapports, d'anciens cahiers de notes. Le document sur lequel il voulait remettre la main était là, quelque part au milieu de tout son capharnaüm. Il exhuma de vieux cartons et passa sa fin d'après-midi dans ses archives et y passerait sans doute une bonne partie de la nuit et de la matinée suivante.

Cet acharnement incoercible, compulsif et parfois déraisonné pour comprendre la vérité et démasquer les coupables était la clé de ses incroyables résultats au cours de sa carrière au sein de la police. Ses méthodes hors cadre avaient néanmoins été un frein à son avancement. Mais son ambition à lui n'était pas là. Le but était purement intime. Il était incapable de se contenir face aux injustices qu'il avait devant les yeux. Des pulsions incontrôlables entre égocentrisme total et altruisme exacerbé qui avaient besoin d'être contrebalancées par un bien-être personnel absolu.

Denise était pour lui comme une bouée, une sécurité pour le maintenir à flot. Son amour lui était vital. Elle l'apaisait, le rendait heureux. Ses gamins avaient fini de le combler. La vie de flic pouvait faire dégoupiller même les moins fragiles. Beaucoup ne pouvaient supporter les désillusions quotidiennes, les brimades et la foi en l'humain qui s'évanouit. Ceux qui, comme le capitaine Breuil, prenaient les choses très à cœur étaient les premiers à perdre pied. C'était pourquoi le foyer et la famille étaient si cruciaux pour durer.

Éric Breuil finit par retrouver le rapport d'autopsie qu'il cherchait. Le document émanait du département de médecine légale de Strasbourg sous la réquisition du procureur et du tribunal judiciaire de Strasbourg.

Autopsie de Mme Ambre Rosieri
Née le 5 mars 1973
Date de constat de décès : découverte décédée le 27 avril 2007
Expert : Dr Raul Molina
Autopsie réalisée le 29 avril 2007/Salle n° 2

Ambre Rosieri était morte. En prison en 2007. L'information n'avait pas pu lui échapper. Quand c'était arrivé, il n'avait pas pu s'empêcher de demander une copie de ce rapport d'autopsie à son ami Raul Molina, médecin légiste avec lequel le commandant Jacquier et lui collaboraient depuis de nombreuses années. Il n'avait pu, non plus, se raisonner à ne pas l'ouvrir. Il voulait savoir de quoi Ambre Rosieri était morte. Cependant, il s'était contenté d'en lire seulement les éléments introductifs et la conclusion avant de le refermer définitivement. Tenant ainsi, au moins partiellement, la promesse qu'il avait faite à Denise de laisser le passé derrière eux et d'aller de l'avant.

Sa main était lourde. Passé la page de garde, le document abordait, de manière classique, les données relatées de l'enquête, les informations sur la levée du corps puis les divers examens effectués. Il était mentionné que la défunte portait sur elle une tenue de nuit, composée d'un haut et d'un bas de pyjama, ses sous-vêtements ainsi qu'un collier en or, ce qui était surprenant, car les bijoux étaient proscrits en prison à l'exception des alliances, des montres et de quelques objets à caractère religieux. Le capitaine visualisait ce collier. Il se fit la réflexion que c'était probablement celui qu'il avait lui-même restitué à Ambre Rosieri à l'issue de l'enquête en 2003. Dans la section suivante, après une description des analyses radiologiques pratiquées, l'examen externe du corps était détaillé. La taille, l'âge et les couleurs des yeux et des cheveux. Tout concordait et redessinait dans son esprit l'image d'Ambre Rosieri. La rigidité cadavérique en accord avec une mort survenue la nuit précédant le matin où le corps fut retrouvé sans vie. Le passage décrivant les lésions externes était particulièrement fourni. Près d'une trentaine de coupures fines ou profondes étaient mentionnées rien que sur le visage et le cuir chevelu. Des lacérations nettes, auxquelles s'ajoutaient des ecchymoses multiples sur le corps et la face.

Le capitaine Breuil enchaîna avec la partie consacrée à l'autopsie. Incision du crâne, ouverture des cavités thoracique et péritonéale. La trachée et les poumons présentaient une abondance de sang. Une grande partie du rapport s'étendait sur l'examen du cou. Et pour cause, la jugulaire avait été sectionnée. Le masque facial avait été disséqué afin d'identifier d'éventuelles lésions sous-jacentes. Aucune mention d'anciennes fractures. Puis, la fin de la procédure visait à étudier les organes de la cavité abdomino-pelvienne. Estomac, foie, intestin, reins ou encore vessie passés au crible pour identifier tout élément pouvant être corrélé aux causes de la mort. L'examen gynécologique n'était pas détaillé. Plusieurs prélèvements avaient aussi été réalisés : empreintes dentaires, sang, bile et cheveux pour analyse toxicologique, biopsie de peau pour analyse génétique.

Le rapport se terminait par les interprétations médicales concernant la cause du décès. Celui-ci était directement lié à la coupure identifiée à la base du cou ayant entraîné une perte de sang massive. Les circonstances du décès déterminées comme compatibles avec une agression associée à des coups. Les blessures ayant été infligées à l'arme blanche type cutter ou avec une lame de rasoir.

Le capitaine s'en voulut de ne jamais avoir parcouru ce rapport dans son intégralité. Il resta sceptique. Non pas sur les éléments qu'il contenait, mais plutôt sur ceux qui n'y étaient pas.

Fidèle à ses méthodes de travail, Éric se garda d'éventer ses conclusions pour l'instant. Il allait enquêter à la marge. Même s'il voulait rester discret sur ses investigations, il était préférable d'être accompagné. Deux cerveaux valaient mieux qu'un. Il demanderait son aide à Benjamin, qui était de toute façon déjà indirectement impliqué.

La prochaine étape devenait claire. Il fallait qu'Éric se rende à la prison de l'Elsau, où Ambre Rosieri avait été incarcérée. Il serait facile pour lui d'obtenir plus d'informations là-bas, car il en connaissait bien le directeur. Il ferait le déplacement avec Benjamin dès le lendemain matin, ce qui laissait largement le temps de revenir, avant la fin d'après-midi, pour le rendez-vous que Mathilde lui avait fixé dans son message. Il espérait que les méthodes peu recommandables auxquelles il avait eu recours à l'époque ne seraient pas déterrées.

– 12 –

Mai 2003, dix-neuf ans en arrière

La sonnerie du téléphone tira Éric de son apathie. Cela faisait déjà trois jours qu'il n'était pas retourné au commissariat. Le juge d'instruction avait exigé qu'il soit écarté de la procédure le temps d'être entendu pour justifier son comportement inadmissible lors de l'interrogatoire de la prévenue. Le commandant Jacquier ne put se résoudre à le laisser sans aucune nouvelle du déroulement de l'enquête. Éric décrocha.

Simon Jacquier l'informa que, dès que son état le permettrait, Ambre Rosieri serait transférée au quartier des femmes de la prison de l'Elsau. Elle serait déférée devant le juge sous peu. Le temps de l'administratif. Le préfet de police était satisfait des éléments que l'enquête avait permis de réunir et pensait qu'ils étaient suffisants pour faire inculper l'accusée. Il restait un doute sur l'irresponsabilité d'Ambre Rosieri. Le juge craignait qu'elle ne puisse échapper au procès et n'ait pas avoir à rendre compte de ses actes. Elle avait déjà été internée dans sa jeunesse. Un premier expert-psychiatre avait été mandaté lors de son séjour à l'hôpital pour statuer sur son état mental. Le témoignage de Breuil était attendu, pour faire toute la lumière sur les circonstances de l'arrestation et l'obtention des aveux.

Le commandant aborda ensuite les suites de l'incident survenu avec le conjoint d'Ambre Rosieri. Il se dénommait Vincent Signol. Les collègues l'avaient gardé plusieurs heures au poste. Ils l'avaient cuisiné comme simple témoin, mais voulaient vérifier s'il pouvait être impliqué dans les meurtres des sept femmes mutilées. Signol confirma spontanément être en couple avec Ambre Rosieri depuis près de six ans. Il n'était pas inconnu des services de police puisque, quelques années auparavant, il avait été condamné à une courte peine de prison pour avoir agressé un élu local. Une histoire de validité de son permis de chasse et de limite de propriété. Signol vivait en marge de la société. Il avait hérité d'un domaine forestier assez vaste, de plusieurs hectares, dans la forêt de Haguenau, proche du village de Soufflenheim. Il vivait de petits travaux d'élagage et de bûcheronnage. Il résidait avec Ambre Rosieri dans un pavillon de chasse où le couple tentait de vivre en autosuffisance. Signol était chasseur et pêcheur. Un étang s'étendait en partie sur sa parcelle. Les enquêteurs avaient d'ailleurs déniché le deuxième van vert au bord de cet étang, mais à plus de cinq cents mètres des limites de la parcelle, dans une zone qui n'appartenait pas à Signol. Durant son entretien avec les policiers, l'homme était abattu et semblait totalement étranger aux agissements de sa conjointe. Dans le déni, comme aveuglé par ses sentiments. Vincent Signol répétait en boucle aux policiers à quel point il aimait Ambre et qu'il fallait qu'ils stoppent sur-le-champ cette injustice, qu'ils la laissent sortir. Qu'il ne pouvait pas vivre sans elle. Que leur union était spéciale. Il décrivit Ambre Rosieri comme une femme libre et indépendante. Elle allait et venait au pavillon à sa guise. Jacquier émit l'hypothèse qu'Ambre Rosieri se servait de lui, qu'elle ne l'aimait probablement pas. Il avait la conviction que l'homme était juste un pauvre type éperdument amoureux et qu'il n'avait probablement rien à voir avec les meurtres de femmes. De plus, Mathilde avait pu déterminer qu'il avait un alibi pour au moins trois d'entre eux. Dont la victime numéro 1, morte en avril 1998, mois au cours duquel Signol séjournait en prison pour l'agression qu'il avait commise. Rien ne justifiait qu'il soit maintenu en détention.

L'appel de Simon fut le seul contact qu'Éric eut avec le commissariat pendant son repos forcé. La vie poursuivit son cours normal pendant soixante-douze heures supplémentaires. Éric ne se rappelait pas avoir déjà été six jours loin des affaires en dehors de ses vacances d'été. Il en profita pour rattraper pas mal de sommeil en retard et passer du temps avec sa femme et ses enfants. Il cuisina même un *baeckeoffe*[1] de poissons pour sa femme et lui. Malgré l'état calamiteux de la cuisine après son passage, elle fut ravie de cette délicate attention devenue trop rare. Il joua des pièces de théâtre ridicules avec des peluches pour Charlotte, qui gloussait du haut de ses trois ans à chaque fois que le loup prenait un coup de boule de la part de la princesse. Elle regardait son papa avec les yeux qui pétillaient, comme

1. Plat alsacien à base de pommes de terre.

quand elle regardait des cookies. Il fit plusieurs parties de jeux de société et joua au basket-ball avec ses jumeaux. Il remplaça même enfin le robinet qui fuyait dans la salle de bains. C'était incroyable, ce que l'on pouvait faire en moins d'une semaine de mise à pied.

La veille du 8 mai, jour férié, Denise et Éric autorisèrent leurs deux garçons à veiller pour regarder un film en DVD tout en se gavant de pop-corn. Le privilège des aînés. Charlotte en dévora sa part aussi puis s'amusa dans sa chambre avec ses poupées et ses parents. À la fin du film, quand toutes les lumières furent éteintes, Charlotte était déjà au lit depuis une heure. Personne dans la maison ne pouvait se douter qu'elle n'y serait plus à leur réveil.

Le lendemain matin, une bourrasque de panique traversa la maison. Les voilages de la porte-fenêtre donnant sur le petit balcon extérieur ondulaient dans le courant d'air qui parcourait sa chambre vide. Charlotte avait disparu. Introuvable. Ils la cherchèrent dans toutes les pièces de la maison, avec un maigre espoir de tomber sur elle comme par enchantement. Aucun doute, c'était un enlèvement. Les traces, les indices pullulaient. Une corde à grappin était encore accrochée à la balustrade en pierre et le pied-de-biche ayant servi à désaxer les loquets de la porte-fenêtre abandonné sur les dalles du balcon. La poupée préférée de Charlotte gisait sur la moquette dans sa chambre. Juste à côté de la demande de rançon.

Éric saisit l'enveloppe. Sa main fébrile souleva le repli. Avec peine, comme si celui-ci était en plomb. Entravé par l'angoisse de concrétiser une réalité épouvantable.

Asphyxié. Il déplia la lettre. Le ravisseur n'exigeait pas d'argent. Sur la feuille, un message en lettres découpées dans des journaux et collées à la hâte : « Faites ce qu'il faut ou vous ne reverrez jamais votre fille. »

Denise était bouleversée, fiévreuse. Elle demanda à ses voisins de garder ses deux garçons. Son anxiété était trop forte pour gérer celle de ses autres enfants. Éric tenta de rassurer sa femme, mais il avait peur. Avec Charlotte, il avait une relation différente. Il ne pouvait en être autrement. Elle était tellement plus vulnérable que ses deux garçons. Avec elle, il avait fallu rebattre ses codes d'éducation, trouver d'autres façons de jouer ensemble, de se comprendre. Il aimait ce genre de défis.

Sans perdre de temps, Éric appela Simon, qui prit immédiatement la mesure du problème. La machine policière se mit en marche comme une araignée tissant sa toile. Dans ce genre d'affaires, les premières heures étaient les plus cruciales. Tous le savaient. Après le travail de l'équipe envoyée collecter les indices chez les Breuil, les analyses des relevés d'empreintes digitales et génétiques étaient en cours. On recoupait déjà les témoignages recueillis auprès de la famille et du voisinage. Des barrages routiers avaient été mis en place. Une photographie de la petite Charlotte fut diffusée dans tous les commissariats et toutes les gendarmeries du Bas-Rhin. Les radios locales et les chaînes de télévision régionales alertèrent rapidement la population de l'enlèvement.

Bien entendu, les premières hypothèses furent dirigées vers leur piste la plus évidente. Signol. Il avait clairement menacé le major Breuil en public. L'enlèvement de Charlotte avait de grandes chances d'être lié à la médiatisation récente du major Breuil. Surtout que Signol savait que c'était lui qui avait arrêté sa femme. Le temps d'obtenir les autorisations et dès le lendemain, une équipe fut envoyée sur le domaine forestier de Vincent Signol. L'endroit n'était accessible qu'à pied, car les chemins forestiers s'arrêtaient à plus de huit cents mètres de la clairière où se trouvait son domicile. En chemin, les policiers notèrent que Signol possédait plusieurs machines lourdes pour la découpe du bois et un véhicule porteur. Vu le profil de Signol et son style de vie recluse, ils s'attendaient à ce qu'il vive chichement dans un cabanon rudimentaire au milieu de sa forêt. Tous furent surpris de trouver ici, isolée de tout, une bâtisse dont la façade orangée mélangeait poutres de chêne et hourdage en pierre. Une maisonnette à colombages, d'architecture typiquement alsacienne, avec un toit pentu de tuiles en terre cuite, surplombé d'une girouette dont la forme rappelait celles des gargouilles de la cathédrale de Strasbourg. Vincent Signol y fut appréhendé dans l'après-midi du 9 mai sans opposer la moindre résistance.

Les policiers perquisitionnèrent son habitation, espérant y retrouver la petite fille. Les enquêteurs la fouillèrent de fond en comble et effectuèrent quelques battues autour de la maison. Aucune trace de Charlotte. Des brigades canines tentèrent de suivre la piste olfactive de la petite. Au matin du 10 mai, en forêt, l'un des chiens sembla avoir détecté l'odeur de Charlotte et mena son maître-chien jusque devant le pavillon de chasse de Signol. Le policier crut même en entrant que quelqu'un se trouvait à l'intérieur. L'animal aboya dans la chambre et insista autour du lit comme s'il avait flairé sa cible dans les draps. Le lieu avait déjà été fouillé quelques heures plus tôt et, bien entendu, Charlotte n'y était malheureusement pas.

Le commandant Jacquier et son équipe étaient persuadés qu'ils tenaient le coupable. Vincent Signol avait le profil. Instable, prêt à tout par amour, pas d'alibi et des menaces proférées à l'encontre d'Éric. Encore fallait-il le prouver. Tous les membres de l'équipe étaient exténués. Ils étaient sur le pont non-stop depuis des heures, voire des jours entiers pour certains. Jacquier savait son major et ami en train de sombrer et de ronger son frein. Se sentant impuissant et inutile. Se sentant coupable. Sa fille de trois ans retenue prisonnière quelque part. Sa fille de trois ans peut-être déjà morte.

À la fin de la troisième journée de recherche, Éric se rendit au commissariat. Jacquier se tenait dans son bureau. Il aurait préféré réussir à le maintenir à distance plus longtemps.

– Salut Éric. Comment te sens-tu ? Est-ce que Denise tient le choc ?

Le genre de phrase idiote qui sortait parce que l'on ne trouvait rien d'autre à dire. Jacquier fit le tour de son bureau. Il prit son major par les épaules. Un geste de compassion inhabituel, mais spontané. Ils n'étaient pas simplement collègues. Jacquier n'oublierait jamais le soutien et l'obstination d'Éric pour l'aider à se sortir de son problème avec l'alcool. Le seul remède que Simon Jacquier avait trouvé pour faire face au deuil de sa femme. Éric avait été là. Une sorte de centre de désintox à lui tout seul. Jacquier se devait d'être une épaule à son tour.

– Tu sais, tous les gars sont mobilisés. On va la retrouver et on va faire craquer cette enflure !

– Merci Simon. Qu'est-ce que vous avez ?

Le commandant mit un peu trop de temps à répondre. L'extrémité gauche de sa bouche se pinça, un tic nerveux presque imperceptible que Breuil connaissait trop bien. Il avait compris. Ils pataugeaient.

– On avance, les scientifiques analysent les prélèvements, on recoupe…

– Putain, ne me fais pas ton numéro ! Je veux le faire parler ! Maintenant !

– Éric, il en est hors de question ! Tu es impliqué personnellement. Tu n'es pas dans ton état normal. Je ne peux pas te laisser faire ça. Fais-nous confiance. C'est Chassard qui le cuisine. Tu sais qu'il est bon. Et Robineau s'occupe d'elle à l'hôpital. Je prendrai le relais.

– Il faut qu'il parle ! Tu m'entends ? Parce que si je ne retrouve pas ma fille, je… je…

Sa voix vrilla et la fin de sa phrase s'évanouit.

– Éric, je te promets qu'on fait le maximum. On va la retrouver !

– Alors, faites-lui cracher le morceau à ce salaud ! Perdre ma fille n'est pas une option !

Mathilde entra dans le bureau, consciente de la tension extrême régnant dans la pièce.

– Chef, on a quelque chose. C'est lui ! Une des empreintes a matché !

Une seule empreinte partielle sur le pied-de-biche permit d'établir la concordance. Le dactylotechnicien détailla au commandant Jacquier, au major Breuil et à Mathilde

Kanga la procédure utilisée, de l'application au pinceau d'une poudre blanche d'alumine sur le manche jusqu'à la capture du cliché photographique qui fut ensuite numérisé. Même si l'opérateur de la scientifique n'avait pu obtenir que neuf points de minuties identiques sur les douze requis pour une analyse formelle, l'absence de points de contrariété non explicables certifia la validité de la concordance. Signol était connu des services. Raison pour laquelle ses empreintes digitales s'étaient retrouvées dans le fichier du FAED[1]. Bien entendu, il faudrait refaire une analyse avec de nouveaux relevés d'empreintes récents du suspect pour confirmer. Mais la preuve était déjà suffisante pour mettre Vincent Signol en examen et lancer l'information judiciaire.

Seulement, le commandant Jacquier savait aussi ce que cette preuve matérielle allait impliquer. La garde à vue de Signol allait être prolongée. S'il était bien le ravisseur de Charlotte et qu'elle était toujours en vie, elle était livrée à elle-même, probablement enfermée quelque part sans eau et sans nourriture. Seul Signol savait où. Pour le moment, il refusait toute coopération et ne répondait quasiment à aucune question. Sur ce point, Rosieri et Signol s'étaient bien trouvés. Signol savait ce qu'il faisait. Il refusa de se soumettre à un nouveau prélèvement de ses empreintes et son avocat commis d'office ralentissait les démarches d'obligation, tentant de mettre la pression sur les policiers.

Un dilemme insoluble. La procédure allait suivre son cours. Elle devait suivre son cours. Le commandant

1. Fichier automatisé des empreintes digitales.

Jacquier ne pouvait que s'y plier. Les voies hiérarchiques dont il disposait ne lui permettaient d'entrevoir que deux échappatoires. L'une était inenvisageable. En aucun cas, le juge d'instruction n'accepterait de signer d'autorisation de remise en liberté pour Ambre Rosieri en échange de révélations de Signol sur le lieu où il gardait Charlotte en captivité. La deuxième solution laissait moins de chances de la retrouver en vie. Il faudrait qu'un des membres de son équipe sur le terrain découvre l'endroit où Charlotte était retenue prisonnière. Ou un miracle.

– 13 –

Mai 2003, dix-neuf ans en arrière

Minuit. Mathilde était de garde. Le major Breuil entra comme un boulet de canon dans les locaux de la PJ. Il était accompagné de quelqu'un. Un homme élancé, vêtu chic. Pardessus, stetson, lunettes fumées, petite sacoche en cuir. Sa gestuelle avait quelque chose d'atypique même si Mathilde ne sut dire quoi. Éric prit la parole avant qu'elle ne pose la moindre question :

– Mathilde, laisse-moi accéder aux cellules. Je dois parler à Signol. Il le faut. J'ai besoin d'être sûr que c'est vraiment lui qui a enlevé Charlotte.

– Tu sais que je n'ai pas le droit de te laisser le voir.

– Je deviens dingue… Ça fait deux jours que vous avez identifié ces satanées empreintes et depuis plus rien… Laisse-moi au moins essayer. Une seule fois. S'il te plaît… Fais-le pour ma fille, je t'en supplie.

Elle faillit craquer, mais se reprit. Elle le saisit par le bras pour l'emmener un peu à l'écart. Elle lui chuchota :

– Tu sais qu'il est interdit de faire pénétrer des personnes étrangères au service dans les locaux sans autorisation. C'est qui ce type ?

– Je veux tenter un truc pour sauver ma fille. Aucun sup ne me laisserait faire, mais ça peut marcher. Ce type est un hypnotiseur de renom. Je sais que cela peut paraître fou… Matoche… Je le fais pour Charlotte. Si ça foire, j'assumerai tout, je te le promets !

Contrairement à ce que pouvait penser Éric, Mathilde ne trouvait pas cela si fou. L'hypnose avait des vertus qu'elle avait pu observer par le passé. Sur l'île dont elle était originaire, elle avait été élevée seule par sa grand-mère qui pratiquait le quimbois[1] et lui avait transmis les rudiments des pratiques pour éloigner le mauvais sort. Les croyances et les incantations mystiques avaient soigné bon nombre de malades que la médecine traditionnelle n'avait pu sauver.

– Je sais que je ne devrais pas…

Elle s'écarta du passage.

Environ une heure plus tard, Éric ressortit du couloir des cellules. L'hypnotiseur le suivait, en retrait de quelques pas. Son attitude continuait de perturber Mathilde.

– Vous avez pu en tirer quelque chose ?

– La mise sous hypnose a fonctionné… mais je suis encore plus inquiet. Lorsqu'il était en état de conscience modifiée, Signol a dit que ce n'était pas lui. Qu'il n'avait rien à voir avec la disparition de Charlotte. Ça me fait douter. Et si on ne tenait pas le bon gars ? Et si le pourri

1. Forme de spiritualité ou de magie noire/capacité à manipuler les forces invisibles.

qui a kidnappé Charlotte est encore dehors ? Je ne sais pas... Un parent, peut-être un oncle, d'Ambre Rosieri ? J'ai peur de ne jamais la retrouver et qu'on aille droit dans le mur avec lui...

– On a quand même l'identification digitale sur le pied-de-biche. Ce n'est pas rien !

– Peut-être... Tiens, justement, j'ai quelque chose pour vous. Même si c'était sous le coup de l'hypnose et d'une faible dose de sédatif, on lui a fait signer un formulaire de consentement de prélèvement d'empreintes génétiques et digitales. Il faut vérifier qu'on ne se plante pas ! Le temps est compté. À la première heure, tu convoques les scientifiques pour les prélèvements, et qu'ils fassent au plus vite la comparaison.

Elle acquiesça. Elle comprenait qu'Éric ne puisse pas rester les bras croisés. Son intervention, même si elle n'était pas conventionnelle, allait faire avancer le dossier. La confirmation de leur seule preuve formelle permettrait sans doute d'octroyer plus de moyens pour la recherche de la fillette. Notamment pour écumer l'intégralité de la parcelle du suspect.

Éric et son hypnotiseur sorti du chapeau s'éloignèrent. Mathilde se posta à la fenêtre et les suivit du regard alors qu'ils empruntaient l'allée vers le parking où était stationnée la voiture d'Éric. Ils se parlaient. La conversation devait être tendue, car tous deux gesticulaient énormément.

Ce fut comme un coup de tonnerre, une détonation, dans le cours de l'enquête. Toutes les cartes étaient rebattues. Les policiers n'avaient plus le même jeu en main. Celui-là était pire.

Le technicien relança l'analyse plusieurs fois. Le logiciel affichait toujours la même conclusion. La nouvelle comparaison d'empreintes innocentait le suspect principal de l'enlèvement. L'avocat de Vincent Signol, qui s'était d'abord offusqué de l'obtention probablement abusive du consentement de prélèvement, avait fait volte-face et expressément demandé que son client soit libéré sur-le-champ. Aucun élément tangible dans le dossier ne justifiait qu'il soit retenu plus longtemps. Cette prouesse de faire libérer un de ses premiers clients dans une affaire aussi sordide et mal engagée allait booster sa carrière. Aussi, il mit le paquet en termes de communication auprès des médias pour obliger les hauts fonctionnaires en gestion du dossier à accepter dans un délai très court la demande de libération de Vincent Signol.

Mathilde interrogea des experts ayant participé à la mise en place du FAED et du logiciel de comparaison d'empreintes. Leur seule explication plausible aux deux résultats contradictoires fut qu'une erreur humaine, telle qu'une inversion, ait été commise lors de l'enregistrement des empreintes digitales de Signol en 1998.

Le commandant Jacquier était dépité. Ce rebondissement mettait un terme aux recherches de la petite Charlotte sur la propriété de Signol et il n'avait aucune autre piste. Cela faisait presque six jours déjà qu'elle avait disparu. Les chances de la retrouver vivante s'amenuisaient.

Nouveau coup de théâtre, quelques heures à peine après la remise en liberté de Vincent Signol. Un appel anonyme.

Le major Éric Breuil était dans un état second. Il contacta dans la foulée Simon Jacquier. Il ne pouvait pas dire à son supérieur d'où provenait l'appel, mais celui qui avait passé le coup de téléphone savait où se trouvait Charlotte. Éric demanda à Simon de l'y rejoindre. Lui était déjà en route.

Une averse orageuse éclata au-dessus de la forêt de Haguenau. Éric arriva sur place. Il restait plusieurs dizaines de mètres à parcourir jusqu'à l'endroit où était retenue sa fille. Il aurait voulu aller plus vite, mais ses pieds se dérobaient à chaque pas sur le sol détrempé. La perspective des retrouvailles imminentes avec sa fille lui procurait une bouffée d'oxygène. Lui redonnait du souffle. Il ressentait cependant comme un nœud dans le cœur. Et si l'emplacement indiqué était faux ? Il ne voulait pas y penser, et se raccrocher à ce sentiment d'espoir infini. Il devait courir, la délivrer au plus vite. Dans quel état serait-elle ? Affaiblie, peut-être même terrorisée. Il priait qu'elle n'ait subi aucune maltraitance supplémentaire. Pas de sévices atroces. Depuis des jours, cette idée ne s'effaçait pas de son esprit. Il voulait juste l'avoir dans ses bras. La serrer fort. Son petit amour, sa princesse.

Dans une brume épaisse, il devina comme un abri de guerre semi-enterré. Pas de doute. Tout correspondait à la description donnée. Il n'aurait jamais pu trouver son emplacement sans les révélations de son informateur. Il ne s'était posé aucune question. La vie de sa fille était en jeu. Hors de question d'attendre les renforts. Ce n'était pas la première fois qu'il était en dehors des clous, pas la première fois qu'il piétinait la procédure, mais cette fois, tout le monde pouvait le comprendre. Le temps était compté.

Il défonça la porte en bois à grand fracas. Elle ne résista pas à son quatrième coup de semelle. Il se baissa pour pénétrer dans l'abri. Où était-elle ? Était-elle endormie ? Qu'allait-il lui dire en premier ? Serait-elle capable de sourire ?

Des gouttes de pluie dégoulinaient de ses vêtements sur le sol en béton brut. Il saisit la lampe torche dans la poche intérieure de sa veste et braqua le faisceau devant lui. Il balaya la pièce de traînées lumineuses. Les quelques secondes qu'il prit pour sonder les lieux avaient suffi pour qu'une flaque se forme à ses pieds, comme une ombre humide.

L'endroit ne semblait pas abandonné même si l'odeur suggérait le contraire. Des relents de sous-bois et de renfermé, mais aussi une senteur âcre. Une caisse contenait des carcasses d'animaux en décomposition. Une corde de laquelle pendaient, la tête en bas, des lapins dépouillés et des peaux tannées avait été tendue par-dessus un imposant foyer de cheminée en brique. Les chairs étaient abusivement séchées sur les carcasses. Une table en bois, trois tasses sales, quelques chaises au centre de la pièce. Une trappe sur le mur du fond. Il se dirigea vers elle, comme attiré par une force surnaturelle. Il ne prit aucune précaution et l'ouvrit.

Un grand courant d'air souleva une nuée de grains de poussière comme un léger nuage de fumée. Dans la pénombre, deux yeux verts le fixaient. Sa fille était là devant lui.

– 14 –

Juillet 2022

Ostwald, Résidence des Cigognes

Pauvre piaf. Paix à son âme. La pie était étalée sur le plateau de mon petit déjeuner. Une odeur d'amande amère à peine perceptible se dégageait de mon bol de porridge. Mes voies respiratoires n'étaient plus aussi performantes – et dire cela était un euphémisme –, mais l'odeur était bien là. Elle me transporta un temps dans des souvenirs de jeunesse en Moselle quand ma mère préparait sa galette des Rois à la frangipane.

La réalité me rattrapa. Quelqu'un avait tenté de m'empoisonner. Froidement. Comme si cette bouillie épaisse et visqueuse n'était pas déjà suffisamment indigeste. L'hypothèse devait être vérifiée, mais j'étais persuadé que quelqu'un avait ajouté du cyanure à ma collation. On voulait me faire payer.

Afin d'en avoir le cœur net, je prélevai un échantillon de porridge avec une petite cuillère et le déposai précautionneusement dans un petit récipient à couvercle vissé rouge. La petite Sybille me l'avait apporté la veille pour que je pisse dedans. Ce branquignol de médecin du centre avec son air de péteux suffisant – je n'appréciais guère les gens qui partageaient des traits de caractère avec moi – voulait m'obliger à faire des analyses d'urine. Ce ne serait pas encore pour cette fois. Le reste du contenu de mon plateau-repas ainsi que le corps tout raide de l'oiseau finirent dans le sachet de la poubelle de ma petite salle de douche.

Je fis comme si de rien n'était pendant le reste de la matinée et le début de l'après-midi.

Aux environs de dix-sept heures trente, je m'apprêtai à sortir, sac poubelle empoisonné à la main et récipient à bouchon rouge rempli de porridge en poche. C'était l'heure des jeux télé d'avant repas, ce qui me permettait de rester discret. Je n'étais pas vraiment le type d'homme à écouter les problèmes des autres et à tailler le bout de gras, et ce créneau horaire maximisait mes chances de ne pas croiser mes voisines de chambre. Il était préférable d'éviter les commérages.

Je quittai ma chambre, empruntai l'escalier pour descendre d'un étage et me dirigeai vers la porte arrière donnant sur le parc. Dans le couloir, l'infirmière Jade était penchée au-dessus d'un chariot de matériel médical. Elle se redressa, accrocha mon regard puis avança sa main dans ma direction, pouce levé, en soulevant les sourcils. J'acquiesçai d'un signe de la tête et en reproduisant son geste du pouce pour lui confirmer que tout allait bien, même si ce n'était pas tout à fait vrai. Du col de sa blouse s'était échappé un pendentif camée dont l'onyx sculpté représentait la Vierge avec son fils. Si seulement j'avais pu moi aussi avoir la foi ! En ces circonstances, le Tout-Puissant pourrait m'être bien utile. Je poursuivis mon chemin, feignant une certaine désinvolture – ce qui devait paraître ridicule avec une canne – avant de quitter l'ambiance climatisée du bâtiment.

Les spectres du passé étaient à mes trousses. Je n'allais pas me laisser faire, même si leur faire un croche-pied avec ma canne – sans doute ma meilleure arme dans ma condition – paraissait être une stratégie fort présomptueuse. J'avais peur. Le film de ma vie, version courte, défilait dans ma tête, se focalisant sur les beaux moments. Se focalisant sur elle et rien d'autre.

L'aimer m'avait permis de connaître les meilleurs instants de ma vie. Elle en avait redéfini les contours. Si j'étais déjà de nature peu commode, perdre cet amour m'avait laissé pour mort à l'intérieur. Et celle de l'extérieur pourrait bien venir plus vite que je ne l'aurais cru.

Je ne me voilais pas la face. J'étais un vieil aigri. L'ordre des choses avait été bafoué et avait vidangé ce qui restait d'humanité en moi. J'avais été odieux par le passé, incapable d'accepter la fainéantise des personnes en pleine possession de leurs moyens, qui se trouvaient des excuses pour expliquer leur médiocrité. Après avoir perdu l'amour de ma vie, je m'étais renfermé davantage, accentuant le vide autour de moi. Elle m'avait quitté peu avant l'an 2000, sans que je puisse la retenir. Je m'étais plongé dans le travail, en oubliant même que j'étais marié et qu'une femme, ma véritable femme du point de vue marital, m'attendait à la maison. Le laboratoire était devenu ma résidence principale. Je multipliais les déplacements dans le monde entier et les partenariats scientifiques. Je publiais mes découvertes dans les plus grandes revues. Comble de l'ironie et revanche sur la vie, j'assurais des conférences dans des congrès internationaux et je dispensais des cours à l'université Louis-Pasteur de Strasbourg dans des amphithéâtres bondés. De nombreuses portes s'étaient ouvertes. J'avais été contacté pour devenir conseiller scientifique des ministres de la Santé et de la Recherche. J'avais aussi effectué plusieurs missions pour le ministère de l'Intérieur. Des travaux commandés par les services scientifiques de la police nationale afin d'améliorer l'identification des criminels par reconnaissance biométrique.

Travailler sur les empreintes digitales était fascinant. Le dessin formé par le tracé des crêtes et des sillons au bout de nos doigts développait quelque chose d'hypnotique. À y regarder plus en profondeur, on devinait des points particuliers, des écueils. Les minuties. Ceux que l'on appelait les détails de niveau 2 et que la police scientifique utilisait pour confondre un suspect. Les minuties étaient en quelque sorte la touche de l'artiste. Il n'y avait pas de hasard dans deux sillons qui se croisaient. Comme une signature. Des lignes qui se brisaient, des bifurcations, des branchements, des ponts ou des anneaux. Un langage qu'il fallait apprendre à lire et à déchiffrer.

Le caractère quasi unique d'une empreinte digitale en faisait un outil biométrique fiable pour identifier les individus. J'avais moi-même grandement participé, à partir de l'année 1988 et pendant près de douze ans, au développement et au perfectionnement du logiciel MorphoSystem développé par SAGEM. Celui qui, après l'affaire Thierry Paulin, un tueur en série ayant sévi à Paris dans les années 1980, avait permis d'automatiser toutes les étapes menant à l'identification d'un individu grâce à ses empreintes digitales et papillaires. De la numérisation de l'empreinte jusqu'à la comparaison avec celles enregistrées dans la banque de données du FAED. Je m'en souvenais comme si c'était hier. Une merveille de technologie qui quadrillait l'empreinte en plusieurs zones et identifiait les minuties remarquables.

Mes recherches ne se limitaient pas seulement à la reconnaissance digitale. Dans mon laboratoire, je développais aussi des axes plus fondamentaux sur la compréhension et la maîtrise des génomes. Toutes ces recherches étaient tout simplement parties à la benne. Tout s'était précipité après les évènements autour de l'affaire des « mutilées », l'enlèvement de Charlotte et le fiasco ayant suivi la libération de Vincent Signol. J'avais dû mettre un terme à mes projets de recherche en génétique. Sans pouvoir me justifier de cet arrêt brutal et total de mes travaux. Il fut facile pour mes détracteurs d'instiller l'idée que j'avais tout simplement falsifié mes résultats. Je fus broyé par la rumeur.

J'étais redevenu aux yeux de tous ce mouton noir. Celui que j'avais réussi à ne plus être. Aux yeux de gens que j'exécrais pour m'avoir repoussé dès mon plus jeune âge. Dont je gardais le goût amer du mépris. Des moqueries. Les autres me rejetaient parce que je n'étais pas comme eux. À cause d'un mal invisible qui m'avait trop vite appris à reconnaître les expressions de l'humiliation ou de l'impuissance sur le visage de mes parents. À part eux, personne n'aurait misé sur moi. J'avais dû me battre pour arriver si haut. Plus que les autres. Défier l'idée que les aléas de la nature ne pouvaient pas tout déterminer à l'avance et n'étaient pas une fatalité. Ni une infirmité. Ce fut la raison logique pour laquelle je m'étais spécialisé dans la génétique. Avec une ligne directrice simple : si l'on était capable d'agir sur notre génome, de manière ciblée, on pourrait guérir toutes les maladies d'origine héréditaire. L'utopie était à portée de main, mais j'avais tout gâché. Écouter ses sentiments faisait faire les mauvais choix. Des choix dénués de raison et d'arguments, donc de légitimité.

Lorsque j'arrivai près du kiosque qui trônait en plein milieu du parc, à l'ombre du grand chêne centenaire, je fus pris d'une quinte de toux qui dura près d'une minute. Je jetai discrètement dans la poubelle en fer forgé mon mouchoir en tissu et le sachet contenant le poison et l'oiseau. Mon médecin me reprocherait sans doute de lui taire certains de mes nouveaux symptômes. Je m'installai sur un banc pour me remettre d'aplomb. Le kiosque surélevé, identique à ceux que l'on trouvait un peu partout dans les espaces de convivialité d'autrefois, offrait un point de vue sur l'ensemble de la partie arrière de la maison de retraite.

Presque tout dans la résidence semblait normal. Une journée comme la précédente pour la majorité des occupants du lieu. Comme la suivante aussi. Seuls les propriétaires de chats craignaient pour la vie de leur animal de compagnie. J'étais le seul à craindre pour ma propre vie – de circonstances non naturelles, j'entends. Avec la canicule de ces derniers jours, peut-être bien que je ne serais pas le seul à passer l'arme à gauche.

Personne ne serait triste que je quitte ce monde. Pas même ma femme. Ni mes anciens collègues assurément.

La plupart des étudiants que j'avais formés m'en voulaient encore de ce que je leur avais fait subir. Eux aussi furent éclaboussés par toute cette boue calomnieuse. Aujourd'hui, je méritais sans doute mon sort et de rencontrer la mort dans l'indifférence la plus totale. Loin des regards.

Ne pas être vu était précisément ce que je souhaitais à cet instant. Il n'y avait personne autour de moi. L'occasion d'aller faire un tour avant la nuit dans mon garde-meuble.

– 15 –

Juillet 2022

À dix kilomètres de Strasbourg, zone commerciale de Vendenheim

La situation avait quelque chose de presque irréel. C'était grisant. Elle touchait du doigt un rêve. Elle appréhendait pourtant cette première séance de dédicaces. Elle arriva comme une bonne élève avec une demi-heure d'avance, mais ne trouva personne dans le magasin pour l'accueillir.

L'espace librairie du supermarché avait été légèrement modifié pour sa venue. Plusieurs présentoirs avaient été rassemblés pour libérer une surface de quelques mètres carrés où elle s'installerait. Maxine, la vendeuse du rayon livres, arriva, le pas pressé.

– Bonjour madame Breuil ! Excusez mon retard. On est un peu débordés. Un collègue va vous apporter une table et une chaise. Je tirerai les affiches dès que possible, mais c'est un peu la course…

– Il n'y a pas de souci. Vous avez bien reçu les exemplaires ?

– Ne m'en parlez pas ! Cela fait un mois que je les ai commandés chez votre diffuseur. Avant-hier matin, on ne les avait pas encore !

Elle ressentit une montée de trac à l'idée de se jeter dans le grand bain. Pour l'occasion, elle était même allée chez le coiffeur et avait refait une couleur. L'apparence comptait. Être face aux gens pour vendre son livre, ce n'était pas naturel pour elle. Quel accueil les clients allaient-ils lui réserver ? Allaient-ils être bienveillants ? Plusieurs blogueurs littéraires, qui avaient publié leur avis, avaient été dithyrambiques sur le conte. Les libraires estimaient que le livre « avait fait un bon démarrage ». Elle respira un bon coup.

Sa table était visible depuis l'allée principale. Elle ne savait pas si elle devait rester debout ou attendre le chaland, assise à sa table. La première heure fut décevante. Personne n'était venu à sa rencontre. Les clients du supermarché venaient faire leurs courses et non pas acheter des livres. Ils détournaient le regard, contournaient volontairement les paniers métalliques de l'allée centrale par la gauche pour s'éloigner d'elle ou forçaient une discussion avec leur conjoint. Elle s'attendait à plus de succès spontané, mais comprit que le livre ne se vendrait pas tout seul. Il fallait qu'elle soit plus active et aller au contact des gens dans le rayon librairie. Qu'on ressente sa passion pour l'écriture.

Une personne s'intéressa à son ouvrage et lui acheta un exemplaire. En guise de toute première dédicace de sa vie, elle écrivit : « Merci de me faire confiance. Je vous souhaite une merveilleuse et fantastique lecture. Charlotte. » Au cours de l'après-midi, elle s'ennuya un peu. Pour autant, elle fut touchée par les jolies rencontres qu'elle avait pu faire. Des passionnés de lecture, un artiste désireux de se serrer les coudes entre artistes (et qui lui avait laissé le lien de sa page Facebook personnelle), des grands-parents heureux de trouver un joli livre pour leurs petits-enfants ou simplement des personnes pour qui c'était important de soutenir une jeune autrice locale. Juste avant dix-huit heures, une dernière accroche.

– Bonjour, c'est vous l'autrice ? C'est vous sur la photo ?

Elle acquiesça. La dame saisit un étui à lunettes dans son sac à main et remplaça la paire qu'elle portait par la seconde, qu'elle cala sur le bas de son nez. Elle prit un exemplaire du livre dans sa main et le tint bras tendu et le menton relevé. Elle lut à haute voix :

– *La Petite Fée qui n'avait pas d'oreilles*, un conte de Charlotte Breuil...

Si elle en avait eu le choix, elle aurait probablement écrit sous pseudonyme. Le choix éditorial était roi. La dame enchaîna :

– Vous pouvez me raconter un petit peu l'histoire ?

Elle décrivit succinctement à son interlocutrice le contenu des premières pages et les thèmes abordés dans ce conte. La bienveillante mamie se rappela un conte merveilleux que ses parents lui lisaient quand elle avait l'âge de son petit-fils.

– Est-ce qu'il y a quelque chose de personnel dans cette histoire ?

– Je pense que quand on écrit, on est obligés d'y mettre de nous à l'intérieur. On y met forcément notre ressenti ou notre façon de réagir face à certaines situations, mais aussi nos angoisses et nos fantasmes. En l'occurrence, dans cette histoire, Esméralda vit une situation chaotique. Et ce qu'elle éprouve émane d'une forme de réalité malheureusement. Ce qui est très important dans ce conte, c'est qu'il parle de l'acceptation de l'autre. À ce propos, à chaque double page, le coin en bas à droite traduit le texte et décrit les illustrations en braille, le coin en haut à droite présente un QR Code que vous pouvez lire grâce à une application qui retranscrit le texte dans une vidéo en langue des signes.

– Ouh là, c'est trop compliqué pour moi tout ça, le numérique et tutti quanti… Mais je vais vous acheter votre livre ! Les illustrations sont superbes.

À la fin de la journée, elle n'avait vendu que huit livres, mais la journée avait été un succès personnel. Elle remballa ses stylos et alla remercier Maxine de son accueil. Celle-ci trouvait que huit exemplaires, c'était bien. Elle était très gênée quand parfois des auteurs n'en vendaient qu'un ou deux, voire aucun, de toute la journée.

En quittant le supermarché, l'héroïne du jour s'offrit un grand café latte et un sandwich qu'elle dévora, assise derrière le volant de sa Fiat 500. Il fallait qu'elle file, elle devait arriver avant dix-neuf heures. Malgré les bouchons aux abords de Strasbourg, elle serait à Ostwald, à la Résidence des Cigognes, dans moins de vingt-cinq minutes. Si, ce matin, elle avait raté son coup avec le vieux professeur, ce soir, elle devait arriver à ses fins.

Juste avant de mettre le contact, en jetant un coup d'œil sur la couverture de son exemplaire personnel du conte, elle croisa le regard de la « petite fée ». Elle non plus ne semblait plus vouloir se taire. Bientôt viendrait le temps des confessions.

La petite fée qui n'avait pas d'oreilles

(Conte fantastique)
De l'aube au 3e crépuscule

Le troisième jour, il se passa quelque chose d'extraordinaire !
Le Sorcier avait déposé un cadeau pour elle !
Aux premières lueurs rousses, dans un coin de la chambre, par terre,
Esméralda trouva la minuscule boîte à souliers bardée de ficelles...
Dont le contenu luisait d'un halo brillant intrinsèque.
Elle la saisit, et lorsqu'elle entrouvrit son couvercle,
Une lumière éclatante l'aveugla,
À laquelle son regard doucement s'habitua.
Quand elle put distinguer ce qu'elle contenait, elle n'en crut pas ses yeux et fut bouche bée.
Dans la toute petite boîte sommeillait, au cœur d'un douillet lit de feuilles, une petite fée.
Elle la déposa au creux de sa main, aussi légère qu'une plume.
La petite fée portait une robe tissée de pétales et voilée de brume.

Sa tunique s'égayait de toutes les nuances de l'arc-en-ciel.
Elle avait de longs cheveux à la teinte de miels.
Ils tombaient le long de son visage verticalement jusqu'au bas de son cou.
Mais un détail clochait.
Les mèches étaient plaquées bizarrement contre la peau de ses joues
Par un bandeau d'herbe.
Celui-ci faisait tout le tour de sa tête et dissimulait tout le haut de son visage.
La chose cachée en dessous se voulait discrète et indiscernable.

Mais ce fut alors à cette seconde
Que la petite fée sortit de ses songes.
Elle ne comprit pas ce qu'elle faisait là. Elle paniquait.
Esméralda le vit puis se dépêcha d'essayer de la rassurer.
- Comment t'appelles-tu ? l'interrogea-t-elle d'une douce voix.
- ...
- Tu es vraiment belle ! Moi, je m'appelle Esméralda. Je ne te veux aucun mal. Tu demeures en sécurité avec moi.
- ...
- Ne veux-tu vraiment pas que je connaisse ton prénom ?
La petite fée ouvrit la bouche, mais il n'en sortit aucun son.
Esméralda était quant à elle toute à sa joie.
- N'aie aucune crainte, je vais bien m'occuper de toi.

Ce petit être féérique était une lueur d'espoir sur son chemin.
Qu'elle fût réelle, chimérique ou illusoire, elle était ce dont elle avait tant besoin.
Sa nouvelle invitée semblait être affamée et avoir si soif.

Esméralda remplit alors un dé à coudre de gouttes d'eau.
Et déposa juste à côté d'elle quelques miettes de gâteau.
La petite fée ne se fit pas prier et s'en empiffra.
Un sourire illumina son visage pour la première fois
Et l'une de ses ailes si fines alors se déplia.

Pour devenir Reine, Esméralda avait beaucoup étudié l'univers des fées.
Elle savait par exemple que leur vie ne durait que quelques journées.
Après quoi, à peine leur esprit quittait leur corps qu'il s'envolait
À la recherche d'une perle de pluie, pour s'y réincarner.
D'après les ouvrages qu'elle avait lus, les pères des fées étaient des elfes et leurs mères des fées.
Lorsque les âmes de deux elfes disparus et celle d'une fée se retrouvaient ensemble au sein d'une perlée,
Une fée venait au monde.
D'où sa pensée profonde
Que si elle s'occupait bien de la petite fée,
Jusqu'au moment où son âme partirait,
Alors elle pourrait sûrement récupérer la chrysalide
Dont elle avait besoin pour devenir une Reine qui décide.

Malgré toute sa connaissance sur la théorie féérique,
Esméralda ne pouvait ôter de ses pensées cette interrogation :
Se cachait-il sous le bandeau autour de sa tête quelque chose de mystique ?
En réalité, bientôt la vérité briserait ses illusions.

– II –

Juillet 2022

JOUR 2

– 16 –

Juillet 2022

Ostwald, maison de Benjamin et Charlotte

Benjamin accepta d'accompagner Éric à la prison de l'Elsau. Il fut facile à convaincre. Benjamin était curieux d'en savoir plus au sujet des ossements. La proposition d'Éric se voulait plus intéressée. N'étant plus trop sûr de lui au volant à cause de ses absences de plus en plus imprévisibles, le capitaine souhaitait se faire conduire jusqu'au centre de détention.

Il arriva en milieu de matinée. Benjamin l'attendait dans son allée de garage. Il regonflait le pneu arrière d'un vélo de randonnée.

– Tu tombes bien ! J'ai fini de réviser ta monture !

– Tu plaisantes, j'espère ?

– Absolument pas ! Un peu d'exercice te fera le plus grand bien. Tu vas retrouver tes cuisses de jeune homme. Et moi, cela me permettra de ne pas perdre encore une journée d'entraînement.

– Mais c'est à dix kilomètres d'ici ! Arrête de te foutre de moi ! Va chercher tes clés et on décolle !

– Si tu veux que je vienne avec toi, tu n'as pas le choix. J'ai profité du séjour parisien de Charlotte pour faire réviser la voiture. Allez, je t'ai même prévu une tenue de rechange.

Il désigna du regard l'amas de vêtements d'arlequin posé sur le muret. Un magnifique bermuda tagué d'un ballon de basket-ball en flammes et un polo noir à liserés jaunes.

– Tu veux me foutre la honte ou quoi ? Je suis connu ici !

Un échange de regards de gamins. La malice comme un consentement. Ces deux-là s'appréciaient. Si Denise avait été méfiante vis-à-vis de Benjamin au départ, le capitaine, en revanche, l'avait immédiatement accepté dans la famille. Denise était souvent assez critique s'agissant des choix de Charlotte, ce qui était parfois conflictuel. Cela avait été le cas concernant Benjamin. Mais Éric considérait que c'était un type bien et avait vite convaincu sa femme que ce jeune homme avait la tête sur les épaules. De sacrées épaules d'ailleurs. Éric lui avait accordé sa confiance. Il appréciait aussi la considération de Benjamin envers lui, en faisant fi de la différence d'âge, sans jugement ni fausse politesse.

– Je n'ai rien trouvé d'autre, désolé. Faut dire qu'on n'a pas tout à fait le même gabarit.

Une dernière grimace, puis le capitaine s'exécuta et entra dans la buanderie au fond du garage. Pendant qu'Éric enfilait son équipement, Benjamin reçut un MMS de Charlotte. Il ruminait toujours ses griefs contre elle, mais l'image figée sur l'écran l'incita à appuyer pour lancer la vidéo. Elle s'était filmée en peignoir sur son lit d'hôtel. Volontairement affriolante. Après quelques secondes sans parole, elle lui susurra : « Bonjour BG, quand je vais rentrer demain, je veux que tu m'embrasses comme jamais tu ne l'as fait auparav… » Benjamin interrompit précipitamment la lecture, car Éric venait de ressortir de la buanderie en tenue de sport. Le visage de Benjamin avait viré au rouge.

– Ce n'était pas la voix de Charlotte ?

– Si…

– Elle t'a envoyé une vidéo ? C'est quoi, c'est à sa conférence ? Je peux voir ?

– Non, non, c'était juste pour… savoir si les artisans en avaient fini avec la cuve !

Le capitaine fut perplexe. Évidemment, Benjamin était mal à l'aise vis-à-vis du père de Charlotte. Mais sa gêne provenait aussi du fait que sa compagne pensait que tout était au beau fixe dans leur relation. Benjamin rangea très vite son téléphone. Il décrocha un casque et le lança à Éric qui l'attrapa au vol.

La fine équipe se mit en route. Benjamin et Éric enfourchèrent leurs bécanes et moulinèrent. Il n'y avait pas que la balle sur le short du capitaine qui fut en feu. Il crut que ses poumons avaient allumé un barbecue dans sa cage thoracique. Ils arrivèrent après une heure d'efforts. Benjamin s'était permis un petit détour par la forêt du Niederwald, histoire d'emprunter son parcours d'entraînement préféré. Son partenaire vida d'un trait sa gourde d'eau et eut besoin de quelques minutes pour que son rythme cardiaque revienne à la normale. Benjamin en profita pour cadenasser les vélos, puis sortit de son sac des tenues plus adaptées au lieu de leur visite.

Il était environ onze heures trente quand ils furent prêts. La prison était délimitée par des murs hauts de six mètres surmontés de grilles de barbelés torsadés. Les deux tours de surveillance panoramiques, que Benjamin compara à la vigie du père Fouras dans Fort Boyard, étaient inoccupées. Elles étaient un vestige d'un temps où la sécurité globale de la prison n'était pas grandement assurée par un système électronique de vidéosurveillance. Ils firent face à la porte blindée de l'enceinte et se signalèrent *via* un interphone doté d'une caméra numérique. L'imposante porte en métal se débloqua et un premier gardien vint à leur rencontre. Le capitaine Breuil demanda à parler au directeur. Quelques minutes plus tard, une autre gardienne vint les accueillir.

– Bonjour messieurs. Monsieur le directeur m'a personnellement chargée de vous conduire jusqu'à son bureau. Si vous voulez bien me suivre… Je vous demande de n'adresser la parole à personne si vous n'y êtes pas autorisés. C'est l'une de nos règles.

Benjamin n'avait rien à faire ici en temps normal. Le capitaine était garant de lui. C'était pourtant Benjamin qui s'empressa de répondre :

– Aucun problème. Est-ce qu'au moins on a le droit de vous faire la conversation ?

Mon Dieu, mais quel lourdaud ! Le capitaine Breuil le fusilla d'un regard qui signifiait « Arrête ça tout de suite, petit salopiaud. Faut-il que je te rappelle que tu vis avec ma fille ? ». Benjamin tentait d'attirer son attention avec un petit air séducteur. Un sourire niais. Les pectoraux ostensiblement apparents. Il enchaîna les questions : « Ça fait longtemps que vous travaillez comme gardienne de prison ? », « Ce n'est pas trop difficile d'évoluer dans un univers comme celui-là ? », « Vous avez des horaires souples ? ».

M. le charmant jeune homme flirtait sans aucune gêne. Le pire, c'était qu'elle rentrait dans son jeu. Breuil fulminait et ne put s'empêcher de lui donner un coup de coude sec et traître au niveau des côtes. Benjamin retint un petit râle de douleur et fronça les sourcils comme un enfant boudeur pris en faute. La suite de leur déambulation dans les couloirs de ce labyrinthe carcéral se fit dans un silence respectueux.

La gardienne frappa à la porte et abaissa la poignée. Elle passa la tête à l'intérieur pour signaler que les visiteurs étaient arrivés. Éric remarqua que Benjamin avait les yeux dirigés sur ses fesses. Il la reluquait. *Il a un désordre hormonal ou quoi ?* Le capitaine lui décocha un deuxième coup de coude. Leur guide se retourna et les salua. Son dernier sourire fut destiné à Benjamin qui ne tenta même pas cette fois de le lui retourner. Le regard inquisiteur du capitaine bien calé dans le sien.

Éric pénétra en premier dans le bureau. Le directeur de la prison de l'Elsau se leva pour les accueillir. Benjamin écarquilla les paupières. Les deux hommes devant lui se jetèrent dans les bras l'un de l'autre.

– La Brelle ! Comment vas-tu, vieille branche ?

– Dis donc, Simon, tu n'as pas changé, le temps n'a pas d'emprise sur toi !

Ce n'était pas totalement vrai. Simon Jacquier avait pris un peu d'embonpoint et sa chevelure s'était quelque peu clairsemée.

– C'est dingue de te retrouver ici. Tu as vraiment mal tourné !

Le commandant Jacquier en avait eu assez, après des années au sein de la police judiciaire. Il n'était pas allé jusqu'au burn-out, mais il désirait une vie personnelle plus épanouie. Il était à nouveau en couple et aspirait à une vie plus posée auprès de celle qu'il aimait. À peine un an après le dénouement de l'affaire Rosieri/Signol, il avait passé le concours de directeur des services pénitentiaires puis suivi deux années de formation au sein de l'ENAP[1]. Depuis, il avait occupé le poste dans trois prisons françaises. Les directeurs de prison devaient changer d'affectation au maximum tous les six ans. Il avait obtenu la prison de l'Elsau à Strasbourg comme première affectation, il y avait passé moins de deux ans, puis avait bougé sur Paris puis Nice avant d'être réaffecté récemment ici en Alsace. Il en connaissait déjà les murs.

– Puis-je connaître l'identité de ton équipier ?

– Benjamin Jédar. Enchanté.

Benjamin s'avança pour serrer la main du directeur. Broyer la main serait un terme plus exact. Il n'y avait aucune malveillance dans son geste. Il n'avait tout simplement pas contrôlé sa poigne. Simon Jacquier se massa discrètement la paume droite pour diluer la sensation douloureuse. Éric Breuil reprit :

– C'est mon futur gendre.

Simon Jacquier siffla d'admiration.

– Voici donc l'élu de la petite Charlotte. Eh bien, mon gars, chapeau ! Je ne sais pas comment tu as fait pour trouver grâce aux yeux de ton « beau-père ». Tu me donneras ton truc ! Est-ce que je peux vous offrir un café ?

1. École nationale d'administration pénitentiaire.

Ils acquiescèrent. Benjamin demanda s'il était possible d'avoir un thé vert à la place. Jacquier pressa un bouton sur son téléphone.

– Suzanne, pourriez-vous s'il vous plaît apporter deux cafés et un thé vert dans mon bureau ? Merci !

Il leva ostensiblement les sourcils tout en regardant Éric. Oui, sa fonction lui offrait quelques avantages dont il ne se privait pas.

– Venons-en aux choses sérieuses ! Que me vaut l'honneur de ta visite ? Je suppose que tu n'es pas venu ici pour me présenter ton « gendre ».

– Je souhaite obtenir et vérifier des informations…

– Oh, La Brelle… Fouineur un jour, fouineur toujours !

À la mine plus sombre de son interlocuteur, qu'il avait si souvent pratiquée par le passé, il sut que le temps de la plaisanterie était terminé.

– Je voudrais consulter le dossier complet d'Ambre Rosieri.

– Éric, ce n'est pas *open bar* ici ! Il y a des règles. Les dossiers sont confidentiels.

– Tu sais ce que je pense des règles. On se respecte. Je vais jouer franc jeu avec toi.

Simon Jacquier refit le tour de son bureau et s'installa dans sa chaise en faux cuir. Il invita ses visiteurs à faire de même en désignant les deux sièges de l'autre côté de son bureau. L'attention d'Éric se fixa un temps sur le cadre posé sur l'étagère derrière son ancien commandant. On y voyait une photographie de sa femme défunte. Tout était plus dur à supporter quand l'ordre des choses n'était pas respecté. En tant que femme de policier, elle avait passé des années à s'inquiéter pour son mari quand il partait au travail ou en mission, se demandant s'il rentrerait le soir et en un seul morceau. Sans doute n'avait-elle jamais imaginé qu'elle puisse être la première à partir. La divagation d'Éric s'arrêta au moment où Suzanne, une femme distinguée et tirée à quatre épingles, frappa à la porte et entra dans le bureau, un plateau à la main. Elle déposa trois tasses à peine fumantes devant eux. Ils la remercièrent et attendirent qu'elle quitte la pièce pour reprendre.

– Est-ce que tu as vu passer l'article sur le canular à Illkirch ?

Simon hocha la tête tout en soufflant sur sa tasse, plus par habitude que par nécessité. Éric poursuivit :

– Mathilde Kanga m'a appelé hier à ce sujet. Elle semblait inquiète dans le message qu'elle m'a laissé. Je suppose qu'elle t'a contacté aussi.

Deuxième hochement de tête. Première gorgée.

– Je dois la voir en fin de journée. Simon, avoue que c'est intrigant. Une scène de meurtre bien voyante, un mannequin sans mains et une seringue dans la croupe.

– Je vais te dire la même chose que j'ai dite à Mathilde. Vous avez beaucoup trop d'imagination. Oubliez ça et laissez cette affaire au fond de son puits !

Benjamin n'arrivait pas à suivre. Éric ne l'avait pas briefé avant de venir, encore moins sur ce fait divers. Avec les travaux dans la maison, il ne s'était pas du tout intéressé aux informations régionales. Il remarqua la connexion entre les deux anciens collègues. Ils se comprenaient, anticipaient la pensée de l'autre.

– Si j'ai demandé à Benjamin de se joindre à nous, c'est pour une bonne raison. Hier matin, on a retrouvé chez lui, à Ostwald, un paquet vieux d'une vingtaine d'années.

– De quoi parles-tu ? C’est quoi ce paquet ?

– Des restes humains… enveloppés dans du journal. Je n’en sais pas beaucoup plus encore, mais même s’ils sont dans un état de décomposition avancée, ce qui est sûr, c’est que ce sont des os de mains… des mains cisaillées au niveau des poignets ! Peut-être aurais-tu une explication ou une hypothèse…

Jacquier parut gêné. Jamais les mains d’une des « mutilées » n’avaient jusqu’alors été retrouvées.

– Où les avez-vous trouvées ?

– Au fond de la vieille cuve à fioul hors d’usage de la maison… Ces mains refont surface simultanément au coup de projecteur de l’épisode d’Illkirch… C’est surprenant… D’autant que le journal qui les entourait datait du début du mois de mai 2003. On avait déjà arrêté Ambre Rosieri à ce moment-là…

– Tu soupçonnes quoi ? Un complice ? Un *copycat* ?

– Plutôt une vengeance…

La tension dans la pièce monta d’un cran. Tous se toisèrent. Le capitaine brisa le silence.

– Simon, je sens un truc. Quelqu’un a délibérément placé ce paquet à cet endroit. Et je suis inquiet pour Charlotte… Je voudrais juste jeter un œil dans le dossier de Rosieri, dans les entretiens avec les psychologues, voir si je peux y dénicher un détail. Peut-être avait-elle de la famille. Peut-être avait-elle créé des liens avec d’autres détenues. Tu as sûrement des listings à disposition que je pourrais consulter…

– Je te le redis, Éric, ce n’est pas une auberge espagnole ici, on n’y fait pas ce que l’on veut !

Éric eut comme un spasme. Le ton de sa voix se fit plus cinglant. Sans détour.

– J'aurais préféré un parloir avec Ambre Rosieri, mais cela risque d'être compliqué... Puisqu'elle est morte ici même, entre les murs de cette prison. Dis-moi, c'était toi le directeur, justement, à cette époque, non ?

Surpris par cette attaque, Simon Jacquier fut pris d'une anxiété soudaine. Éric enfonça le clou.

– Tu sais, hier je suis retombé sur le rapport d'autopsie... J'ai été quelque peu surpris. J'ai moi-même assisté par le passé à une scène où Ambre Rosieri s'est cassé le nez sous mes yeux. Mais le légiste n'a vu aucune trace de ce traumatisme... Étonnant, non ?

Benjamin ne s'attendait pas à ce que l'entretien tourne au règlement de comptes. L'hypothèse qu'Éric allait émettre lui fit froid dans le dos.

– Du coup, je me suis demandé si Rosieri était vraiment morte...

– Elle est morte !

Les mots restèrent comme en lévitation dans le silence qui dura presque une dizaine de secondes avant que Jacquier n'ajoute :

– Je peux t'assurer qu'elle est bien morte... Mais pas à la suite d'une agression... Elle... Elle s'est suicidée !

L'aveu claqua, comme un fouet, dans l'air cranté de la pièce. Une ridule se forma à la commissure gauche des lèvres du directeur. Évoquer cette histoire le gênait. Éric l'avait évidemment remarqué.

– C'était en 2007, pendant mon premier poste ici à la prison de l'Elsau. Elle s'est égorgée avec une lame de rasoir dans sa cellule. On n'avait rien vu venir, on ne pouvait pas se douter.

– Est-ce la raison pour laquelle tu as changé d'affection plutôt rapidement pour la région parisienne ?

– Oui, l'administration a tout fait pour étouffer l'affaire. Tu imagines ce qu'on aurait raconté si tout avait été déballé. Une détenue, criminelle notoire qui plus est, qui se donne la mort en prison, quatre ans après son incarcération, alors que le directeur fraîchement nommé n'est autre que l'ancien commandant en charge du dossier... Jamais l'opinion n'y aurait cru. J'aurais été dans la merde jusqu'au cou. Alors j'ai accepté un marché... Une inversion de corps pour changer l'heure officielle et la cause du décès. Personne n'a éventé les détails. On a fait discret.

– Si tu n'y étais pour rien, tu aurais pu traverser la tempête médiatique, non ?

– Éric, ce n'est pas à toi que je vais apprendre que ce n'est jamais aussi simple... On ne ment pas par ambition ! Le mensonge, c'est accepter d'en chier, bordel, tu le sais très bien. Je n'avais pas le choix !

– Ne te fous pas de moi, Simon ! Ce n'est pas que cela ! Tu voulais comprendre ! À l'époque, cette enquête t'a rendu dingue. Elle t'a rendu dingue ! On n'avait pas complètement réussi à savoir pourquoi elle avait buté ces femmes, pourquoi elle les mutilait. Elle ne voulait pas parler, elle se foutait de nous. Ne pas mettre de signification sur l'horreur, ne pas mettre au jour les racines du mal, ça nous bouffe. Je le sais mieux que personne. Alors tu n'as pas pu t'en empêcher. Tu es allé la voir. Sans doute des dizaines de fois. Tu voulais comprendre ! Tu es allé trop loin et tu t'es senti responsable de son geste ! Dis seulement que je me trompe !

Jacquier n'opposa pas d'objection à ce qu'Éric venait d'insinuer. Benjamin devenait spectateur d'une joute à sens unique dont il n'imaginait pas qu'elle puisse avoir lieu en venant ici avec Éric.

– Beaucoup de monde devait être au courant. Les gardiens, les autres détenues. Peut-être même qu'en interne certains auraient pu t'accuser d'avoir provoqué son suicide. Tu t'en voulais, tu t'es senti responsable et tu as préféré accepter toutes les conditions sans discuter pour t'éloigner de toute cette merde.

– C'est bon, tu as fini ta logorrhée ? Ça te manque de t'en prendre à moi ou quoi ? Je peux compter sur ta discrétion, Éric ?

Benjamin était stupéfait. Ce genre de relation n'était pas commun. Ils s'en étaient mis plein la figure, mais ne semblaient pas s'en tenir rigueur. Ni l'un ni l'autre. Le ton s'apaisa presque en une fraction de seconde.

– OK, Ambre Rosieri n'est plus de ce monde. Mais les avertissements dehors, je ne peux pas les ignorer. Les choses sont allées trop loin avec cette vieille affaire. Il y a eu trop de sang, trop de larmes… La disparition de Charlotte… J'ai besoin de dissiper mes inquiétudes, même si cela implique de rouvrir la boîte de Pandore. S'il te plaît, laisse-moi consulter son dossier, je trouverai peut-être quelque chose. Je ne sais pas si elle était proche d'autres détenues dans son aile. Plusieurs ont dû sortir de prison depuis le temps ? Est-ce qu'elle en a dit plus sur sa famille ? Des frères ou des sœurs ?

L'inconfort de la situation obligea Simon Jacquier à capituler.

– C'est d'accord. Je vais accéder à ta requête. Comme ça, tu me foutras la paix ! On est des compagnons d'armes. Je te dois bien ça. Bien sûr, aucun document ne doit sortir d'ici. Interdiction d'utiliser vos téléphones pour emporter des souvenirs. On s'est toujours fait confiance toi et moi. Aucun de nous n'a intérêt à perdre cette confiance, n'est-ce pas La Brelle ?

Ils se toisèrent quelques instants, puis Simon Jacquier tourna son regard vers Benjamin. Tacitement, il suggérait que leur pacte de confiance l'incluait à présent dans la boucle.

– Je vous laisse deux heures dans la salle de documentation. Après, vous fichez le camp !

– 17 –

Mai 2003, dix-neuf ans en arrière

Inutile d'essayer de raisonner Éric et de le convaincre de l'attendre. Le commandant Jacquier partit directement de chez lui, à destination d'une zone reculée sur la propriété forestière de Vincent Signol. C'était là-bas, selon le mystérieux indic, que se trouvait la fille de son ami, enfermée dans une sorte d'abri troglodyte.

Simon Jacquier fit passer ses ordres au reste de l'équipe, son téléphone calé entre son épaule et son cou, tout en conduisant. Des trombes d'eau se déversaient sur son pare-brise et l'obligeaient à ralentir son allure. Il bouillait. Il arriva à proximité de la forêt en trois quarts d'heure. Il avança ensuite tant bien que mal avec sa berline sur des chemins bosselés. Il vit un homme en pardessus détrempé qui marchait dans la forêt. Jacquier baissa sa vitre et s'adressa à lui pour demander ce qu'il faisait ici. L'homme était en fait un voisin de Breuil. Il l'avait accompagné ici. Puis Éric était sorti de la voiture en furie et avait terminé le chemin à pied. L'homme s'exprimait avec difficulté. Le visage livide, comme terrifié. Jacquier l'invita à monter pour parcourir les derniers mètres jusqu'au repaire. Le peu d'explications dont il disposait fit qu'il peina à repérer l'endroit.

Arrivé à proximité, le commandant Jacquier sortit de la voiture pour aller prêter main-forte à Éric. Il hâta le pas. Ses chaussures s'enfonçaient dans la boue, parfois jusqu'à ses chevilles. Le volume d'eau tombé depuis deux heures devait être équivalent au cumul de l'eau recensé au cours des deux derniers mois. Il se baissa pour passer entre deux lignes de barbelés qui encerclaient le terrain. Au loin, des bruits de moteur résonnaient par intermittence. Il n'était plus qu'à une dizaine de mètres du réduit dissimulé sous terre. Celui-ci était béant, la porte défoncée. Il entendit distinctement plusieurs automobiles arpenter le sentier à vive allure. Des pneus dérapèrent. Les collègues venaient d'arriver sur place. L'ambulance tardait. Le voisin d'Éric qui avait suivi le mouvement de Jacquier était arrivé au niveau des barbelés. Un halo lumineux d'intensité croissante éclaircit le chambranle de la porte.

Simon Jacquier vit Éric ressortir de l'abri. Il portait sa fille dans ses bras, enveloppée dans une couverture pour la protéger du froid. La température avait fortement baissé à cause de l'orage. Le pied de la petite dépassait de la couverture ainsi que quelques mèches de cheveux humides. Le commandant cria pour couvrir le son de la pluie :

– Éric, est-ce que tout va bien ? Charlotte va bien ?

Éric Breuil avançait péniblement et luttait contre la gravité pour maintenir le corps de sa fille contre lui.

Il avait les yeux rougis et semblait exténué, vidé. Le stress avait dû retomber brutalement. Une décompression cinglante.

– S'il te plaît, Simon, allons chercher Denise, et après on file à l'hôpital !

Veuf depuis bientôt huit ans, Jacquier n'avait pas d'enfant, mais aurait désiré en avoir au moins trois si le destin ne s'en était pas mêlé. Il ne discuta pas. En se dirigeant vers la voiture de Jacquier, Breuil et son voisin échangèrent un regard. Breuil décolla une main de la couverture et décrivit un petit arc de cercle avec deux doigts. Son voisin ne posa aucune question et prit place derrière le siège conducteur. Entre les gouttes de pluie ruisselant sur son visage, une larme chargée d'espoir perla sur sa joue. Jacquier ouvrit l'autre portière arrière à Éric pour l'aider à s'installer puis fit le tour de la voiture pour se mettre au volant. Le commandant Jacquier baissa sa vitre et précisa aux membres de son équipe qui s'étaient approchés que la petite était sauve et qu'ils ne souhaitaient pas attendre l'ambulance. Il donna ses consignes puis démarra le moteur, fit marche arrière en patinant et quitta la zone.

Breuil semblait ailleurs. Le souffle chaud de la petite fille qu'il serrait toujours dans ses bras avait formé une plage de buée sur la vitre arrière tout près de son visage. Le major tenait fort la main gelée de sa petite Charlotte dans la sienne. Il faudrait repenser sa vie et celle de sa famille pour apprendre à vivre avec ce traumatisme. Assumer ses erreurs aussi.

– 18 –

Mai 2003, dix-neuf ans en arrière

Denise et Éric se disputèrent violemment pendant la nuit. Une de ces disputes dont on ne savait pas si l'on arriverait à se pardonner. Difficile à digérer pour Éric. Tout était arrivé par sa faute. Par négligence. Par arrogance surtout. Il n'avait jamais clairement regardé les choses en face. Son obsession de découvrir la vérité et son mépris des règles l'exposaient. Il n'avait jamais pris conscience que de fait il mettait en danger les siens. Sa fille en l'occurrence. Denise décida d'aller se réfugier chez sa mère en Touraine en emmenant les enfants. Sa rancœur était trop vive. Mettre de la distance avec son mari éviterait certaines paroles qu'elle pourrait regretter.

Éric était revenu avec la petite, seulement quelques heures plus tôt. Elle semblait perdue, mais en bonne santé. Denise était de ces femmes qui faisaient face dans la tourmente, mais touchaient le fond quand le calme revenait. À cet instant, son instinct maternel lui intimait de protéger les siens. Les enfants avaient besoin de repos et de sérénité. D'explications aussi. Éric les rejoindrait peut-être dans quelques jours, une fois la tension retombée. De toute manière, il voulait suivre l'évolution de l'enquête, au plus près, mais surtout revenir sur les lieux où il avait retrouvé sa fille. Comme pour expier la rage qu'il avait en lui.

Le lendemain matin, à huit heures tapantes, un convoi de police arriva sur l'immense propriété de Vincent Signol. Son implication était maintenant avérée et l'homme était en fuite. Le domaine devait être passé au peigne fin pour le retrouver. Le commandant Jacquier sortit un plan imprimé et confia à chacun son rôle. Tout élément jugé pertinent, en lien avec la captivité de Charlotte ou pour dresser le profil psychologique de Vincent Signol ou d'Ambre Rosieri, devait être noté ou collecté. Il fallait aussi rester vigilant, car Signol pouvait s'être retranché n'importe où.

L'ampleur de la tâche était phénoménale. Le service allait tourner à plein régime, encore. Plusieurs groupes de trois hommes furent chargés de ratisser la forêt, deux autres les bords de l'étang. Breuil et Jacquier, accompagnés par deux gars de la scientifique s'occupèrent du blockhaus aménagé dans lequel Signol avait enfermé Charlotte.

La structure de pierre fortifiée était un vestige de la Seconde Guerre mondiale. Haut d'environ un mètre au-dessus du niveau du sol, recouvert de mousse et presque totalement enterré sous une butte de terre tourbée, quasiment invisible, contrairement à d'autres bunkers caractéristiques connus de cette forêt. Quelques orifices avaient été pensés pour respirer ou pouvoir y insérer un fusil. Quelques marches à l'entrée faisaient qu'à l'intérieur on évoluait sous le niveau du sol. La première pièce avait une surface d'environ dix mètres carrés. La cloison en bois qui la séparait de la seconde pièce semblait récente et avait dû être montée bien après la construction de l'édifice. Breuil se repéra dans ce lieu qu'il avait arpenté la veille. Le foyer en brique, les carcasses d'animaux, les peaux, la table. La pluie de la nuit dernière s'était infiltrée à l'intérieur, renforçant l'humidité ambiante. Les gars de la scientifique prenaient des photographies, marquaient des repères. Éric Breuil avait besoin de revoir l'endroit où ce malade avait séquestré sa fille. Pour comprendre.

Il se baissa pour pénétrer dans le deuxième espace. Presque six mètres carrés. Un lit. Des posters punaisés sur les murs. Une licorne et un château. Bien insuffisant pour donner vie et légèreté au décor autour. Des feuilles avec des dessins d'enfant étalées sur le lit. Un vieil ours en peluche desquamé et éborgné, une figurine de fée avec un bandeau dans les cheveux et dont une aile était brisée. Qu'avait-il bien pu se passer ici pendant ces sept jours ? Avait-elle souffert ? Avait-elle pleuré ? Lui avait-il dit que tout était de la faute de son papa ? Peut-être même qu'elle lui en avait voulu. Pourrait-il se le pardonner ? Il ressentit un tel dégoût qu'il eut envie de vomir. Dans le coin derrière la porte, il découvrit quelques paquets de biscuits vides et un sandwich de pain de mie entamé. Il reconnut l'odeur du beurre de cacahuète. Devant lui sur le mur, un dessin bariolé de bestioles informes entourées de cœurs comme Charlotte en dessinait souvent. La feuille maculée de traces graisseuses. Les empreintes de sa petite fille en transparence. Jacquier qui venait de le rejoindre remarqua son trouble. Ce fut à cet instant que craqua l'écorce.

Éric se mit à pleurer. La pression et le sentiment d'impuissance accumulés au cours des derniers jours devaient être évacués. Le poids de la culpabilité. Le regard assassin de sa femme. Le commandant lui tapota l'épaule. Un réconfort malheureusement sans pouvoir.

Ils retournèrent dans la pièce principale. Au même instant, l'un des hommes, resté à l'extérieur devant le bunker, interpella son commandant :

– Chef, Chassard tente de vous joindre, mais je pense que votre téléphone ne capte pas sous terre !

Jacquier invita Éric à s'installer sur une chaise pour reprendre ses esprits avant de sortir à l'air libre pour prendre l'appel. Il revint moins de deux minutes plus tard, la mine sombre. Il se rapprocha d'Éric tout en replaçant son téléphone dans sa poche, contrarié.

– Les gars partis vers l'ouest de la forêt, ils pensent avoir retrouvé Signol…

Éric ne réagit même pas.

– Mort. Le corps en piteux état. Il se serait jeté dans une broyeuse à bois…

Éric fronça légèrement les sourcils.

– Ils ne peuvent être sûrs de rien avant l'autopsie et les analyses, mais sur ce qui reste de lui, les vêtements correspondent. Et ils ont trouvé son téléphone mobile pas loin. Il sera facile pour Mathilde de confirmer si c'est bien lui qui a passé l'appel anonyme et si l'horaire correspond…

Il s'adressa alors directement aux experts de la scientifique qui s'attelaient à leur tâche autour d'eux dans la pièce.

– Les gars, il faudrait que vous rejoigniez le groupe de Chassard dans la partie ouest de la forêt.

Il y a du boulot là-bas… Le corps est en charpie. Je ne voudrais pas que la scène de suicide soit davantage souillée. Il a déjà bien plu hier soir et cette nuit. Et si jamais vous vous ennuyez, il paraît qu'il ne reste que des cendres de son pavillon… Il y aurait foutu le feu avant de se foutre en l'air !

Ils acquiescèrent d'un signe de tête avant d'adresser un salut militaire parodique à leur supérieur. Ils quittèrent la pièce après avoir rassemblé leur matériel. Jacquier agrippa une chaise autour de la table centrale, la retourna et s'y assit face à Breuil.

– Tu as quelque chose à me dire ?

Éric leva les yeux et les plongea dans ceux de son commandant. Des cris d'oiseaux résonnèrent dans les bois.

– Dis-moi que tu n'as rien à voir avec ça ! Dis-moi que ce n'est pas toi qui as buté Signol.

Aucune réponse.

– Putain, réponds-moi, bon sang ! Est-ce que j'ai raison de laisser les experts faire leur job là-bas ? Dis-moi qu'ils ne vont rien trouver qui pourrait te compromettre !

– Ils ne trouveront rien. Je n'ai rien à voir avec ça.

– Éric, ça va être la merde. J'espère que tu t'en rends compte. Même si les collègues te soutiendront en apparence, certains ne pourront pas s'empêcher de douter. Avoue qu'il y aurait de quoi ! Signol sort de chez nous comme par miracle, et on le retrouve cané à peine vingt-quatre heures après. Même si tu n'as rien fait, on ne pourra pas empêcher les rumeurs.

– Je me fous de ce qu'ils pourront penser. Tout ce qui m'importe, c'est de comprendre ce qui s'est passé pour terminer cette foutue enquête… qui concerne ma petite fille, putain !

– Justement ! Tu es trop impliqué. Regarde-toi, Éric, tu n'as rien à faire là. Tu es à bout et ça se comprend. Tu ne penses pas que tu serais mieux auprès des tiens, auprès de ta fille ? Crois-moi, ce serait mieux. Je vais demander que tu sois démis de tes fonctions le temps de cette enquête. Le temps que tout cela se tasse et que chacun reprenne ses esprits. Le préfet t'accordera sûrement un congé exceptionnel et un suivi psychologique que je t'encourage à accepter.

Éric savait que son commandant avait raison. Il ne le contredit pas. Sa place n'était pas ici, mais avec sa famille. Il avait obtenu certaines des réponses qu'il était venu chercher. D'autres questions le hanteraient pour toujours.

– Allez, ça suffit, je te ramène chez toi, Éric. J'en profiterai pour me rendre à Hautepierre. Il faut que quelqu'un informe Ambre Rosieri de la mort de Signol. Je vais m'y coller ! Après tout, je suis le boss…

Éric ignora l'autoflagornerie de Simon. Il vit plutôt une opportunité de clore cette histoire. En quelque sorte, cela bouclait la boucle.

– Simon… Accorde-moi une faveur… S'il te plaît, laisse-moi le faire, laisse-moi parler à Rosieri ! Je crois que j'en ai besoin… Après, je te le promets, je me remets de tout ça avec Denise et les enfants. J'irai même voir ton psy… Je vais tout faire pour tourner la page le plus rapidement possible !

Tout faire pour tenter de tourner la page, d'empêcher les éventuelles résurgences et d'oublier ce qui pouvait l'être. Ne plus jamais s'intéresser au devenir de cette affaire. Tout faire pour devenir un nouvel homme. Un meilleur mari, un meilleur père.

– 19 –

Juillet 2022

Ostwald, Résidence des Cigognes

Le corps flottait à la surface de l'eau. Une masse blanchâtre dont la partie émergée était recouverte de poils luisants agglutinés par l'humidité.

Je m'étais levé tôt ce matin, car j'avais beaucoup à faire. Pour rejoindre l'allée des garde-meubles, il m'avait fallu contourner la cabane des jardiniers et passer près de la fontaine. Le pauvre chat mort, qui pouvait être celui de Carlo – le bellâtre sexagénaire de la chambre 17 avec la prothèse de hanche flambant neuve –, venait d'être noyé comme celui d'Estelle une semaine plus tôt. Ce chat avait le coup de griffe facile, autant avec les autres chats qu'avec les humains, mais ne méritait sans doute pas une fin aussi tragique. La puanteur de l'eau croupie et faisandée par le cadavre emplit mes narines. Cependant, je ne pouvais m'attarder davantage sur le sort de l'animal. J'avais d'autres chats à fouetter – humour mal placé. Je devais déjà découvrir celui qui tentait de m'assassiner moi.

Je continuai mon périple à trois pattes et fort de mes deux tiers de fonction pulmonaire résiduelle jusque devant mon box. Je déposai ma canne contre le montant en brique avec délicatesse pour ne pas rayer le pommeau en argent. Il représentait une tête de lion. Le roi des animaux. On ne se refaisait pas. Je déverrouillai la serrure à l'aide de la clé que je gardais en permanence autour de mon cou. Personne n'avait à savoir ce que je faisais de presque tous mes après-midi et de mes soirées. Soulever la porte du garage devenait de plus en plus compliqué. Une véritable épreuve. Nous étions tous les deux quelque peu rouillés. Elle avait dû faire un horrible grincement. Le chat de Corinne qui passait par là – il était encore vivant, lui ! – avait sursauté et sa queue avait triplé de volume.

Personne autour de moi. Je me courbai pour passer sous la porte à demi ouverte pour pénétrer dans mon garde-meuble. Des effluves de solvants planaient dans l'atmosphère. Je tirai sur la fine cordelette qui pendait à l'ampoule dont les câbles électriques rejoignaient le plafond gris. Le local s'éclaira d'une lumière faiblarde. Face à l'entrée, j'avais disposé des étagères pour que les autres habitants de la résidence, quand ils vagabondaient par ici, ne puissent rien admirer de plus que mes livres et mes piles d'articles scientifiques. Pour une fois, je mettais mon ego de côté pour rester le plus discret possible sur ce que j'accomplissais ici. J'y avais constitué mon nouveau laboratoire. On ne se reniait pas. La recherche moderne nécessitait des moyens colossaux. Mais certaines idées pouvaient être testées avec peu de choses. Certaines expériences pouvaient être réalisées sur un coin de table avec quelques produits, très peu de matériel et de la débrouille. Amazon Prime pouvait se révéler très utile de nos jours !

J'enfilai une paire de gants de protection chimique en nitrile avant d'ouvrir la porte de droite de mon étagère métallique. Je déposai sur mon bureau branlant – trois planches maladroitement vissées ensemble, que j'utilisais en guise de paillasse – un flacon de chloramine-T, un d'acide isonicotinique et un dernier d'acide barbiturique. Il ne fallait pas que j'oublie le chlorure de cadmium. Je pesai les poudres nécessaires afin de préparer quelques millilitres d'une solution tampon pour réaliser mon mélange. J'avais laissé le montage de distillation tourner toute la nuit. Je transvasai à présent le distillat de mon échantillon de porridge dans un tube à essai. J'ajoutai ensuite les différents réactifs. Un temps d'incubation à température ambiante était nécessaire à l'apparition de la coloration rouge.

Dans cette pièce à l'aménagement de fortune se trouvaient les preuves de ma gloire passée. Celle d'un des plus grands scientifiques de la planète. Détesté et adulé à la fois. Mais au milieu de tout mon bazar, l'un des tiroirs lui était réservé, dans lequel je conservais des photographies d'elle et certaines de ses esquisses comme un trésor. J'avais fait sa rencontre au cours d'une conférence. C'était en octobre 1998. Cela faisait des années que je n'avais pas été confronté à un phénomène biologique pour lequel je ne trouvais aucune explication logique. Il fut compliqué ce jour-là de garder toute ma contenance. J'en frissonnais encore aujourd'hui. Je me souvenais de chaque détail.

* * * Le 2 octobre 1998 * * *

– Bien le bonjour à tous. Je suppose qu'il est inutile de me présenter. En tant que futurs chercheurs ou prétendants à devenir des experts de la police scientifique française, vous ne pouvez pas ignorer qui je suis. Ceci explique pourquoi vous êtes venus en nombre. Autrement, vous n'auriez rien à faire là. Bien. J'espère vraiment que vous mesurez votre chance d'assister à l'un de mes cours. En guise d'avant-propos, je préfère être clair, je n'ai aucune envie d'être ici devant vous. J'ai bien mieux à faire. Alors si votre cerveau est resté chez vous, je vous invite à sortir de cet amphithéâtre sur-le-champ. Je n'accepterai pas non plus que certains d'entre vous se permettent de polluer ma présentation par un quelconque bavardage. Auquel cas je n'hésiterai pas à partir. Je l'ai déjà dit, j'ai bien mieux à faire ! J'ajoute que pour ceux qui peut-être rencontreraient des difficultés à m'entendre ou à me comprendre au micro, une retranscription textuelle en simultané de mon discours sera affichée sur l'écran à ma droite. C'est mon habitude de fonctionner de la sorte quand je donne une conférence n'importe où dans le monde. Bien. Je ne resterai pas plus d'une heure, alors débutons... Le cours d'aujourd'hui porte sur un aspect fondamental de l'analyse criminalistique. L'identification d'un criminel au moyen d'une analyse comparative de ses empreintes digitales. Selon les calculs effectués par Francis Galton en 1892, la probabilité que deux individus aient des empreintes digitales identiques est de l'ordre d'un sur soixante-quatre milliards. Il est donc très fortement improbable, pour ne pas dire totalement, que deux individus de l'espèce humaine partagent les mêmes empreintes digitales ! L'extrémité de chacun de vos doigts présente un dessin unique, formé par des coussinets légèrement bombés, appelés les crêtes papillaires, entrecoupés de sillons. Avant d'aborder les aspects biologiques, voici un petit point historique. Sachez que la première affaire criminelle résolue au moyen des empreintes digitales a eu lieu en France ! Vous en avez peut-être entendu parler. En octobre 1902, le corps de Joseph Reibel, assistant d'un dentiste de la rue du Faubourg-Saint-Honoré à Paris, est retrouvé sans vie dans le cabinet où il travaille. La victime a été tuée par strangulation. Aucun indice ne permet de compromettre un éventuel suspect. Mais Alphonse Bertillon, alors chef du service de l'identité judiciaire de Paris, trouve quatre marques de pouce sur le carreau de la vitre brisée pour pénétrer dans le cabinet. Alphonse Bertillon les photographie puis les identifie comme celles d'un certain Henri-Léon Scheffer, arrêté et fiché quelques mois auparavant. Bertillon fait état dans son rapport d'une similitude des empreintes déterminée par une comparaison archaïque… effectuée encore à l'époque à l'œil nu, j'entends. Alphonse Bertillon est donc considéré à juste titre comme un des précurseurs de l'anthropométrie moderne. Avec la portée que l'on en connaît aujourd'hui ! Mais alors, comment se forme le « dessin » unique de ces fameuses crêtes ? Celles-ci adoptent leur morphologie définitive lors du développement intra-utérin du fœtus et seront presque immuables jusqu'à la décomposition de notre corps après la mort. Si nos membres se forment dès la cinquième semaine de gestation, les rainures au bout de nos doigts apparaissent entre les semaines 12 et 16 du développement embryonnaire. Si les mécanismes de formation ne sont pas totalement identifiés, on commence à avoir quelques évidences. Notamment sur la question de l'importance du patrimoine génétique. Je vous propose de regarder vos doigts puis ceux de vos camarades autour de vous. Allez-y... Vous avez peut-être remarqué qu'il existe majoritairement trois grands types de formes d'empreintes digitales. Le type qu'on dit en arche, celui en tourbillon et celui en boucle. Près de quatre-vingt-quinze pour cent de la population entrent dans l'un de ces trois groupes, dont vous retrouvez les tracés sur la diapositive projetée sur l'écran central à l'instant. Cette homogénéité de formes prouve qu'une composante génétique détermine *a minima* le patron global de nos empreintes. Plus de quarante de vos gènes seraient impliqués dans la complexité de cette entreprise... La jeune femme au cinquième rang ? Oui, vous, avec le foulard dans les cheveux. Je n'ai pas l'habitude de répondre aux questions de l'auditoire en cours de présentation. Mais donnons la chance au culot aujourd'hui ! Veuillez parler distinctement s'il vous plaît.

– Est-ce que cela signifie que deux jumeaux homozygotes possèdent les mêmes empreintes digitales ?

– La réponse à votre question est non, jeune fille ! Même s'ils partagent strictement le même ADN de départ, les empreintes chez des jumeaux sont extrêmement proches, mais il existe des différences infimes dans la forme de leurs crêtes et de leurs sillons. La raison à cela est simple. En plus de la génétique, la composante environnementale du fœtus est cruciale. Je m'explique. Le fœtus est soumis à des mouvements répétés du liquide amniotique et totalement différents d'une personne à l'autre. Deux jumeaux qui partagent la même poche amniotique n'y sont pas forcément exposés dans la même orientation. Ainsi, les crêtes sont façonnées par ces pressions différentielles. Voyez comme l'eau d'une vague laisse de petites dunes et de petites rigoles lorsqu'elle se retire du sable. Les empreintes digitales peuvent donc être considérées comme une retranscription de la vie d'un fœtus entre sa dixième et sa vingtième semaine de développement… Décidément, vous avez un sacré toupet, jeune fille. Deux questions au cours de la même conférence. Mais soyons magnanimes, allez-y !

– Si on abrase le bout de nos doigts, les empreintes seront forcément altérées, non ?

– Pouvez-vous répéter votre question en articulant davantage s'il vous plaît ? Certains mots m'ont échappé…

– Je disais, si on se blesse, si on se brûle ou si on détériore le bout de nos doigts, les empreintes ne seront-elles pas forcément modifiées ?

– C'est une vision un peu simpliste. Je répondrais non et oui. Dans la plupart des cas, ce n'est pas vrai. C'est la couche la plus profonde de votre épiderme qui sert de moule à vos empreintes. Ainsi, même lorsque les couches externes de votre peau s'abrasent, ces moules permettent de reformer les sillons à l'identique. En revanche, il est exact qu'une cicatrice permanente qui détruirait jusqu'à la couche la plus profonde de votre épiderme pourrait altérer le dessin de ces sillons sur l'empreinte d'un individu… Et la voilà qui récidive à nouveau ! J'avais bien précisé que je souhaitais ne pas être interrompu.

– Existe-t-il un moyen pour un criminel de modifier ses empreintes ?

– Non, jeune fille ! À l'heure actuelle, c'est strictement impossible. Aucune publication scientifique ne relate pareille prouesse ! Mais qui sait ? L'évolution des outils de la génétique est telle qu'elle pourrait peut-être un jour permettre à certains génies de modifier notre patrimoine génétique sur commande... Mais nous y reviendrons peut-être plus tard ! Avez-vous l'intention de commettre un crime, jeune fille ? Puis-je me permettre de vous demander votre nom ? On ne sait jamais...

– Dillinger.

– Eh bien, mademoiselle Dillinger, je vous demanderais de venir me voir à la fin de la conférence. Il y a des choses qui m'agacent chez vous et je voudrais pouvoir vous en faire part ! Mais reprenons. Vous connaissez sans aucun doute l'affaire Thierry Paulin. Les dysfonctionnements liés à cette affaire vont considérablement accélérer en France le développement de l'identification des criminels par leurs empreintes digitales. En effet, les autorités se rendront compte après son arrestation à Paris en 1987 que cet homme, qui sera jugé par la suite coupable de dix-huit homicides, aurait pu être identifié et appréhendé près de cinq ans plus tôt, car ses empreintes digitales étaient archivées dès 1982 par les policiers à Toulouse. Des vies auraient pu être sauvées si avait été créé plus tôt le fichier automatisé des empreintes digitales, ou FAED...

⋆ ⋆ ⋆ ⋆ ⋆ ⋆

Mon chronomètre bipa. Il était temps de découvrir le résultat de mon expérience. Pas de coloration rouge. Pas de cyanure. Pourtant cet oiseau était tombé raide mort sur le rebord de ma fenêtre après avoir planté son bec dans mon porridge. Comme souvent dans la recherche, ma petite expérience n'avait pas donné le résultat que je m'attendais à observer. Vouloir prédire était une hérésie scientifique. Avec l'âge, je devrais savoir qu'il fallait avoir moins de certitudes, devenir plus humble sans doute. Mon test ne permettait néanmoins pas d'exclure qu'un autre poison ait pu être utilisé. Ce pouvait être simplement un puissant somnifère que l'oiseau n'aurait pas supporté. Ce serait une éventualité plus rassurante.

Peut-être que je croisais mon empoisonneur tous les jours. Peut-être qu'il me connaissait personnellement. À mon avis, oui. Me connaissait-il vraiment bien ? À mon avis, non. Il était évident que, même sous la torture, je ne toucherais jamais à un repas aussi minable. Mais se pouvait-il que quelqu'un sache réellement ce que j'avais été obligé de faire avec Signol ? Si tel était le cas, avait-il conscience que je l'avais fait par amour et que ce qui s'était passé n'était en rien prémédité ?

La petite fée qui n'avait pas d'oreilles

(Conte fantastique)
De l'aube au 4e crépuscule

La nuit qui suivit, Esméralda ne put réfréner sa curiosité.
De la petite fée endormie, elle s'approcha sur la pointe des pieds.
D'un geste délicat, elle retira sans à-coups le bandeau qui encerclait le haut de sa tête,
Découvrant ainsi le mystère qui se cachait en dessous.
La petite fée n'avait pas d'oreilles en fait.
Esméralda en fut saisie de pitié.
Pourtant, à la légende, elle croyait.
Celle qui disait que vraiment les fées possédaient maints pouvoirs magiques.
Mais celle-là non seulement ne semblait prodigieusement pas fantastique,
Mais, en plus, avait des pouvoirs manquants.
Esméralda comprit par la suite bien rapidement

Que si la petite fée n'avait pas d'oreilles, prendre la parole lui était aussi impossible.
Car si elle ne pouvait pas écouter, apprendre à prononcer des mots en quelques jours de vie était incompatible.

Alors, pour essayer de se faire comprendre, Esméralda mima ce qu'elle désirait lui dire.
Elle trouva très drôle le bruit amusant que la petite fée faisait à la place de rire.
Pour mieux communiquer, Esméralda eut l'idée de faire des dessins et de pointer certains mots du doigt.
Au fur et à mesure, la petite fée baissait sa garde, semblait moins encline à l'effroi.
Esméralda put lui brosser ses beaux cheveux et même lui faire une tresse.
Une complicité naquit entre elles deux. Une incroyable prouesse.

Seulement, Esméralda le savait...
Il fallait faire sortir aux lueurs du jour la petite fée,
Non pas qu'elle restât enfermée sans ciel,
Et l'exposer aux rayons de soleil.
Autrement, tout son éclat se perdrait.
Sans lumière, son âme s'éteindrait,
Réduisant jusqu'à sa chrysalide en cendres.
Ce fut pourquoi en ce quatrième jour, Esméralda mit au point un plan.
Elle s'appuya suffisamment fort avec son dos et ses fesses sur l'une des planches de la cabane pour qu'un espace se crée,

Suffisamment grand pour que s'y faufilât la petite fée,
Qui put faire le tour et débloquer le loquet qui retenait Esméralda prisonnière.
Celle-ci découvrit alors enfin le décor de l'autre pièce de la chaumière.
La tête lui tournait d'émotions, voilant ses yeux d'hallucinations,
Car elle crut bien voir que des Lapins y dansaient au plafond.
Elle se dirigea vers l'échappée belle,
Mais son regain de confiance en elle
N'était encore qu'un trompe-l'œil.
Elle s'arrêta net, figée sur le seuil,
Incapable d'aller plus loin dans la nature. Rongée par la peur.
Celle des Loups, bien sûr, mais aussi des autres créatures à l'extérieur.

La petite fée, quant à elle, retrouvait sa splendeur intense.
Elle ne semblait pas craindre la forêt.
Naturellement, puisque dans son monde muet, du danger, elle ne pouvait avoir conscience.
Esméralda percevait ces cris la nuit que la petite fée, elle, ignorait.
Il ne servait à rien d'essayer de lui faire entendre raison.
De là où elle resta postée, Esméralda la vit dans les airs faire des tourbillons,
S'émerveillant de l'envol d'un insecte, humant les fleurs sauvages aux nuances chaudes,

Se délectant de baies violettes, les pieds chatouillés par la pointe des herbes hautes.
Mais il fut vite temps de rentrer à l'intérieur.
Le Sorcier pouvait revenir à toute heure.
Il ne fallait pas qu'il se rendît compte qu'elle eut désobéi, afin qu'au lointain se posent les problèmes.
Esméralda ne le savait pas encore, mais pour s'enfuir, dès le lendemain, il leur faudrait répéter leur stratagème.

– 20 –

Juillet 2022

Strasbourg, prison de l'Elsau

Le local ressemblait à une bibliothèque pas très accueillante. Des dizaines d'étagères métalliques sur lesquelles s'alignaient des centaines de boîtes cartonnées. Jacquier avait désigné à Éric et Benjamin un emplacement où étaient rangées celles qui concernaient le quartier des femmes. Étagère 27. Ils identifièrent et mirent de côté tout d'abord les boîtes rassemblant les documents couvrant la période 2003-2007. Puis, ils parcoururent du regard les étiquettes jusqu'à localiser les pochettes estampillées d'une lettre R majuscule. Du doigt, ils passèrent en revue chaque dossier jusqu'à trouver celui qu'ils cherchaient.

– Rahim A., Rivière M., Roth S., Rosieri A., Rousseau L… Le voilà !

Ils l'extirpèrent de la boîte et l'ouvrirent. Plusieurs documents s'étalèrent sur la table. Ils n'avaient pas établi de stratégie pour les recherches. Benjamin ne savait pas vraiment le but réel de leur visite. Pour lui, cette escapade était surtout un moyen de resserrer des liens familiaux. Le capitaine s'installa sur une chaise et aborda l'aspect pratique.

– Pas la peine que tu te farcisses quoi que ce soit. De toute façon, tu n'es pas autorisé à consulter ces documents.

Benjamin plissa les yeux. La remarque était absurde. Comme si Éric avait utilisé la voie légale pour être assis là.

– Je ne vais pas rester là à me tourner les pouces, alors tu vas me dire ce que l'on cherche...

– OK, OK. Ce que je vais commencer par faire, c'est identifier les détenues qui ont côtoyé Ambre Rosieri, voire partagé sa cellule. Celles qui ont pu sympathiser avec elle. Voir si des noms me parlent. En fait, il n'y a pas grand-chose d'autre dans le dossier qui m'intéresse vraiment. J'ai une intuition. Tu crois sûrement que je n'ai plus toute ma tête... Mais écoute bien ça.

Il lui fit signe de s'approcher. Il reprit en chuchotant :

– Je vais consulter le dossier médical d'Ambre Rosieri. Parce que ce document-là, il n'a pas pu être falsifié. Une copie informatique protégée est gardée au département de médecine légale. Chaque détenu doit se plier à une visite médicale obligatoire lors de son incarcération. Donc, si tu changes ne serait-ce qu'une virgule dans une analyse, on peut le vérifier. Je peux aussi te dire que je ne trouverai rien d'autre dans les papiers du centre. D'une part, les circonstances de la mort d'Ambre Rosieri ont été maquillées, donc ils ont dû faire disparaître pas mal de papelards. D'autre part, parce que mon ami Jacquier avait prévu de me laisser farfouiller ici et il est déjà venu faire le ménage...

– Comment ça, qu'est-ce que tu racontes ?

Benjamin était piqué de curiosité. Malgré le sérieux du contexte, lui avait l'impression d'être dans un genre d'escape game.

– Simon était tendu.

– Il nous a expliqué pourquoi. Il n'a sûrement pas envie que tu retournes la merde autour de cette histoire de suicide.

– Il y a autre chose. Pour pas mal de raisons, nous sommes redevables l'un envers l'autre. Je suis venu ici lui parler des mains dans la cuve sans la moindre appréhension, car je sais qu'avec lui je ne risque rien. De mon côté, il m'a souvent sauvé la mise, donc je lui en dois et pas qu'une… Il sait que je le couvrirais au besoin. Et c'est bien là que ça coince… J'ai le sentiment qu'il y a quelque chose qu'il a peur que je ne découvre. Une chose pour laquelle il est conscient que je ne pourrais pas me taire…

– Waouh ! Il a raison, ton copain, t'es perché, La Brelle !

Le capitaine prit un air faussement vexé. Il fit mine de balayer cette blague qu'il jugeait mauvaise.

– Regarde tous ces dossiers. Rien ne te choque ?

Benjamin jeta un regard circulaire autour de lui, mais absolument rien ne le surprit. Il écarta les bras en haussant les épaules en guise de réponse.

– Tout ici est ordonné, rangé, aligné et parfaitement à sa place. La pièce est impeccablement propre. Pas un grain de poussière. Si je te montrais la salle des archives de la PJ, je suis sûr que tu verrais la différence.

– OK, super, tout est propre, c'est génial. Là, c'est sûr, argument implacable, ton pote nous baratine. Un vrai psychopathe du ménage. Il faut l'enfermer dans une cellule du quartier de haute sécurité !

– Tu veux bien arrêter de te foutre de moi ? Ce que je veux dire, c'est que la personne en charge de cette pièce est exagérément méticuleuse. Tout ici semble être maladivement à sa place.

Benjamin entrouvrit la bouche, mais le capitaine leva sèchement un doigt pour lui signifier qu'il n'avait pas terminé.

– Maintenant, analyse l'emplacement exact où se trouvait le dossier Rosieri.

Benjamin comprit presque instantanément. Le dossier avait été replacé, dans la précipitation sûrement, au mauvais endroit dans l'ordre alphabétique.

– Je suis convaincu que lorsque je l'ai prévenu de ma visite de courtoisie ou après que ma collègue Mathilde l'a contacté, Simon est venu ici même vérifier que le dossier ne contenait rien de compromettant. Il me connaît et je le connais. Et comme c'est quelqu'un qui ne laisse pas de place à l'à-peu-près et à l'imperfection, je suis persuadé que le dossier est clean. C'est pourquoi, sur ce coup, je ne suis pas sûr de pouvoir pleinement lui faire confiance... Simon me cache quelque chose... Maintenant, si tu veux bien, je vais m'atteler à la tâche.

Les deux hommes n'échangèrent plus aucune parole pendant presque une heure. Éric parcourut d'abord le répertoire des admissions année par année. Il ne fut pas surpris de constater qu'Ambre Rosieri n'avait jamais partagé sa cellule avec une autre détenue. Benjamin, sans avoir d'idée précise de ce qu'il devait chercher, mit son nez dans quelques comptes rendus de psychologues. L'occasion d'en apprendre plus sur Ambre Rosieri. De faire des liens avec le passé douloureux de la famille Breuil. Il découvrit une personnalité torturée et froide. Digne des meilleurs thrillers. Insensibilité aux autres, absence d'empathie, manque de remords, facilité à nuire aux autres et à les exploiter, à les manipuler. Une tendance à l'impulsivité qui serait apparue dès l'enfance. Des expertises sans équivoque, malaisantes, dans lesquelles revenait, de manière récurrente, le fait qu'Ambre Rosieri refusait de collaborer et de répondre aux questions.

Éric récupéra le dossier médical d'Ambre Rosieri et le feuilleta méthodiquement. L'examen effectué à l'entrée en prison pour chaque détenu avait pour objectif de déceler tout problème de santé, toute maladie contagieuse et les tendances suicidaires. Au vu de la fin qu'avait connue Ambre Rosieri, tailladée dans sa cellule, cette évaluation médicale avait failli. Aucune ligne du rapport ne faisait référence à une quelconque pensée autodestructrice. Éric ne l'imaginait pas en arriver là. Il repensa à la toute dernière fois qu'il avait été face à elle, dans sa chambre d'hôpital.

À cause de ce petit moment d'égarement, Éric ne put retenir les quelques feuillets qui glissèrent de l'arrière de la pile qu'il tenait en équilibre.

– Merde !

Benjamin fut le plus vif pour bondir de sa chaise et ramasser les pages éparpillées sur le sol. Il les rassembla et y laissa traîner un œil pendant qu'Éric continuait machinalement sa lecture.

– Éric, je crois que tu devrais regarder ça. Est-ce que tu étais au courant de cette information ?

Benjamin tendit la feuille devant lui. Un élément dans le dossier médical percuta le cerveau d'Éric. Son pouls s'accéléra. L'analyse gynécologique d'Ambre Rosieri précisait qu'elle avait déjà été enceinte, avec une probabilité forte que la grossesse ait été menée à terme, avec un accouchement par voie basse. La trace d'un rendez-vous médical daté de décembre 1997 dans une clinique privée avait été retrouvée et associée au dossier. Le compte rendu y faisait état d'une petite alerte qui aurait eu lieu lors du troisième trimestre de grossesse.

Éric ne pouvait pas y croire. Avant de commencer à tuer, Ambre Rosieri avait eu un enfant.

– 21 –

Mai 2003, dix-neuf ans en arrière

Sa hiérarchie accorda au major Breuil un congé sabbatique soutenu par avis médical, compte tenu du caractère exceptionnel de la situation. Le commandant Jacquier n'eut même pas à filtrer les avancées de l'enquête. Éric avait tenu parole. Après avoir annoncé la mort de son conjoint à Ambre Rosieri, il avait pris du recul et était resté à l'écart des recherches.

Les investigations sur l'affaire Rosieri/Signol continuèrent sans lui. Les découvertes furent de plus en plus incroyables. De plus en plus cruelles aussi. Un crescendo dans l'horreur. Camaïeu de noir.

Il y eut d'abord la découverte d'un deuxième site. Celui qu'ils surnommèrent en interne « la salle de torture ». Proche des bords de l'étang de la propriété forestière de Signol, à une centaine de pas de l'endroit où avait été trouvé son cadavre broyé. Un tumulus creusé sous terre qui, d'après l'historien qui fut mandaté, datait de près de deux mille ans avant Jésus-Christ. Une structure souterraine, recouverte d'un tertre artificiel, réalisée en guise de sépulture. Un tombeau de près de dix mètres sur quatre enterré, creusé en partie sous le niveau du plan d'eau, si proche qu'il était incroyable que l'eau ne se soit pas, depuis le temps, infiltrée au travers des parois et n'ait pas submergé la cavité.

Dans ce cloaque morbide flottait l'odeur de la mort. Une puanteur insupportable. Un mélange de fragrances pestilentielles. Des micro-organismes et des insectes décomposeurs avaient investi les lieux. C'était leur propriété à présent. La vision était difficilement tenable. Cela grouillait de partout. Les nuisibles attirés par les éclaboussures de sang maculant les roches du sol et les parois en chaume et en pierre. Et la guillotine évidemment. Celle qui trônait au centre du tumulus. L'instrument de mort était de fabrication artisanale et rudimentaire. Elle représentait une pièce à conviction majeure du dossier. La principale complice d'Ambre Rosieri. La lame corrodée avait tranché les membres des victimes de la tueuse en série. La victime numéro 7 était-elle la dernière à avoir été mutilée ici ? Au vu des ossements retrouvés sur place et des analyses de sang, les experts identifièrent que de nombreux gibiers et poulets y avaient aussi perdu leurs têtes. Les policiers ressentirent un malaise profond et plusieurs d'entre eux firent des cauchemars les nuits qui suivirent. Dans une ironie glauque, les enquêteurs les plus bourrus et insensibles baptisèrent la petite butte de terre devant l'antre « le coin à vomi ». Mathilde faisait partie des bleus qui y vidèrent leurs boyaux.

Un détail intrigua le commandant Jacquier. Ambre Rosieri déplaçait les corps dans son van et s'en débarrassait soit au bord d'un canal ou d'une rivière, soit dans des zones industrielles ou résidentielles isolées. Les reliques des mains d'aucune des victimes n'avaient été retrouvées à ce jour. L'hypothèse de Jacquier était que les mains, ou ce qu'il en restait, reposaient au fond de l'étang. Le juge d'instruction refusa pourtant ses demandes d'autorisation pour le faire assécher. Trop de temps et trop d'hommes avaient déjà été mobilisés pour une affaire qu'il considérait comme « résolue ».

Les policiers n'en avaient pas encore terminé avec l'horreur. Avaient-ils vraiment envie de savoir ce qui se trouvait sous la petite trappe à l'emplacement de l'ancien tombeau enterré ? Ils ne pouvaient s'attendre à cela lorsqu'ils retirèrent le panneau de bois qui en couvrait l'ouverture. Un bocal. Ils durent s'y mettre à deux pour le soulever et le sortir de la petite alcôve sous le niveau du sol. Un corps de bébé baignant dans du formol liquide aux reflets verdâtres. Comme un spécimen pour étudiants en médecine. Le nourrisson présentait des anomalies anatomiques. Une croissance inégale des membres, des protubérances palmaires inexistantes. Le petit corps n'avait pas de mains, ou plus exactement des extrémités atrophiées. Les légistes conclurent que le bébé était très certainement mort-né. Le cœur n'avait dû battre que quelques minutes après la naissance. Les analyses génétiques identifièrent une mutation sur le chromosome 12, dans le gène TBX5. L'enfant souffrait du syndrome de Holt-Oram, aussi appelé syndrome cœur-main. Une forme extrêmement sévère de cette pathologie qui ne lui avait laissé aucune chance de sourire à la vie. L'enfant à peine sorti du ventre de sa mère avait été en détresse respiratoire sévère. Ses poumons et son cœur incapables de supporter la rudesse d'un monde qui ne voulait pas de lui.

Les analyses génétiques confirmèrent que l'enfant était le fils naturel d'Ambre Rosieri et de Vincent Signol. Aucun des deux n'était porteur de la même mutation génétique, mais celle-ci devait être apparue *de novo* dans les gamètes de Vincent Signol. Le chromosome muté provenait de lui. La maladie étant dominante, un seul chromosome muté suffisait à en développer les symptômes. Cependant, l'état de sa dépouille en charpie empêcha de vérifier cette hypothèse. Les cellules germinales qui auraient pu présenter un état mosaïque détectable avaient été broyées avec le haut de son corps et de son squelette.

Cet épisode funèbre fut assurément fondateur de la psychologie d'Ambre Rosieri. Une pièce de plus s'ajoutait au puzzle. Ambre et Vincent avaient eu un enfant. Pendant quelques minutes seulement. Avait-elle accouché dans cette forêt, dans un taudis, en dehors de tout encadrement médical ? C'était probable, si l'on s'en tenait à leurs profils. Tout au long de sa détention provisoire, Ambre Rosieri refusa catégoriquement de s'exprimer là-dessus. Son parcours criminel ne put donc être reconstitué que par extrapolation des constats et des preuves accumulées par les enquêteurs. Son enfance auprès d'un père qui ne l'aimait pas, sa fugue, son désir d'être mère jusqu'à la perte violente de son bébé. Cette épreuve aurait nourri un désir de vengeance sur la vie. Jalouse des autres femmes pour qui tout était plus simple. Ces femmes qui n'estimaient pas la vie de leur enfant à sa juste valeur. Ambre avait sans doute fait payer à des femmes ayant eu la chance de tomber enceinte d'un enfant en bonne santé leur désir égoïste de mettre un terme chimique à leur grossesse. Ambre Rosieri n'avait plus les armes psychologiques pour discerner que tout n'était pas toujours blanc ou noir. Pourtant, il fut établi que les avortements des victimes n'étaient jamais liés à des faits de viols, à des interruptions pour raison médicale ou encore concernant des jeunes filles mineures. Les cibles choisies avaient eu recours à ce que le dossier judiciaire mentionnait sous les termes « avortements de convenance ».

Le commandant Jacquier fit beaucoup traîner les choses. Désireux sans doute de comprendre les bas-fonds mentaux sous-jacents. Curieux de tant de mystères. D'une telle obstination à se taire, à ne pas se dévoiler. Il ne pouvait pas avouer qu'il éprouvait une forme d'admiration à l'égard de cette femme qui tenait tant à sa dignité malgré les drames qu'elle avait vécus. Jacquier ressentait également de la compassion pour elle. Lui aussi attendait impatiemment la naissance de son bébé avant que sa femme enceinte n'ait cet accident de la route. Sa femme aussi était sublimement belle. La détresse liée au décès d'un enfant qu'ils n'avaient finalement jamais connu leur conférait un point commun. Un sentiment qu'ils partageaient. En un sens, démêler le désarroi psychologique d'Ambre Rosieri lui faisait du bien. Il n'était pas tout seul à souffrir de ce mal. Repenser à sa femme aussi lui faisait du bien.

L'enquête sur les meurtres des sept femmes mutilées entre 1998 et 2003 serait bientôt bouclée. Le procès en ligne de mire. Ambre Rosieri y serait condamnée à une lourde peine de prison si elle n'était pas reconnue irresponsable de ses actes. L'épisode de l'enlèvement de la petite Charlotte, même s'il était indépendant des meurtres et serait jugé ultérieurement, allait probablement peser sur le verdict.

La thèse du suicide de Vincent Signol fut retenue, malgré les doutes. D'après la compagnie téléphonique, Signol avait passé son coup de fil au domicile des Breuil à dix-huit heures treize. L'heure de sa mort ne put qu'être grossièrement estimée, car la dégradation de la dépouille était trop importante. Cependant, le sang avait été lavé. La mort avait eu lieu à coup sûr avant la fin de l'orage. Ainsi, sa mort fut déclarée antérieure à vingt heures. Tout se serait donc passé entre dix-huit heures treize et vingt heures.

Signol aurait dans un premier temps mis le feu à son pavillon de chasse. Celui-ci avait entièrement brûlé. Des traces de produits combustibles confirmaient la thèse de l'incendie volontaire. Ensuite, Signol aurait mis en route le broyeur. Une machine de professionnel capable de broyer des troncs de près d'un demi-mètre de diamètre. Il se serait placé en hauteur sur un rondin de bois coupé puis jeté tête la première dans le godet d'accueil. La sécurité de l'appareil s'était déclenchée. Soit parce que les os de son bassin étaient trop robustes pour la machine, soit à cause d'un court-circuit dû à la pluie torrentielle. Toutes les preuves soutenaient ce scénario.

Pourtant, comme Jacquier le craignait, des rumeurs enflèrent. L'esprit de corps n'était pas toujours de mise. Les absents avaient toujours tort. Certains collègues parlaient à la pause café. Un sucre dans le café et beaucoup de sucre cassé sur le dos du major Breuil. Il devait avoir les oreilles qui sifflaient. Breuil y était peut-être pour quelque chose dans la mort de Signol. Son comportement avait été étrange. Ils ne pouvaient pas rater l'occasion de le compromettre. Lui qui leur faisait si souvent de l'ombre, qui donnait parfois l'impression de les mépriser en les mettant sur le côté et en se mettant systématiquement en avant. Son retour au sein de l'équipe ne serait pas évident. Son retour à une vie normale peut-être encore moins.

– 22 –

Juillet 2022

Strasbourg, hôtel de police

Mathilde s'apprêtait bientôt à décoller pour son rendez-vous avec Éric. Elle avait choisi un endroit moins formel que le commissariat. L'ambiance d'un bar permettrait d'être plus détendus pour évoquer cette vieille affaire morbide. Elle vérifia l'heure sur son portable. Elle avait encore une petite heure devant elle. Le temps d'expédier quelques affaires courantes et de commander des tapas, une bouteille de vin rouge et un rhum arrangé chez son traiteur préféré pour le dîner avec Marti.

Elle pensait sincèrement que c'était le bon. Marti avait ses défauts. Il n'aimait sans doute pas assez faire la fête, mais il était honnête et elle pouvait lui faire une confiance aveugle. Mathilde avait trop souffert de l'abandon dans sa jeunesse. Elle s'en était forgé des nerfs d'acier, mais il subsistait les fêlures et la peur d'être à nouveau délaissée. Marti était toujours présent pour elle et c'était ce qu'elle avait besoin de trouver chez son homme. C'était également un très bon amant, ce qui ne gâchait rien. Elle se réjouissait de passer la soirée avec lui.

Elle en aurait besoin pour déconnecter après cette nouvelle journée à plancher sur des rapports d'autopsie de cadavres sans mains et de carcasses broyées, des procès-verbaux d'auditions et des milliers de lignes d'interrogatoires. Il y avait tellement d'informations que Mathilde avait oubliées alors qu'elle les avait pourtant eues entre les mains dix-neuf ans plus tôt. Elle se fit la réflexion qu'on portait un regard différent sur les faits avec le recul et avec l'âge. Certains appelaient cela l'expérience. D'autres de la faiblesse. Ambre Rosieri avait eu une enfance difficile. Aurait-elle commis de tels actes si elle avait grandi dans un climat familial aimant et stable ? Elle ne tuait pas au hasard ou par pulsion. Ses crimes avaient un mobile, une signification, même si rien ne pouvait les excuser et s'ils ne pouvaient en aucun cas être pardonnés par la société. Les démons du mal choisissaient qui ils désiraient posséder.

Par superstition, Mathilde serra fortement le chapelet qu'elle gardait toujours dans sa poche. Ambre Rosieri lui apparut tel le *soukounyan*[1]. Si elle avait croisé sa route, la grand-mère de Mathilde aurait pu tenter de désenvoûter Ambre des ténèbres qui l'habitaient. La spiritualité, les prières et les incantations avaient leurs limites, mais le devenir de cette femme n'aurait pas été pire que celui que le destin lui avait réservé.

1. Créature surnaturelle des Antilles, représentation d'un oiseau noir ou d'une femme volante qui peut pénétrer dans les habitations la nuit pour commettre ses méfaits.

Mathilde lança une de ses playlists pop favorites sur son ordinateur. Elle quitta son fauteuil, ondula légèrement son corps au rythme de la musique en se dirigeant vers la fontaine à eau installée dans le coin de son bureau. Celui qu'occupait Simon Jacquier et dont elle avait hérité. Son commandant actuel préférant le premier étage. Un vrai gratte-papier. Elle remplit sa tasse et fixa les bulles d'air qui remontaient dans la bonbonne à moitié vide. Une phrase que prononçait souvent sa grand-mère lui vint à l'esprit : *« Les démons ne pleurent jamais, pas même de larmes noires. »* Mais Ambre, elle, savait pleurer. C'était incroyable comme on pouvait effacer de notre mémoire les détails d'un évènement passé de notre vie. Même d'un évènement marquant. On s'en souvenait seulement quand des images connexes ou ressemblantes affleuraient notre conscience. Mathilde revit les larmes d'Ambre Rosieri au moment où Éric ressortait de sa chambre d'hôpital, après lui avoir annoncé la mort de Vincent Signol. Cet épisode ne l'avait pas émue plus que ça à l'époque, mais peut-être était-elle capable de plus de tolérance aujourd'hui. Avec plus d'expérience. Ou plus de faiblesse.

Collaborer les dernières années avec Éric, l'Éric d'après, l'avait rendue guimauve. Presque trop empathique pour son métier. Il restait la carapace, heureusement. C'était difficile pour elle de se l'avouer, mais Mathilde avait presque de la compassion à l'égard de cette meurtrière. Le petit garçon dont Ambre avait accouché n'avait vu le monde que quelques minutes. Qu'avait-elle pu ressentir, impuissante, voyant son bébé mourir dans ses bras ? Les douleurs des uns et des autres ne se comparaient pas. Mais putain celle-là devait faire sacrément mal. Sa peine avait dû être indéfinissable. Insurmontable. Elle avait disjoncté au point de tuer ces femmes qui mésestimaient cette vie dont Ambre rêvait avec son bébé.

Mathilde n'avait pas d'enfant, et cela ne lui trottait pas vraiment dans la tête de sauter le pas avec Marti (mais, attention, on ne savait jamais comment pouvait finir une soirée arrosée au rhum !). Elle ne pouvait pas réellement appréhender ce lien qui unissait un parent à sa progéniture. Elle avait pu voir comment Éric, lui aussi, avait dégoupillé à la suite de la disparition de Charlotte. Son état de panique et de rage. Comme si la perdre matérialisait sa propre mort. Il avait remué ciel et terre pour la retrouver et la serrer à nouveau dans ses bras. Cela n'apparaissait nulle part dans le dossier, mais Mathilde se rappela avoir autorisé Éric et son hypnotiseur à interroger Signol. Elle s'était bien gardée de le consigner. Elle voulait éviter des problèmes à Éric et sortir des sentiers battus ce jour-là avait permis de retrouver Charlotte en vie.

D'autres évènements non usuels, pour ne pas dire anormaux, s'étaient déroulés pendant la procédure. Mathilde se souvenait d'un climat de tension inextricable. Mais il y avait aussi des comportements inhabituels. Éric avait fait des choses discutables, mais, étant personnellement impliqué, ses interférences pouvaient humainement se comprendre. Elle-même n'avait pas été irréprochable, se laissant amadouer par la détresse de son collègue. Le commandant Jacquier aussi avait été difficile à suivre. Rien ne justifiait son souhait d'interroger la suspecte lui-même. À plusieurs reprises. L'affaire était médiatique, mais il n'était pas le genre d'homme à se faire mousser. Mathilde avait retrouvé un courrier adressé au préfet de police et au juge d'instruction demandant à ce qu'Ambre Rosieri ne soit pas transférée dans un autre centre pénitentiaire trop tôt, au motif que la complexité du dossier nécessitait une temporisation pour faciliter la possibilité de l'interroger autant que nécessaire. Jacquier avait obligé son équipe à verrouiller le dossier et revérifié lui-même chaque élément. Ce manque de confiance en ses hommes n'était pas dans ses mœurs. Mathilde fut d'autant plus surprise de constater qu'il manquait quelques pièces au dossier. Certains scellés étaient mentionnés introuvables. Éric n'avait pas signé l'autorisation de prélèvement pour des analyses sur sa fille. Seul moyen de savoir si la petite avait subi des sévices invisibles. Denise n'avait pas fait de déposition. Cela pouvait néanmoins s'expliquer par le fait que la famille Breuil s'était ressourcée loin de l'Alsace après avoir retrouvé Charlotte. Jacquier avait dû juger préférable de ne pas les embêter avec ça. Ses projections mentales donnèrent à Mathilde l'impression de sentir la fumée du cigare de son ancien chef réinvestir l'air de son bureau.

L'alarme de son téléphone la fit sursauter. Son agenda numérique lui rappelait son entrevue avec Éric. Elle avait aussi reçu deux SMS. Un de son supérieur lui intimant de se rendre à la maison de retraite pour prendre les dépositions en lien avec les meurtres de chats, et un autre d'Éric qui lui demandait d'apporter sur clé USB une copie du dossier Rosieri. Elle espérait qu'Éric ne s'apprêtait pas à lui confier qu'il avait une intuition.

– 23 –

Juillet 2022

Ostwald, maison de Benjamin et Charlotte

Le chemin du retour fut à nouveau un supplice. L'instant où le capitaine Breuil quitta la selle de son vélo et plaça la béquille contre le bitume fut une délivrance qui lui procura une sensation de bien-être indescriptible. Même si Éric ne voulait pas être en retard pour son rendez-vous avec Mathilde, il accepta de prendre un verre avec Benjamin avant de rentrer chez lui. Ingurgiter le plus de liquide possible était sa priorité immédiate. Ils s'installèrent sur la terrasse attenante au salon surplombant la pelouse à l'arrière. Benjamin y apporta un plateau chargé d'une bouteille d'eau fraîche, d'un bol de mixeur à demi plein d'un liquide verdâtre et d'un paquet de fruits secs.

– Je te sers un petit jus détox ? Ça aide à la récupération.

– Jamais la moindre goutte de cette soupe n'entrera dans ma bouche ! De l'eau, ce sera parfait.

Le capitaine avala son verre d'une traite. Benjamin faisait tourner les deux glaçons qu'il avait introduits dans sa mixture marécageuse. Quelque chose le turlupinait.

– Est-ce que je peux te parler de quelque chose ? Quelque chose de sérieux.

– Si c'est au sujet de cette affaire, ne t'inquiète pas, je gère. Ce que tu as trouvé dans la cuve date à l'évidence de plus d'une quinzaine d'années. Je trouverai une explication au fait que ce paquet se trouvait là.

– En fait, ce que j'ai à te dire concerne Charlotte.

– Je ne suis pas sûr d'être le mieux placé pour discuter de tes problèmes de couple…

– Il ne s'agit pas de ça… mais je ne sais pas par où commencer…

Benjamin hésita puis se remit à bafouiller :

– Tu as une relation très particulière avec Charlotte… Disons, très fusionnelle…

– C'est vrai que je suis très protecteur avec elle, peut-être même un peu trop… Je l'ai toujours considérée comme plus fragile que ses deux gaillards de frères !

– Justement, avec Denise, vous avez plutôt encouragé Jules et Benoit à prendre leur envol. Ils se sont tous les deux installés à New York, et avec leur travail prenant dans le domaine bancaire, vous ne les voyez que deux à trois fois par an. Pour Charlotte, j'ai l'impression que vous vouliez qu'elle reste proche de vous, qu'elle ne s'éloigne pas d'ici…

– Je ne vois pas vraiment où tu veux en venir… Je suis très fier de mes garçons, qu'ils aient trouvé leur voie et soient épanouis. Et c'est la même chose pour ma fille. Je ne pense pas qu'on l'ait forcée à rester vivre ici. Charlotte aime l'aventure et les voyages, mais je crois qu'elle se sent plus à l'aise dans des lieux familiers. Un ancrage qui lui est certainement nécessaire… Et puis tu râles assez sur le fait qu'elle comble très largement son besoin d'évasion par ses projets artistiques !

– C'est sûr qu'elle a les idées qui fusent. Et qu'elle a de la suite dans les idées… Rien ne résiste à son pouvoir de persuasion et à sa folie créatrice.

– Exactement comme sa mère…

– Sur cet aspect, oui, mais pour tout le reste… C'est bizarre qu'il y ait des tensions avec sa mère et jamais avec toi…

Ce n'était pas une pique de la part de Benjamin. Plutôt comme s'il tournait autour du pot. Le capitaine tempéra :

– Elles ont deux forts caractères. Deux caractères qui s'entrechoquent. Cela peut faire des étincelles… Rien de bien grave.

Éric ne pouvait pas nier l'évidence. La relation entre Charlotte et Denise était parfois compliquée. Beaucoup d'amour, bien sûr, mais Denise perdait facilement patience avec Charlotte. Dans sa jeunesse puis à l'adolescence, elle avait pu être plus turbulente et bien moins obéissante que ses frères. Denise lui faisait plus de reproches, avait plus de mal à l'éduquer et à la comprendre. Charlotte devait le ressentir. Elles se disputaient souvent. Éric était là pour arrondir les angles, mais exaspérait aussi Denise à prendre la plupart du temps la défense de sa fille chérie.

– Garçon, tu es bizarre… Cette conversation est bizarre ! Tu es sûr que ça va ? C'est la chlorophylle qui te monte à la tête ?

– Désolé… Je peux te montrer un truc ? Suis-moi au grenier !

Le capitaine opina puis attrapa quelques amandes avant de se lever. Benjamin débloqua la trappe qui menait sous le toit.

Le coulissement de l'échelle fut accompagné d'un crissement. Les maisons aussi avaient les articulations qui s'usaient. Ils grimpèrent.

– Mais c'est qu'il a bien bossé, mon « gendre » ! Qu'est-ce que vous voulez faire de cette pièce ?

– On n'en est pas encore sûrs, mais ce sera probablement le bureau de Chacha. *(Soupir)* Là où la magie opérera…

Tout en discutant, Benjamin s'approcha d'une caisse posée sur le sol. Il en retira le couvercle. À l'intérieur, une pile de documents. Il écarta une page déchirée d'un cahier, qui était sur le dessus, sur laquelle figurait un poème intitulé *Le Funambule*, puis saisit le feuillet juste en dessous. Il se retourna et le tendit à Éric.

– J'ai trouvé ça l'autre jour. Ce n'est pas que je voulais fouiller… Je voulais juste savoir ce que je devais faire de tous ces cartons.

Benjamin avait hésité avant d'aborder le sujet avec Éric. De mettre les pieds dans le plat. Ce qu'il avait découvert allait changer des choses. Bouleverser plusieurs destins.

Éric n'avait pas besoin de lire le document pour en connaître la teneur. Il en avait déjà vu et analysé un bon paquet de semblables dans sa carrière. Celui-là touchait directement à sa propre famille, mais ne le concernait qu'indirectement, paradoxalement. Il se mit à transpirer et fut pris de tremblements. Les médecins les appelaient tremblements essentiels. Un nom bien merdique. Est-ce que les blouses blanches savaient seulement ce que signifiait le mot « essentiel » ? La vérité entérinée par ce bout de papier n'était pas inconnue pour Éric. C'était lui qui avait demandé cette analyse. À partir de ce jour, une autre personne allait être au courant. Il n'en avait jamais parlé avant.

Plusieurs colonnes. Des chiffres et des nombres dans tous les sens, comparant des couples d'allèles. Un test de paternité. Au bas de la page : « *The alleged father is excluded as the biological father of the tested child.* » Une interprétation sans incertitude : « *Probability of paternity: 0 %.* »

– Bon, il n'y a pas de nom, mais j'ai trouvé ça ici dans ces boîtes, dans vos affaires. Dans ta maison, « beau-papa » ! Celle que tu nous as transmise pour qu'on s'y installe avec ta fille. L'année de l'analyse, c'est celle de la naissance de Charlotte. Tes deux fils te ressemblent comme deux gouttes d'eau, et Charlotte pas du tout. Alors, j'ai peur de comprendre…

Il pensait devoir batailler pour lui tirer les vers du nez. Il n'en fut rien.

– Tu as vu juste… Je ne suis pas le père biologique de Charlotte. Mais je suis son père quand même ! On pourra me présenter tous les tests génétiques du monde, ça ne changerait rien ! Charlotte est *ma* fille.

– Ne t'énerve pas. Je sais bien que tu l'aimes. Je veux juste connaître la vérité. Je pense aussi qu'elle a le droit de savoir !

– Il ne faut rien lui dire, ça lui ferait trop de mal.

– Elle a le droit de savoir ! Au fond d'elle, elle sent quelque chose… Tu as lu son livre… Les questions d'identité, la recherche de soi. Un jour, ça risque de lui péter à la gueule. Elle t'en voudra de ne rien lui avoir dit. Et Denise, elle est au courant, je suppose ?

– Tu te doutes bien que oui. Il faut être deux pour concevoir un enfant.

– Qui est le vrai père de Charlotte ?

– 24 –

Juillet 2022

Ostwald, Résidence des Cigognes

Je ne savais pas ce qui l'avait charmée chez moi. Peut-être le fait que j'étais différent.

Je n'avais pas eu la vie de M. Tout-le-Monde, c'était le moins que l'on pouvait dire. J'avais surmonté bien des obstacles. Et puis, j'avais mis au point une technique révolutionnaire permettant de modifier les génomes. Sans mauvaise intention. Juste pour la connaissance. Pour la maîtrise. Avant tous les autres, j'avais su comment faire. J'avais identifié cette bactérie qui se développait dans les champs de canne à sucre au Brésil. Cette souche qui comme moi devait faire face à nombre de handicaps. Elle devait pouvoir infecter la plante sans la tuer puis intégrer son ADN à celui de son hôte pour y résider sur le long terme. Elle devait aussi pouvoir lui apporter un avantage, sinon à quoi bon ? L'évolution avait permis à ce micro-organisme de conférer à la canne à sucre un système de protection contre les nombreux virus de végétaux qui abondent dans ce pays d'Amérique du Sud. Je fus le premier à voir en cette fabuleuse espèce la pépite qu'elle représentait pour réaliser un bond technologique fantastique dans le domaine de la génétique. Puis, par extension, dans toutes les autres disciplines du vivant ! À partir de l'identification au sein de son génome de ce petit morceau d'ADN, j'ai développé mon vecteur, mon outil. Même si depuis la fin des années 1990 d'autres chercheurs avaient également réussi la prouesse de pouvoir modifier « à la carte » les génomes avec la technique TALEN ou la révolution CRISPR-Cas9, j'avais été le premier. Cependant, mon nom ne serait plus jamais cité pour cela. Ma technologie marchait et permettait encore à l'heure actuelle une utilisation plus large et plus précise que toutes les autres techniques plus récentes et modernes, car elle réduirait les limites liées aux effets *off-target*.

La science m'avait accaparé. Les découvertes et la réussite me grisaient. Je jubilais d'être au-dessus de tous ces scientifiques de pacotille après avoir décollé de plusieurs strates en dessous. J'étais persuadé que cela me suffisait à être comblé. Pour autant, je savais maintenant que je n'étais pas heureux dans cette vie ! Je l'avais appris après notre rencontre. Et là, j'avais su. La science n'expliquait pas les coups de foudre. Je ne comprenais pas ce qui avait pu se passer en moi ce jour-là dans l'amphithéâtre. Elle paraissait tellement futée, intelligente et captivée par moi. Elle ne voyait chez moi ni mon insuffisance ni notre différence d'âge. Elle était belle, mystérieuse. Indomptable. J'avais été profondément agacé qu'elle ose m'interrompre. Personne ne se permettait plus cela dans mon environnement depuis bien des années. Puis sa saine insolence m'avait charmé.

* * * 2 octobre 1998 * * *

– Mademoiselle Dillinger ! Vous êtes restée... C'est courageux de votre part.

– J'ai passé l'âge de craindre de me faire houspiller...

– Disons que vous m'avez surprise par votre comportement. Vous m'avez posé nombre de questions au cours de cette seule heure de conférence. Je n'ai pas pour habitude d'échanger avec les étudiants. Vous admettrez que moi aussi, j'ai bien passé l'âge...

Il fallait que je garde mon calme, car cette trop jeune femme me faisait de l'effet. Elle mesurait environ dix centimètres de moins que moi. Des formes généreuses. Très apprêtée dans un style singulier. Une robe fleurie style bohème assortie d'éléments de cuir noir. Perfecto court, ceinture large à la taille et bottes montantes. Ce type de chaussures me ramena à mes poussées d'hormones d'adolescent – oui, même moi, je pouvais avoir des fantasmes.

– Je ne comprends pas votre façon de voir les choses ! Vous êtes passionné par ce que vous faites, personne ne peut en douter, il suffit de vous écouter pour s'en convaincre. Vous avez créé ce personnage bourru et intouchable, un brin surfait, mais malgré tout vous devriez être ravi de pouvoir discuter de votre art !

Le mot « art » me toucha. Je ne savais pas si sa spontanéité à cet instant était factice. Elle savait y faire ou était réellement quelqu'un d'exceptionnel – dans le sens de quelqu'un qui faisait partie de l'exception, j'entends bien. Dans une autre posture mentale que la masse. Ce qui ne pouvait point me déplaire. Elle me déstabilisait. Je réfléchissais à la manière de me comporter face à elle. Elle ne me regardait pas comme les autres personnes me regardaient.

– Je ne fonctionne pas comme tout le monde… Je préfère suivre mes propres règles et que les gens s'y adaptent.

Elle releva une mèche de ses longs cheveux qui s'était échappée de son foulard. Elle attendit d'avoir la main à nouveau libre pour recommencer à parler.

– Je ne sais plus qui disait : « Les règles sont futiles aux talents et nuisibles aux génies. »

– Ce que Victor Hugo disait, c'est : « Les règles sont utiles aux talents et nuisibles aux génies. » Mais merci pour le conseil, mademoiselle !

J'avais adoré quand elle avait éclaté de rire. Un rire franc et sonore. Elle était pleine d'une autodérision dont j'étais personnellement incapable.

– Ce que je voulais vous suggérer, c'est qu'on gagne beaucoup à ne pas se focaliser uniquement sur soi-même. Les autres ont beaucoup à nous apporter…

– Merci pour cette belle leçon, mademoiselle Dillinger. Êtes-vous réellement affiliée au service de la police scientifique ou au département des Sciences de la faculté ?

– Moi ? Non, pas du tout ! En fait, nous sommes voisins !

Je crus d'abord à une blague, mais elle était tout ce qu'il y avait de plus sincère.

– On ne se croise jamais… alors comme j'avais un peu de temps aujourd'hui, je me suis dit : « Allons voir ! »

Elle comprit que je doutais. De manière spontanée, sans doute pour rétablir la confiance naissante entre nous, elle posa sa main sur mon bras. Sans aucun calcul. Parce qu'elle était comme cela.

– Je suis Denise Dillinger. J'habite la maison à côté de chez vous. La maison blanche. Je suis la maman des deux charmants petits jumeaux, Jules et Benoit.

Elle ne fit pas d'allusion au père de ses charmants jumeaux et elle ne portait pas d'alliance. J'avais presque honte de repérer ce genre de détails. De sa part à elle, il n'y avait aucune volonté de séduction. Elle charmait par sa personnalité et sa façon d'être sans même s'en rendre compte.

– Tout cela ne m'explique pas ce que vous êtes venue faire dans mon sanctuaire…

– Je suis enseignante en biologie. Ces sujets scientifiques m'intéressent, tout simplement. Vous n'êtes pas quelqu'un dont on capte facilement l'attention, alors quand j'ai vu que cette conférence allait avoir lieu, j'ai voulu y assister. D'ailleurs, j'ai encore des questions en réserve…

Elle se permit un clin d'œil.

– Je dois aussi vous dire que j'adore peindre à mes moments perdus… Et certains des clichés d'empreintes et de microscopie à fluorescence que vous avez montrés m'inspirent beaucoup !

– C'est très… Enfin bref… Je suis désolé, mademoiselle Dillinger, d'écourter ainsi notre conversation, qui fut au final, je dois l'avouer, tout sauf pénible. Je dois repartir vers mon laboratoire, je suis attendu. Peut-être accepteriez-vous de prendre un café ensemble un de ces jours pour combler votre soif de connaissances ?

Je lui avais tendu ma carte de visite professionnelle. Un mufle n'aurait pas fait pire.

* * * * * *

Je n'aurais pas cru la revoir – exception faite des moments où elle sortirait de chez elle ou serait dans son jardin, j'entends. Pourtant, l'alignement de certains astres avait eu lieu. Elle avait probablement trouvé chez moi ce qui lui manquait chez celui qui deviendrait son mari. Ce que je ressentis pour elle fut comme un feu d'artifice permanent. Elle avait cette vision incroyable du monde vivant. Une perception parfois naïve, mais fondée sur une analyse méticuleuse et documentée. Des points de vue atypiques qui faisaient réfléchir. Et j'adorais réfléchir. On s'était aimés fort. Jusqu'à Charlotte qui, au lieu de sacraliser notre relation et concrétiser cet amour, l'avait fait capituler. Denise aimait deux hommes. Elle fit le choix de sa famille avant tout le reste. Je me doutais bien que cela se terminerait de cette manière. Sa prise de conscience était inévitable. Notre histoire d'amour n'avait finalement duré qu'une petite année. Il n'y avait plus de place pour moi. C'était sans doute injuste, mais on pouvait dire que Charlotte avait détruit ma vie. À deux reprises. En me privant de l'amour d'abord, et de la gloire ensuite.

Mon petit entrepôt restait le seul ancrage à mon ancienne vie. Le dernier stigmate d'une réussite oubliée. À la suite de mon licenciement, j'avais emporté tout ce que je pouvais. Personne ne m'avait aidé à ranger mes cartons. Alors je ne m'étais pas gêné. J'avais embarqué des centaines de produits chimiques, du petit matériel et même mes stocks de bactéries et mes précieux plasmides. Mon merveilleux microscope optique était lui aussi toujours à mes côtés. Je continuais à mon rythme à faire quelques petites expériences. Je prouverais un jour à tous ces merdeux que je n'étais pas un usurpateur et que mon procédé fonctionnait.

Cet objectif que je m'étais fixé, ce but ultime, me confronta à un dilemme fondamental. L'aboutissement de mes travaux nécessitait que je réalise des tests sur des êtres vivants. Mon ancienne vie m'avait permis de tester mes hypothèses sur des singes ou des lémuriens qui, comme les humains, possédaient des dermatoglyphes. L'idéal aurait été des koalas qui, sans qu'on puisse l'expliquer, possèdent des empreintes digitales uniques d'un individu à l'autre, comme les humains. Mais le comité d'éthique, à l'époque déjà, n'avait jamais validé ma demande de travailler sur des koalas comme organismes modèles. Il avait donc fallu improviser. Trouver un ou des cobayes. Être pragmatique. Faire avec ce que j'avais sous la main. Même si pour cela j'avais dû m'asseoir sur l'éthiquement correct, je touchais enfin au but.

Je fus soudain pris d'une fatigue extrême. Ces derniers jours, j'avais beaucoup tiré sur la corde et sacrifié une bonne partie de mes nuits. Il était temps de regagner ma chambre. Dormir un peu, pour faire passer la douleur. Échapper, pendant quelques heures au moins, aux fantômes du passé. Mes fantômes ressemblaient aux autres, couverts d'un drap blanc… à la différence que chez les miens, les draps étaient tachés de sang.

Dormir un peu en espérant me réveiller après.

– 25 –

Juillet 2022

Ostwald, dans un restaurant

Mathilde lui avait donné rendez-vous juste en face de chez lui, dans une winstub qui servait des flammekueches. Idéal à l'heure de l'apéro. Il était déjà installé, dos à la salle, à une table dans le fond, quand elle arriva. Il avait déjà commandé un café. Elle s'avança. Les clés et les perles de bois dans la poche de son jean moulant se frottaient les unes contre les autres dans une mélodie caractéristique qui accompagnait sa démarche féline. Sans se retourner, il lui lança :

– Je t'ai reconnue à tes clochettes ! J'ai d'abord cru que c'était le père Noël, mais en fait c'est encore mieux !

Elle sourit, heureuse que son sens de l'humour discutable soit intact.

– Tu devrais freiner sur la caféine. À ton âge, ce n'est plus très raisonnable après dix-sept heures. Tu ne vas pas réussir à dormir de la nuit !

– Un peu de respect pour les anciens ! Ça me fait plaisir de se faire une petite réunion comme au bon vieux temps !

Elle s'installa en face de lui. Une jeune serveuse s'empressa de prendre leur commande. Ils bavardèrent quelques minutes avant qu'une tarte flambée ainsi que deux pintes de bière blanche n'atterrissent entre eux sur la nappe à carreaux blanc et rouge.

– Je suis allé parler à Simon aujourd'hui.

– Éric, tu ne changeras jamais ! Tu n'avais rien à faire là-bas ! Si je vous ai appelés tous les deux, c'est que je voulais prendre toutes les précautions, au cas où. D'ailleurs, il se passe des choses bizarres dans le coin…

Elle ne croyait pas si bien dire… Éric ne voulait cependant pas aborder la découverte du paquet d'ossements dans la cuve à fioul. Elle enfourna une part de tarte flambée et poursuivit, la bouche encore pleine :

– Tu es sûrement au courant de cette histoire de chats noyés à la maison de retraite. Je ne sais pas ce que c'est encore que cette affaire-là, mais on n'a pas que ça à foutre ! Du coup, je me disais que toi… Tu es juste à côté… Tu pourrais peut-être y interroger deux ou trois personnes à ma place ?

– Ça peut se négocier… Est-ce que tu as apporté ce que je t'ai demandé ?

Elle plongea la main dans son sac.

– Oui, voilà. Tu sais que je prends des risques à faire ça ? C'est un dossier classé !

– Je t'en suis très reconnaissant Matoche. Pour la peine, c'est moi qui offre !

– Je pensais que cela coulait de source, goujat !

Il avait apporté un ordinateur portable. Il le déplaça de la banquette sur la table et le plaça en biais devant lui. Il inséra la clé USB, ouvrit le seul fichier qu'elle contenait. Mathilde avait toujours sa manie d'archiver chaque type de documents à l'aide d'un code établi et immuable. Il commença à consulter le rapport.

– Qu'est-ce que tu cherches exactement ?

– Figure-toi que j'ai découvert à la prison dans son dossier médical qu'Ambre Rosieri avait peut-être eu un enfant… fin des années 1990. Je voudrais vérifier si cela apparaît quelque part dans le dossier ! Et comme c'est presque toi la boss du service maintenant…

Mathilde fit une petite grimace qu'il ne vit pas, les yeux rivés sur l'écran. Elle était gênée. L'esprit de son mentor n'était plus aussi affûté qu'à l'époque. Cela lui faisait de la peine.

– Éric, pas la peine que tu t'obstines. Si tu m'avais dit tout de suite ce que tu voulais savoir…

Il fut immédiatement à son écoute. Conscient d'avoir raté une marche.

– Rosieri a bien accouché d'un enfant. Un petit garçon. Son bébé est mort quelques minutes après sa naissance. Il souffrait d'une anomalie congénitale. On l'avait découvert près de son domicile… après l'enlèvement de ta fille, quand tu t'étais éloigné de l'enquête et du commissariat.

Le capitaine Breuil se rendit compte de son ignorance et d'une sorte d'aveuglement de sa part. Beaucoup de choses avaient changé dans sa vie après cet épisode. Il avait mis un point d'honneur à ne plus se laisser bouffer par son travail. Cela ne l'avait aucunement empêché de rester un policier extrêmement investi et performant. Ses méthodes devinrent plus conventionnelles, plus nuancées. Mais on ne se reniait jamais totalement. Il restait à part. Pour mieux se canaliser, il s'était mis au yoga, nourrissant son esprit de plus de spiritualité. Il avait appris à mettre de la distance. À pleinement profiter des siens. L'épreuve qu'ils avaient traversée avait dans un premier temps tout brisé, puis, avec Denise, ils avaient su faire face, ensemble. Comme un vase cassé dont ils avaient recollé les morceaux un à un pour recréer quelque chose de « neuf ». Les fêlures toujours visibles, mais l'ensemble plus solide. Pour le meilleur et pour le pire.

Il s'était réinventé. Il avait mis un mouchoir sur cette histoire et ne s'était plus intéressé aux suites de l'affaire. Jusqu'à se foutre de remonter jusqu'aux racines du mal. Obligé par une force protectrice qui l'empêchait de sombrer à nouveau dans les méandres de ce drame familial. Sa maladie dégénérative était aussi passée par là, effaçant çà et là certains souvenirs. En visant juste parfois. Malheureusement, au fil des années, les trous de mémoire et les absences tapaient de plus en plus large. Altérant son jugement et ses capacités, ce qui le rendait, petit à petit, inapte à faire ce qu'il savait faire de mieux.

Ce que Mathilde lui révéla lui éclata au visage et le fit frémir. Des pans entiers de sa mémoire délabrée se reconnectèrent. Son cerveau excavait des souvenirs enfouis. Une pelleteuse de cinq tonnes dans le cortex. Un bouillonnement interne jusqu'à la fulgurance. Il eut une vision de la personne qui avait placé les mains coupées au fond de la cuve.

Il savait ce qu'il avait à faire maintenant. Il faudrait aller le voir. Malgré ses souvenirs lacunaires, ce qui était parfaitement clair dans son esprit, c'était qu'il en voulait viscéralement à ce type. La réciproque était tout aussi vraie. Il faudrait être subtil et préparer le terrain. En plus, il allait faire d'une pierre deux coups. En allant interroger le vieux professeur à la Résidence des Cigognes, il épargnerait un peu de travail à Mathilde au sujet de cette histoire de chats.

– 26 –

Juillet 2022

Ostwald, Résidence des Cigognes

* * * En plein rêve * * *

Tel un aigle à tête de lion, je contemple d'en haut les lignes qui se forment. Avançant jusqu'à recouvrir toute la surface. Créant de toutes pièces les méandres d'un labyrinthe. Un dédale de murs qui se croisent et empêcheraient quiconque qui en serait prisonnier d'en sortir. De toute façon, au-dehors, tout est en feu. L'enfer aux portes.

Au milieu du labyrinthe se trouve un arbre. Comme si l'enceinte avait été construite tout autour. Son tronc s'entortille sur lui-même, formant comme une double hélice. Je n'avais pas vu ce chat noir au premier regard. Coincé sur une branche proche du sommet de l'arbre et apeuré. L'une de ses pattes avant plaquée de frayeur au-dessus de ses oreilles. J'hésite dans un premier temps à passer mon chemin. À le laisser mourir. Les chats noirs sont des présages de mauvais augure et peuvent répandre le malheur. Tout faire s'écrouler. Mais la voix est plus forte que tout. Que penserait-elle de moi si je la laissais périr ? Cette petite bête m'appelle à l'aide. Ses lèvres dessinent mon nom. Peut-être pourrions-nous repartir sur de meilleures bases si je la sauve ?

Aussi, après avoir bien observé les lieux, quadrillé l'ensemble et visualisé une échappatoire, il m'apparaît évident que certaines cloisons de ce colosse de pierre sont plus fragiles. Elles pourraient être percées ou déplacées plus aisément que d'autres. Alors je me lance à l'assaut, fort de mon expérience, espérant m'ouvrir par ma bravoure le chemin de son cœur. Je réussis à dégager un passage vers une sortie en repensant l'architecture murale. Je m'approche de l'endroit où le petit chat se trouvait. Je pense avoir percé à jour la source du mal. Soudain, à force d'avoir détruit à la hache de plus en plus de parois érigées depuis la nuit des temps, toute la construction, fragilisée, se met à trembler, vacille. Des pans entiers s'effondrent. Le décor déjà lugubre se transforme, empire. Les murs se tapissent de rouge, les allées se maculent de sang. Les petits cadavres de chats s'accumulent sous les décombres. Des corps broyés en charpie, des dizaines de corps broyés. Des corps broyés partout. Comment ai-je fait pour ne pas voir tous ces chats ? Une seule erreur de jugement. Moi qui me croyais si doué, si parfait. Je n'ai pas réussi à anticiper les conséquences désastreuses de mes actes. Tous ces corps broyés par ma faute. Même le chat noir n'a pas survécu au chaos. Son corps inanimé vient de s'écraser au sol au pied de l'arbre. Je soulève son corps sans vie. Je voudrais crier plus fort ma rage. Mais le monde autour est sourd. Mon ambition s'évanouit. Je la vois creuser la terre. Mon futur sera teinté de rouge et mon âme cramée au noir. Tout brûle autour de moi et j'ai du sang sur les mains.

Je dois rendre les armes. Mes mains ne doivent plus jamais pouvoir faire de mal. À quiconque. Le couperet monte vers le ciel, dans une tension statique, avant qu'il ne tombe. CLAC !

★ ★ ★ ★ ★ ★

Je ne sus si j'avais crié fort en me réveillant en sursaut. Je suais à grosses gouttes, ce qui pouvait aussi constituer un nouveau symptôme de mon pèlerinage vers l'au-delà. Cependant, la vieillesse ou les désordres métaboliques n'avaient rien à voir là-dedans. Les cauchemars hémorragiques qui s'incarnaient dans mon crâne de manière répétitive, incessante et obsessionnelle hantaient beaucoup de mes nuits depuis près de deux décennies. Depuis ma descente aux enfers. Les visions de protagonistes félins dans mes délires étaient plus récentes, évidemment. En journée, ces bourdonnements horribles me pourrissaient la vie, et rares étaient les nuits ou les siestes – troisième âge obligeait – où mon cerveau arrivait à déconnecter et à se régénérer. La sénilité qui s'installerait de manière inéluctable pouvait du coup apparaître telle une forme de salut.

Je me levai péniblement de mon lit pour atteindre le lavabo de la salle de bains. J'avais besoin de me rafraîchir. Je m'aspergeai le visage d'eau froide pour avoir les idées un peu plus claires. Après avoir séché mes rides à l'aide d'une serviette, j'entrouvris la baie vitrée pour prendre l'air. Un air à plus de 37 °C. Une véritable chape de plomb qui contrastait avec l'atmosphère tempérée de ma chambre.

Dans une fulgurante chevauchée, le chat de Corinne, qui devait faire du gras sous mon lit, en profita pour sortir dans le parc en sautant par-dessus la balustrade de mon balcon.

En tournant la tête vers le kiosque, j'aperçus ce connard de policier. De la rancune montait en moi dès que j'apercevais Éric Breuil. Denise l'avait choisi... Pas moi... Lui ! Il n'avait jamais été capable d'aimer correctement Denise, ni de prendre soin des siens. J'enrageais d'autant plus que ses défauts me ramenaient à ma propre médiocrité envers ma propre femme et Charlotte.

Breuil discutait dans le parc avec plusieurs habitants de la résidence. Estelle était de ceux-là. Qu'est-ce que ce fouille-merde foutait ici ? Enquêtait-il sur les « chaticides » ? Ce serait dingue... Cela expliquerait pourquoi, plus tôt dans la journée, je l'avais déjà surpris dans l'un des garde-meubles de l'allée arrière. J'avais été frappé par son attitude alambiquée, presque frénétique, lorsqu'il dépouillait les cartons qui s'y trouvaient. Il semblait déterminé à trouver quelque chose dans ce foutoir. Soupçonnait-il quelqu'un ? Il fallait que je découvre à qui appartenait ce garde-meuble. Cette zone de la résidence échappait à la curiosité des uns et des autres. Il existait une sorte d'accord tacite entre les propriétaires de box. Un serment du genre « ce qui se passe dans les box reste dans les box ». Cela m'arrangeait bien pour couvrir mes petites affaires. En l'occurrence, mon box n'était situé qu'à deux rideaux métalliques plus loin sur la droite. J'avais d'ailleurs choisi ma chambre pour avoir une vue directe dessus. Il était hors de question que ce pourri de flic essaie d'y jeter un œil !

Non, sa présence ici ne pouvait pas être simplement liée à cette insignifiante histoire de chats noyés. Peut-être avait-on essayé d'empoisonner quelqu'un d'autre que moi au sein de la résidence ?

Une autre explication était à considérer. Son enquête concernait une ancienne affaire. Ce qui expliquerait que les protagonistes ou d'éventuels témoins aient tous entre soixante et cent ans ! Je pressentais que celle-ci ne soit pas n'importe quelle affaire. Peut-être avait-il comme moi été alerté par l'article du journal avec le mannequin assassiné ? Charlotte, Signol, Rosieri. Une affaire dans laquelle nous étions tous les deux impliqués. Si tel était le cas, il finirait par venir m'interroger.

Les chats morts, le mannequin mort, l'oiseau mort à ma place. Cela puait la vie dans le quartier en ce moment ! À l'évidence, quelqu'un cherchait à se venger. De qui ? Assurément de moi. Au minimum. Et alors, peut-être de Breuil aussi. J'avais le mobile et la ou les victimes potentielles. Il ne manquait plus que le meurtre et l'identité du tueur. Qui avait la patience d'attendre vingt ans avant de passer à l'acte ? Peut-être quelqu'un qui n'avait d'autre choix que d'attendre… Cela restait une énigme. Problème : j'adorais les énigmes.

– 27 –

Mai 2003, dix-neuf ans en arrière

Denise débarqua chez sa mère avec les enfants. Le calme de la vieille maison isolée en pierres blanches de tuffeau, où elle avait passé son adolescence, l'aiderait à trouver du réconfort. Elle ignora les appels d'Éric pendant trois jours. Le temps de digérer ce qui était digérable. Denise en voulait viscéralement à son mari. Son égoïsme n'était pas nouveau. Cette fois, il faudrait plus que du temps pour pardonner. Pour le reste, elle savait comment faire. Focaliser son attention sur autre chose, ne pas laisser de vide. Pragmatique. La priorité était de prendre soin des enfants. Il fallait réparer les dommages du traumatisme subi par toute la famille. La petite réclamerait une vigilance toute particulière. Il faudrait faire preuve de psychologie.

Après le petit déjeuner, Denise débarrassa la table, passa un coup d'éponge et fit la vaisselle. Insuffisant pour ne pas gamberger. La situation revêtait un caractère inhabituel pour ses enfants. À cause de l'épisode de l'enlèvement et du départ précipité vers la Touraine bien sûr, mais aussi parce que se retrouver à trois dans une même chambre et s'amuser tous ensemble n'était pas si fréquent dans leur vie de tous les jours. Les jumeaux étaient très exclusifs et Charlotte jouait souvent seule.

Denise monta à l'étage et se dirigea vers la pièce mansardée sous le toit en ardoise, où était installé le dortoir des enfants. Elle s'installa en tailleur sur l'un des matelas alignés à même le sol et les observa tous les trois en train de jouer. Elle réalisa qu'avec Éric, sans le vouloir, eux aussi avaient toujours entretenu une forme de distanciation entre les garçons et Charlotte. Ils jouaient à des jeux de garçons avec Jules et Benoit et faisaient, à part, des activités de petite fille adaptées pour Charlotte. Tout était très binaire finalement et leurs activités en famille, tous les cinq réunis, trop rares.

Elle décida qu'il était temps de défaire les valises. Elle se releva, agrippa le plus gros sac et commença à en sortir les vêtements pour les ranger dans l'armoire. Combien de temps allaient-ils rester ici ? Elle ne le savait pas encore. Les choses devaient s'apaiser, se tasser, avant d'envisager un retour en Alsace. Il y aurait des conséquences sur leur vie, ne serait-ce qu'au niveau professionnel. Le sacrifice nécessaire était grand. Presque déraisonnable. En plus, lui était resté là-bas « pour boucler l'enquête », comme il avait osé lui balancer, avant de lui conseiller de partir avec les enfants... Comment pouvait-il estimer l'enquête plus importante que les sentiments des membres de sa famille ? Elle lui en voulait tant. Intérieurement, elle était brisée. Branlante. Elle se demandait surtout comment il arrivait à faire front de la sorte et à réussir à garder la face aux yeux de tous.

Denise avait, elle aussi, des choses à se reprocher. Qui faisaient qu'elle se sentait coupable vis-à-vis de lui. En permanence. Avec tout ce qui s'était passé, elle avait besoin de se livrer. De libérer une partie du poids qu'elle avait sur la conscience. Elle quitta les enfants et gagna le salon. Elle rassembla les mouchoirs usagés qui traînaient sur le canapé et s'installa aux côtés de sa mère qui se débattait avec la télécommande du téléviseur.

– Maman, j'ai besoin de me confier à quelqu'un.

Elles avaient beaucoup échangé ces derniers jours, mais ce secret, Denise l'avait toujours gardé pour elle.

– Éric n'est pas le père biologique de Charlotte.

– Et il ne le sait pas…

– Je ne crois pas. En tout cas, je n'en ai jamais parlé avec lui… Peut-être que ce serait le bon moment pour le lui dire, et tout remettre à plat ?

– Ma chérie, commence par me raconter tout ça…

Denise avait une profonde admiration pour sa mère qui l'avait adoptée alors qu'elle avait déjà douze ans, faisant fi du jugement des gens du village. D'un naturel réservé, sa maman était peu démonstrative, mais faisait passer ceux qu'elle aimait au-dessus de tout.

– J'ai trompé Éric pendant un an. Cela a commencé à la fin de l'année 1998… Il s'appelait Jean-Noël…

Plus qu'un dialogue, une confession.

– Cette histoire a été une vraie bouffée d'oxygène. Pour autant, je n'ai jamais cessé d'aimer Éric. J'ai aimé deux hommes en même temps, voilà tout. Je ne me cherche pas d'excuses…

– Tu n'as pas à te justifier.

– Ça n'allait pas bien dans notre couple. Je n'allais pas bien. Je sortais de la grossesse des jumeaux qui avait été un calvaire. Les nausées pendant le premier trimestre, le mal de dos au deuxième. Comme si mon corps n'était pas adapté pour porter et accoucher de deux bébés. Le dernier tiers de la grossesse, je souffrais tellement que j'ai dû être alitée presque en permanence. J'ai dû arrêter de travailler, je ne pouvais même plus peindre... Pendant tous ces mois horribles, Éric était obnubilé par son travail. Toujours des affaires compliquées, encore et encore. Sans compter les soirées passées pour sortir son chef de sa dépression. J'aurais eu besoin de son soutien et de beaucoup d'attention et il n'était pas là. Il n'était pas là juste pour moi. Soi-disant que j'étais si forte...

Elle rit jaune.

– Ça a été encore pire après la naissance de Jules et Benoit. J'ai eu le sentiment d'être abandonnée. D'assumer seule les tâches que découvrent tous les jeunes parents qui ont leur premier enfant. Sauf que moi, j'avais deux premiers enfants... Mon allaitement *(petit rire nerveux)*, un vrai supplice. Deux mâchoires qui me lacéraient le bout des seins. J'ai dû me résigner à passer au biberon. Mais lorsque je le donnais à Jules, Benoit braillait à vouloir m'en arracher les oreilles. Et la nuit quand par miracle, je réussissais à endormir Benoit, c'était Jules qui se mettait à pleurer, réveillant son frère par la même occasion. Je n'en pouvais plus et Éric ne semblait pas le voir. Son cerveau était toujours ailleurs. La mort de son père quelques mois après la naissance des jumeaux l'avait chamboulé, mais ce n'était pas une raison pour oublier ses enfants et ne pas voir la dépression post-partum de sa femme. J'ai été obligée de prolonger mon congé maternité. Et puis, je supportais mal, quand on rencontrait des amis, que les discussions portent sans arrêt sur les enfants ou sur le travail d'Éric. Je voulais qu'on s'intéresse à moi. À moi, tu comprends ?

– Tu ne m'avais jamais dit que cela avait été si terrible…

– Alors quand j'ai fait la connaissance de Jean-Noël, j'ai été charmée par le regard qu'il posait sur moi. Je me suis laissé porter par cette simplicité. Je lui plaisais, malgré mes complexes liés aux quelques kilos de grossesse encore sur mes hanches. Il était scientifique, je suis allée voir une de ses conférences. J'ai toujours été une femme fidèle, mais je me suis surprise à apprécier être désirée. On s'est revus plusieurs fois autour d'un café. Peut-être que tu te souviens, c'était la période où on avait embauché une aide à domicile… Le charme des débuts… Avec Jean-Noël, on partageait un intérêt pour la science, pour la création. Il était cultivé, passionné et doté d'une intelligence rare. Avec un caractère très détestable aussi, je dois dire, mais c'était sa carapace. Il était attirant sans être séduisant. Sa façon de s'exprimer, de prononcer les mots avait quelque chose de ravissant, un mélange de « Désolé, je fais ce que je peux » et de « Si tu comprends pas, c'est pareil ».

Denise évoqua l'admiration qu'elle éprouvait pour cet homme qui avait bravé son handicap et en avait fait une force, refusant toute fatalité. Elle aborda ensuite leur différence d'âge à laquelle elle n'avait jamais fait attention, profitant seulement du bien-être immédiat que cette relation lui procurait.

– Cela a rapidement évolué en une relation passionnée. On se voyait en cachette, quand, pour chacun de nous, le champ était libre. Au moment où Éric était en service et que la nourrice gardait les jumeaux. Et quand la femme de Jean-Noël le pensait au laboratoire.

Sa mère eut un petit mouvement de recul, mais ne l'interrompit pas.

– On pouvait juste discuter pendant des heures. Faire l'amour bien sûr...

À nouveau, un petit recul.

– On avait nos habitudes dans un hôtel éloigné du centre d'Illkirch-Graffenstaden. Des moments souvent brefs, intenses, rien qu'à nous. Parfois, j'emportais mon matériel et il me regardait dessiner ou peindre... Je me sentais valorisée... Ces instants étaient précieux, hors du temps. Hors du rythme normal de nos vies à l'un et à l'autre... Et après environ huit mois de relation...

Denise marqua une pause.

– ... Je suis tombée enceinte de Charlotte.

Elle renifla. Sa mère lui tendit un mouchoir.

– La grossesse n'eut rien à voir avec la précédente. Aucune douleur, aucune sensation de malaise. J'avais de l'énergie à revendre et l'envie d'en profiter chaque jour. Au début, c'était comme si j'avais eu deux maris à mes côtés. Jean-Noël n'avait jamais eu d'enfant et il attendait impatiemment la naissance. Et Éric avait pris conscience qu'il devait être beaucoup plus présent auprès de moi. Et de ses deux fils aussi. J'ai vraiment vécu cette maternité d'une manière totalement différente... jusqu'au jour où j'ai pris la réalité en pleine face... Ce que je désirais plus que tout était d'avoir une famille unie. Il n'y avait pas mille solutions. J'ai rompu avec Jean-Noël... Il s'est effacé avec dignité...

Étaient-ils restés en contact ? Jean-Noël avait-il été mis au courant pour Charlotte, après l'enlèvement ? La mère de Denise se garda de lui poser ces questions pour l'instant.

– Je vis avec ce mensonge… Mais l'arrivée de Charlotte a ajouté tant de magie dans notre vie. Je ne voulais pas tout casser ! Tu te rends compte, je mens à Éric sur sa fille depuis quatre ans, depuis le jour où j'ai su que j'étais enceinte de Charlotte. Avec ce qu'on vient de vivre et la période qu'on s'apprête à vivre, est-ce que je ne ferais pas bien de tout lui avouer ?

– Ce n'est pas à moi de répondre à cette question, ma chérie. Tu es sous le coup de l'émotion, tout le monde est sous le choc… Tous les secrets ne sont pas bons à dire…

À cet instant, le téléviseur s'alluma. Denise comprit que sa mère avait besoin de décompresser devant son feuilleton policier. Elle retourna auprès des enfants.

Même s'ils n'en avaient jamais parlé ouvertement, Denise sentait qu'Éric n'était pas dupe. Éric était un enquêteur hors pair, brillantissime. Elle était convaincue qu'il devait avoir compris que Charlotte n'était pas sa fille. Certaines particularités de Charlotte pouvaient difficilement être ignorées. Elle ne lui ressemblait pas. Pourtant, il n'avait jamais rien dit. Il considérait Charlotte comme sa princesse. Plus fort qu'une adoption, une sorte d'assimilation naturelle. Il avait passé plus de temps avec elle qu'il n'en avait consacré à ses deux fils.

Accepter d'élever l'enfant d'un autre était une prouesse d'équilibriste. Il n'y avait pas de recette miracle. Il ne suffisait pas d'aimer son conjoint. Pourtant, Denise avait eu l'impression qu'Éric, lui, ne s'était pas posé la moindre question. Aucun doute sur l'amour à donner. Elle ne se sentait pas capable de la même résilience que lui.

Leur relation avait toujours été tumultueuse. Des disputes, des breaks, des pauses. Cependant, ils ne pouvaient s'empêcher de revenir irrémédiablement l'un vers l'autre. Elle savait qu'elle pourrait toujours compter sur lui. Éric lui portait un amour qui dépassait ce qu'elle pourrait trouver ailleurs. Presque irrépressible, obsessionnel. Comme il l'était pour tout le reste. C'était sans doute la raison pour laquelle il avait aimé Charlotte comme sa propre fille, sans jamais faire part de ses doutes, sans jamais rien reprocher à Denise sur son infidélité.

Éric était en partie responsable de tout ce qui était arrivé. Ce n'était pas l'enfant d'un autre policier qui avait été enlevé ! Ce qu'il avait provoqué, même sans le vouloir, était difficile à surmonter. Denise voudrait le haïr, mais sans lui, elle sombrerait. Il avait cette force intérieure à laquelle rien ne pouvait résister. Celle dont elle avait précisément besoin. Celle qu'elle-même avait su trouver autrefois. Entre être à ses côtés en le détestant et se séparer de lui, le choix était vite fait. Elle savait déjà qu'elle le suivrait dans toutes ses décisions.

Il était temps de renouer le dialogue. Denise s'isola dans la pièce d'à côté pour répondre au ixième appel d'Éric. Elle ne voulait pas inquiéter les enfants par la colère dans sa voix. La détresse au fond de la gorge. Elle s'efforça de ne pas hausser le ton. Éric tentait de lui ouvrir son cœur au travers du combiné.

– J'ai fait ce que j'avais à faire ici. J'ai besoin que tu me fasses confiance. Il faut qu'on soit soudés si on veut traverser ces... remous. Denise, est-ce que tu me fais toujours confiance ?

– On dirait que c'est un jeu pour toi !

– Je veux juste qu'on ne détruise pas ce qui tient encore debout ! Si je me laisse aller, je vais m'enfoncer ! Denise, les enfants et toi, vous êtes tout pour moi.

– Alors, pourquoi ne pas m'avoir suppliée de nous accompagner ici ?

– Je voulais... Je voulais aller au bout de cette foutue enquête. Pour ma fille !

– Et c'est quoi le plan ? On se terre avec les enfants, on se tait, on retient nos larmes, on reste ici, on attend que tout se tasse par miracle, on claque des doigts et pouf... Tout est effacé et on ne nous reparle jamais de l'enlèvement de Charlotte ?

– Je voudrais juste réussir à les tenir à l'écart, que cela ne rejaillisse pas sur eux...

– Les gens vont parler, c'est inévitable !

– Tu sais bien que je me fous de ce que diront les gens. Ma priorité, c'est vous. Ça a toujours été vous ! Je veux sauver ce qui peut encore l'être. Pouvoir me regarder dans la glace... On va gérer...

Elle secoua la tête car cette dernière phrase, encore une fois, suggérait qu'il ne prenait pas la mesure de l'ampleur du drame et des conséquences. On dirait qu'il souhaitait mettre leur vie à tous les cinq entre parenthèses. Le temps d'être sûr que tout irait bien pour chacun d'eux. Sans interférence. Sans ingérence de quiconque. Dans un déni total. Comme si la petite ne serait pas marquée et oublierait tout. Comme si leurs deux garçons n'allaient pas se poser des questions sur ce qui s'était passé et être impactés psychologiquement. Comme si, à leur âge, il était facile de mentir et de faire comme si de rien n'était. De commander ou de mettre en pause ses émotions. En l'occurrence le chagrin. Comme si les enfants ne s'étaient pas imprégnés de la panique et de la détresse perçues sur le visage de leurs parents.

– Est-ce qu'on va pouvoir continuer comme cela ? Loin de chez nous... Pendant combien de temps ?

– Je ne sais pas ! Trois mois, six mois peut-être... Ce n'est pas le plus important pour l'instant... Je pense à elle...

Un ange passa durant quelques secondes.

– Éric, es-tu capable de changer... pour moi, pour nous ?

– Je vais faire ce qu'il faut pour arranger les...

– Je parle d'une vraie remise en question ! De stabilité...

Lui aussi était exténué. Il aurait préféré pouvoir retenir ses mots.

– Tu te fiches de moi ? Et toi, tu n'as jamais rien eu à te reprocher ?

Elle ne répondit d'abord rien. Quoi qu'il en soit, il n'y avait qu'ensemble qu'ils étaient forts. Elle se radoucit :

– Est-ce que tu comptes enfin nous rejoindre ? Les enfants ont besoin de te voir... Moi aussi...

Il se sentit idiot.

– C'est toi qui as raison. J'arrive dès que possible. Je saute dans le premier train. On va affronter les obstacles ensemble... en famille. Je te le promets, Denise. Rien ne sera plus comme avant... Je vais changer. Tout va changer !

Il était impossible de faire table rase du passé, mais il fallait regarder devant. Cette crise fut, sans commune mesure, la plus compliquée que Denise et Éric eurent à affronter, mais l'harmonie au sein de leur couple finit par revenir.

Tout n'était pas toujours rose, mais ils recréèrent le cocon familial dont Denise rêvait. Denise et Éric se marièrent. Avec leurs trois enfants, ils réinvestirent leur maison en Alsace après plus d'un an passé en Touraine. Ils voyaient moins de monde qu'avant, durent se faire de nouveaux amis. Mais qu'importe. Cela évitait beaucoup de situations de malaise et d'entendre sans arrêt les gens leur rappeler l'épisode de l'enlèvement de Charlotte. Denise reprit son métier d'enseignante, à mi-temps pour se libérer du temps de loisirs et pour peindre.

Éric opéra un virage radical dans son comportement. Il se mit au yoga et à la méditation. Éric Breuil n'était plus le même homme. Plus posé, moins égocentrique. Ses coups d'éclat plus mesurés. Presque prudent. Il potassait ses dossiers la nuit à la maison plutôt qu'au commissariat, afin de consacrer plus de temps à sa famille tout en brillant professionnellement. Jusqu'à réussir à faire taire les racontars. Jusqu'à faire l'unanimité au sein du commissariat. Éric s'investit pleinement dans l'éducation des enfants. Il assistait aux matchs de basket des garçons ou construisait avec eux des cabanes dans le jardin. C'était lui qui se levait, à la place de Denise, pour les consoler la nuit après un mauvais rêve. Il tissa un lien particulier avec Charlotte. Les échanges étaient plus tempétueux avec Denise. Charlotte avait de qui tenir ! Éric avait trouvé le truc avec elle. Ils se comprenaient. Il lui racontait beaucoup d'histoires. Denise appréciait le côté prévenant et attentionné qu'avait développé son mari. Il aimait sa femme et le lui montrait jour après jour.

La petite fée qui n'avait pas d'oreilles

(Conte fantastique)
De l'aube au 5e crépuscule

Pendant la nuit, Ésméralda fit un rêve très étrange.
À se demander si l'onirisme ne fut pas tout bonnement réalité.
La petite fée lui apparut tel un ange
Murmurant à son oreille qu'elle avait à lui confier un inavouable secret.

Au soleil levant, Ésméralda de sa prémonition fut comme exaltée,
Persuadée que son salut viendrait de ce que la petite fée avait à lui dire.
Son enthousiasme fut cependant à la raison vite ramené,
Car son souhait se heurtait à un obstacle pharaonique à franchir.
Dire... la petite fée ne le pouvait pas.
Ce fut pourquoi Ésméralda considéra
Qu'elle n'avait pas d'autre choix
Que de tout faire pour lui redonner au moins la voix.

Dans un vieux grimoire appartenant au Sorcier,
Elle trouva sa réponse.
Il existait quelque part dans les tréfonds de cette forêt,
Caché dans un coffret en bois de ronce,
Un philtre dont le pouvoir permettait de renaître de ses sens,
Savant mélange des savoirs et des plus pures essences
Des Fées, créatures lumineuses de l'air, et des Nixes, créatures ombrageuses de l'eau.
Le philtre de Fées et Nixes.
À la condition unique selon les préceptes ancestraux
De le boire au soleil descendant de la moitié de son zénith.
Esméralda n'eut alors plus que cette idée en tête :
Trouver cet élixir qui ferait que la petite fée ne fût plus jamais muette.

Cette fois-ci, lorsque la petite fée lui avait donné la main,
Esméralda accepta donc de la suivre.
La petite fée virevoltait en chemin. Quant à Esméralda, elle restait un brin craintive.
Elle fut tout de même bien étonnée.
La forêt n'était pas aussi lugubre qu'elle l'imaginait.
Les épines des pins ne piquaient pas autant qu'elle le croyait.
Toutefois, au bout d'un moment, Esméralda hésita à chemin rebrousser.
Mais la petite fée ne l'entendit pas de cette oreille.
Alors elles s'enfoncèrent davantage au cœur de la forêt
Jusqu'à ce que leurs pupilles s'écarquillent, tous leurs sens en éveil.
Quelle ne fut pas leur stupeur

De découvrir l'insoupçonnable autre demeure !
Devant elles, la mer en arrière-plan, se dressait un château cuivré monumental.
Les remparts tout autour paraissant comme exhumés de la terre et de ses entrailles.
Tout en haut de la plus grande des tours que comptait l'édifice
Était perchée une effrayante gargouille, qui régnait sur la bâtisse
Pour promettre mauvais augure.
Pourtant, dans une folie toute pure,
La petite fée tenta pour y pénétrer
De faire plier l'imposante porte en bois sculpté,
Mais elle ne bougea pas d'un pouce.
Voyant bien que, sans son aide, jamais elle n'y arriverait,
Esméralda, pourtant inquiète, vint à sa rescousse.
L'entrain de son amie miniature l'encouragea à pousser de toutes ses forces,
Si bien que par une fine ouverture elles purent pénétrer à l'intérieur du colosse.

Elles ne surent déterminer qui habitait en ces lieux,
Mais des humeurs mélancoliques firent qu'Esméralda s'y sentit bien.
Une belle table était décorée d'une nappe brodée de fleurs
Comme celles dressées naguère lors de banquets anciens.
Une vaisselle raffinée et de grands chandeliers.
Juste en face d'une majestueuse cheminée.
Le lieu avait quelque chose d'envoûtant,

Comme ceux marquant le destin d'une enfance.
Par ces fresques esquissées de-ci de-là piégeant une étrange symbolique,
Ces livres aux reliures dorées dont les pages se couvraient d'un langage énigmatique,
Et ces fabuleux bijoux ornés de pierres précieuses
Qu'Esméralda découvrit, curieuse.
Puis au détour d'un couloir, elle comprit qu'elles n'étaient pas arrivées dans ce lieu par hasard.
Sur un chétif présentoir se trouvait le tout petit coffre usé qu'elle était venue chercher pleine d'espoir.
D'autres auraient pu passer à côté sans même le voir,
Cupides attirés uniquement par les richesses et aveuglés d'étoiles.
Mais pas elle.
Non, pas elle.
Le petit écrin de bois était gravé de motifs équivoques
Et serti d'une pierre en apparence sans valeur.
Esméralda tenta de l'ouvrir, mais se heurta à l'ésotérisme d'à l'époque.
L'objet semblait vouloir protéger ce qu'il gardait à l'intérieur.
Esméralda n'insista pas tant et le glissa dans un pochon.

De tout cet enchantement, elles avaient perdu du temps la notion,
Si bien que la clarté du jour commençait à fort décliner.
La fumée du soir allait tout recouvrir.
La forêt oui, et a fortiori surtout le chemin pour rentrer,
Les piégeant toutes les deux dans l'enceinte pour la nuit.

Bien qu'Esméralda sût que le Sorcier serait furieux et fou qu'elle s'échappât,
Rentrer dans le noir et risquer de croiser la route d'un Loup ne serait pas raisonnable.

Elles allaient devoir passer la nuit sur place,
Et malgré leur condition clandestine se soustraire à l'angoisse.
Leur trouble fut de courte durée,
Car sitôt qu'elles s'allongèrent dans le grand lit tout de blanc drapé,
Elles tombèrent de fatigue,
Chacune sous l'égide d'une confiance en l'autre mutuelle.
Elles dormirent sur leurs deux oreilles
Jusqu'à l'aube du sixième matin, tout du moins.

– 28 –

Juillet 2022

Ostwald, maison de Benjamin et Charlotte

Benjamin avait besoin de se changer les idées. Il retira sa blouse de peintre et enfila sa tenue de course et ses chaussures de running. Il plaça son brassard sur son biceps afin d'y glisser son iPhone et ses écouteurs Bluetooth sur les oreilles. Avec tout ce temps passé dans les rénovations, certains de ses muscles perdaient en tonicité. Il n'avait même pas eu le temps d'aller nager à la piscine cette semaine. Cette virée dans la forêt du Nachtweid lui permettrait de préserver son cardio. Il se mit à trottiner puis à courir à vive allure. Il mit plusieurs centaines de mètres à caler sa foulée.

Aux abords du bois, un tintement sonore interrompit la musique l'espace d'une seconde. Il venait de recevoir un SMS. Tout en sautillant sur place, il saisit son smartphone et consulta le message. Il savait qu'il était de Charlotte. Elle avait bidouillé les réglages de son appareil pour qu'une sonnerie et des bips sonores spécifiques soient dédiés à ses appels et ses messages. Elle disait que c'était un processus kinesthésique, et que comme ça il serait conditionné à lui répondre. « J'espère que tu vas bien, mon BéGémin. Pas trop dur avec les travaux ? La conférence de presse avec l'éditeur était chouette et la dédicace s'est super bien passée. La petite fée déplie ses ailes ! J'ai rencontré plein d'autres auteurs, c'était trop intéressant. Ne sois pas trop jaloux ! 😉. Je repars de Paris demain matin vers 8 heures. J'arrive à la gare à 9 h 58. Tu pourras venir me chercher ? Bisous ».

Il lui répondrait plus tard. Elle ne semblait pas se rendre compte de la distance qui s'installait de manière insidieuse entre eux. Comme s'ils n'allaient plus tout à fait dans la même direction. Il était néanmoins content qu'elle rentre à la maison, pour pouvoir la serrer contre lui, la sentir avec lui. Il faudrait qu'ils discutent de leur avenir. Il fallait aussi la préserver de cette histoire glauque qui refaisait surface. Cela le tracassait. Il n'avait pas envie que de vieux souvenirs de son enlèvement la perturbent. Leur couple avait déjà ses problèmes. Il repartit en trombe.

Il était en forme aujourd'hui. Une vitesse d'environ quinze kilomètres-heure tenue pendant près de quarante-cinq minutes, sans être essoufflé. Mais une appréhension accélérait son pouls. À quelques dizaines de mètres derrière lui, un cycliste sur un vélo bleu le suivait. Rien d'anormal dans cette forêt, où le parcours de santé était très fréquenté, mais cela faisait plus de cinq kilomètres sans discontinuer, et il avait fait plusieurs fois le même tour du bois. À cause des évènements récents, il était plus sur ses gardes que d'habitude. Il emprunta un chemin différent pour le tour suivant, mais il continuait d'entendre les craquements de branches derrière lui. Son rythme cardiaque avait augmenté et pourtant il ne parvenait plus à maintenir sa cadence habituelle. Il paniquait. Il fallait qu'il rentre au plus vite.

Sorti de la forêt, de retour sur le bitume et en plein soleil, le vélo bleu passa près de lui, mais poursuivit sur le chemin forestier laissant derrière lui un nuage de poussière mordoré. Le cycliste était accompagné d'un petit bout à la chevelure blonde tout sourire qui était calé dans son siège bébé. L'anxiété de Benjamin disparut instantanément. Qu'est-ce qui lui prenait d'être si méfiant ? Peut-être faudrait-il qu'il envisage de se mettre à la méditation comme son « futur beau-père »... Cette histoire de mains coupées lui faisait perdre la tête. Pour le retour, il décida d'adopter un rythme plus calme et se cala sur cinquante pour cent de sa « VMA[1] ».

Il fit quelques étirements dans la cour arrière de la maison, séance courte, mais obligatoire pour favoriser une bonne récupération. Ses muscles affûtés luisaient et son débardeur était trempé. En entrant dans son domicile, il n'avait qu'une idée en tête : prendre une douche revigorante. Ensuite, il ferait griller quelques brochettes de viande blanche et de légumes au barbecue. Il avait invité Éric à partager son repas. Denise et Charlotte militaient pour qu'il soit entouré le plus possible. Il n'allait pas tarder à arriver. De plus, cette invitation leur permettrait de discuter du rendez-vous d'Éric avec sa collègue Mathilde. Benjamin alla à la cave chercher une bouteille d'eau avant de monter à l'étage. Il souleva la bâche qui lui barrait le passage vers l'escalier. La planche s'écrasa sur l'arrière de son crâne. Tout se tacheta de noir avant qu'il ne perde connaissance.

1. Vitesse Maximale Aérobie.

– 29 –

Juillet 2022

Ostwald, maison de Benjamin et Charlotte

Des baffes appuyées le firent reprendre connaissance. Benjamin avait comme une barre de fer à ressorts en travers du front. Un mauvais goût dans la bouche. Il lutta pour entrouvrir les yeux. L'impact d'une gifle supplémentaire faillit lui faire perdre conscience à nouveau.

– Tu peux arrêter de me savater la joue s'il te plaît ? Tu y prends du plaisir ou quoi ?

Le capitaine Breuil se tenait debout au-dessus de lui. La mine inquiète. Benjamin, dans un marasme proche de celui d'un réveil après une gueule de bois, s'attelait à remettre de l'ordre dans son esprit. Il se souvint être rentré de son jogging. Après, pas grand-chose. Un grand choc dans l'escalier. Quelqu'un l'avait installé sur le vieux canapé du salon. Un des derniers meubles rescapés ici.

– J'étais très inquiet. Comment te sens-tu ?

– J'ai l'impression que c'est sur moi que les ouvriers ont coulé deux mille cinq cents litres de béton.

– Un tel humour ne peut être que signe de bonne santé ! Qu'est-ce qui t'est arrivé ?

– Je me souviens… Quelqu'un m'a assommé par-derrière. Je n'ai rien vu, c'est arrivé trop vite. J'ai dû m'évanouir… J'ai pris un sacré coup à la tête.

– Ça, je te le confirme ! Ce n'est pas beau à voir. Il ne t'a pas raté !

– Est-ce que tu crois que cela a un rapport avec toute cette affaire ?

– C'est possible, malheureusement. Il se passe des choses bizarres.

Benjamin posa machinalement sa main droite sur le brassard à son autre bras. Son téléphone n'était plus à sa place. Il prit appui sur les coussins pour se redresser. Il vacilla légèrement avant de réussir à apprivoiser la douleur et l'engourdissement. Il se dirigea vers les escaliers et se mit à chercher frénétiquement.

– Tu n'aurais pas vu mon portable ?

– Non.

– Je crois qu'on me l'a volé !

Il se sentait idiot de n'avoir rien vu venir et d'être tombé comme une mouche, lui, si costaud.

– Est-ce que tu as l'impression que quelque chose d'autre manque dans la maison ?

Il regarda sans réelle conviction autour de lui.

– Je crois que le voleur a aussi emporté un rouleau d'isolant et mes pinceaux sales.

Le capitaine Breuil fit mine de lui asséner une claque supplémentaire. Évidemment, le vol ne pouvait être la raison pour laquelle l'agresseur de Benjamin s'était introduit dans son domicile. Il n'y avait rien à dérober dans ce chantier. Il fut rassuré de voir que son « futur gendre » ne semblait pas trop affecté, tant physiquement que psychologiquement.

– En tout cas, ton agresseur a dû juger ton sens de l'humour sans valeur puisqu'il est encore là !

Le carillon du portail retentit. Ce n'était vraiment pas le moment. Benjamin écarta du bout des doigts un rideau et regarda discrètement par la fenêtre. La vision de sa visiteuse le fit frémir. Il avait encore moins envie d'ouvrir. Mais c'était sans compter sur la spontanéité du capitaine qui se précipita vers la porte d'entrée qu'il déverrouilla à l'aide de la clé du trousseau qui pendait à la serrure. Il s'avança sur le perron comme s'il était encore chez lui.

– Madame Hoeflinger, mon ancienne voisine adorée ! Cela fait tellement longtemps, je pourrais presque dire que vous m'avez manqué !

Éric et Denise avaient acheté cette maison à Ostwald à la fin de l'année 1996. Denise était enceinte de ses jumeaux et leur petit appartement n'était pas assez grand pour quatre. Ils étaient tombés sous le charme de ce pavillon construit dans les années 1960. Quelques mois plus tard naissaient Jules et Benoit. Trois ans plus tard, c'était au tour de Charlotte d'agrandir la famille. Elle s'était fait un peu attendre. Cela avait laissé le temps à Éric d'aménager une petite partie des combles pour y créer une véritable chambre de princesse. Celle qui donnait sur le petit balcon du premier étage. Si seulement il avait pu prédire ce qui allait se passer… Avoir Mme Hoeflinger et son mari en tant que voisins était le seul point noir à leur vie dans cette maison. Le mari n'était pas spécialement avenant, mais n'était pas souvent chez lui. Cependant, cette vieille pie était suffisamment chiante pour deux. Elle n'hésitait pas à venir se plaindre lorsque Breuil n'avait pas eu le temps de déneiger le trottoir devant chez lui ou de débroussailler les forsythias. Elle ne pardonnait pas à ses voisins d'avoir planté le mirabellier pile sur la limite de propriété. Les jumeaux faisaient soi-disant trop de bruit en jouant au basket-ball avec le panier mobile dans la cour de la maison. Seule Charlotte avait les qualités de calme et de silence qu'elle recherchait chez les autres individus de l'espèce humaine. Du coup, Charlotte était la seule autorisée à venir caresser Rémi, le bébé chat qu'elle venait d'adopter. Le regard tendre qu'elle portait sur cette petite démontrait néanmoins que sous l'écorce elle avait un cœur. Une petite fille, c'était peut-être ce qui manquait à sa vie. Ce qu'elle avait raté avec son mari.

– Cher Éric, croyez-le ou non, mais j'ai presque plaisir à vous savoir en forme et en bonne santé ! Pourrais-je parler à votre fille Charlotte ou à son charmant et délicieux conjoint ?

Il l'invita d'un consentement de la tête à franchir le portillon puis à entrer dans la maison. Elle veilla à bien refermer derrière elle. Elle essuya ses chaussures sur le paillasson avant de s'avancer dans la pièce principale. Elle le fit par convenance, mais elle s'aperçut très vite que le parquet à l'intérieur était plus sale et poussiéreux que le paillasson lui-même.

– Madame Hoeflinger, je suis désolé, mais vous ne tombez pas vraiment au bon moment… Je viens de me faire agresser par une personne qui s'était introduite dans la maison. Vous devriez rentrer chez vous et tout bien fermer à clé.

– Justement, jeune homme, je dois vous parler.

Aussi synchronisés qu'un duo de comédiens qui répétaient ensemble depuis des années, les deux compères s'interrogèrent mutuellement du regard, se demandant s'il était préférable de la laisser raconter ses médisances habituelles ou de trouver un moyen habile de couper court à la discussion.

– Charlotte n'est pas avec vous ?

Benjamin fut surpris de cette indiscrétion de la part de sa voisine.

– Non, elle est en déplacement à Paris.

– Ma fille a édité un livre. Un sublime conte pour enfants. Peut-être êtes-vous au courant ?

– Ah oui ? Non, je n'en ai pas entendu parler.

Ce devait être le seul ragot du quartier et même de la ville qui avait dû lui échapper.

– Je crois que la dernière fois que j'ai approché votre fille, c'était quand elle avait tout juste trois ans. À son retour de l'hôpital, un jour où la pauvre avait fait une terrible crise d'allergie à la cacahuète lors de la fête du quartier.

Le capitaine sembla déstabilisé. Peut-être troublé par la tendresse avec laquelle elle avait prononcé cette phrase. La vieille Hoeflinger avait encore toute sa tête, contrairement à lui. Ce souvenir, par exemple, n'était plus dans la sienne. Il n'y était plus accessible tout du moins. Ce jour-là, sa petite fille avait failli y passer à la suite d'une violente réaction allergique accompagnée d'une détresse respiratoire sévère.

– Désolé de casser l'ambiance, mais pouvez-vous en venir à ce que vous avez à me dire de tellement important ?

– Je crois que je peux vous aider à comprendre ce qui vient de vous arriver. Mais de mon temps, jeune effronté, on proposait aux personnes âgées de s'asseoir. On se fendait même de leur proposer à boire. De mon temps, on ne traitait pas non plus ses voisins d'hystériques ! Mais bon, il faut croire que les bonnes manières se perdent.

AAARGH ! Elle savait être très agaçante. Championne du monde. Il ignorait si le coup qu'il avait reçu sur la caboche avait eu un effet bénéfique sur son seuil de tolérance, mais il réussit à prendre sur lui.

– Vous avez raison, madame Hoeflinger. Puis-je vous proposer un café ou un thé ? Je n'ai pas grand-chose d'autre de toute façon. Je m'excuse aussi de vous avoir traitée d'hystérique et surtout d'avoir insulté votre chat !

Le capitaine Breuil retint un rictus. Il ne ratait rien de ce spectacle. Il jubilait d'avance des moqueries et des piques qu'il pourrait lui envoyer. Son « gendre » s'étalant comme une carpette devant la Hoeflinger ! Benjamin s'éclipsa quelques instants puis revint avec deux cafés dans les mains et une boisson énergétique sous le bras. Il déposa le tout sur le Kachelofen, avant de déplacer deux gros pots de peinture qu'il empila en guise de table basse de fortune. Mme Hoeflinger n'était pas Mme de Rothschild, mais il n'y avait pas à dire, il savait recevoir. Il laissa sa voisine tremper ses lèvres dans la mousse de son café puis laissa parler son impatience.

– Madame Hoeflinger, pouvez-vous me dire ce qui s'est passé ici tout à l'heure ? Qu'est-ce que vous avez vu ?

– Lorsque vous êtes parti faire votre footing, j'ai vu une personne entrer chez vous…

Alerte scoop !!! Un grand merci à la dame, une telle information méritait bien la visite. Sans compter que qualifier de simple « footing » une session d'efforts à plus de quatre-vingt-cinq pour cent de sa VMA était presque comme une insulte.

– Je regardais mon feuilleton sans trop faire attention à ce qu'il se passait dans la rue. Puis Rémi a sauté sur le rebord de la fenêtre, j'ai regardé dans sa direction et c'est alors que j'ai aperçu comme une silhouette s'approcher de votre porte à l'arrière. Croyant que c'étaient encore vos ouvriers qui détérioraient mes parterres de fleurs, je me suis approchée de la fenêtre. Quelqu'un trifouillait votre serrure avec des outils. Je me suis cachée derrière mon Rémi pour continuer à observer. Puis j'ai vu votre cambrioleur entrer chez vous…

– Vous n'avez pas appelé la police ?

– Si, mais il semble qu'ils aient ignoré mon appel !

Éric et Benjamin ne furent pas surpris. Mme Hoeflinger devait détenir le record national de sollicitations inutiles à la police. Des tapages sonores qui ne dérangeaient qu'elle, en passant par les signalements de personnes louches sur la place devant sa maison, sans oublier les voitures qu'elle considérait mal stationnées dans la rue.

– Écoutez madame, je vous remercie pour m'avoir raconté tout cela et pour votre aide, mais il faut que j'aille porter plainte maintenant.

– Attendez un peu… Je ne vous ai pas dit le plus important… Votre cambrioleur, j'ai pu l'apercevoir… C'était une femme et elle était rousse !

Benjamin invita sa voisine à rentrer chez elle et la raccompagna jusqu'à la porte. Le capitaine resta bloqué sur sa révélation. Ce n'était sans doute pas une coïncidence.

Tous les rebondissements de leur enquête les ramenaient à l'affaire des mains mutilées et à Ambre Rosieri. Même décédée, elle faisait encore parler d'elle.

En seulement deux jours, trop d'évènements étranges s'étaient accumulés. Avec une corrélation spatio-temporelle étonnante. Il était facile de supposer qu'il existait un lien entre tous ces phénomènes. Un point commun. Éric n'avait pu soupçonner au départ la tournure que cela prendrait. Benjamin avait des comptes à régler à présent. Ils étaient plus que jamais motivés à découvrir la vérité. Les vélos dans la cave n'attendaient qu'eux pour se remettre en selle. Tel un tandem type Starsky et Hutch moderne.

Au début de sa relation avec Charlotte, Benjamin avait des *a priori* sur Éric. Ce surnom, le capitaine, que tous ses proches employaient en parlant de lui laissait présager un caractère autoritaire, voire imbu. Il n'en était rien, mais cela restait révélateur de son petit côté prétentieux latent. Un peu genre *Cercle des poètes disparus*, *Ô capitaine ! Mon capitaine !*. Très vite, Benjamin s'était pris d'affection pour lui. Cet homme avait de grandes qualités. De la tolérance avant tout, un très bon jugement et beaucoup de compassion pour les autres. Il l'avait accueilli simplement et n'avait mis aucune barrière. Il le considérait comme son troisième fils. Ils s'étaient très vite taquinés, ce qui ne déplaisait pas à Benjamin. Éric s'intéressait à beaucoup de choses. Il pouvait aussi bien regarder des compétitions sportives à la télévision que discuter art et littérature, passions qu'il partageait avec sa femme et sa fille ! En contrepartie, Benjamin avait ce côté spontané et sans filtre qu'Éric voyait de moins en moins chez les gens de son entourage. Malgré leur amour et leur bienveillance, rares étaient les personnes chez qui il ne devinait pas une once de compassion mal placée dans les yeux.

– Je vais au commissariat signaler l'agression et le vol de mon portable.

– Musclor va-t-il assumer de s'être fait mettre au tapis par une femme ?

Denise et Charlotte leur reprochaient souvent le timing inadapté de leurs blagues douteuses. Le capitaine reprit plus sérieusement :

– Dans le téléphone que les services m'ont fourni, il y a un GPS intégré et l'appareil peut être localisé à tout moment. Tu n'aurais pas le même genre de système de sécurité dans le tien ?

– Non. J'ai bien mon application de course, mais je ne peux la déclencher qu'à partir de mon téléphone et c'est du *tracing* en temps réel. Donc, cela ne fonctionnera pas. Mais peut-être que…

Il eut une idée. Même si celle-ci le mettrait dans une position inconfortable, il se lança :

– Est-ce que tu peux me prêter ton portable ? Je peux peut-être tenter quelque chose.

Le capitaine lui tendit son appareil. Benjamin se mit à pianoter sur l'écran. Après quelques minutes, il rendit son appareil au capitaine.

– Peux-tu m'expliquer ?

– Si ton téléphone vibre et te signale un truc, tu me le passes tout de suite, OK ?

Éric était un brin circonspect puis suspicieux. L'attitude de Benjamin, d'ordinaire si transparente, avait quelque chose de louche.

– Tu vas devoir m'en dire plus, mon coco !

– Je t'ai créé un compte sur une application de rencontre...

Les yeux d'Éric s'écarquillèrent. Il ne voyait pas où Benjamin voulait en venir.

– ... Et j'ai installé l'application sur ton téléphone. C'est une application un peu genre Tinder, qui te signale des crushs compatibles avec toi à proximité, dans un rayon de cinq kilomètres. Tu peux aussi localiser des membres qui ont activé cette fonction dans leur profil personnel.

Éric n'était pas familier avec ces modes de séduction modernes. Il avait du mal à suivre Benjamin. Le coup sur sa tête avait été plus violent qu'il ne l'avait cru. Peut-être valait-il mieux aller faire un tour aux urgences de l'hôpital de Hautepierre ?

– Tu es Eve_Cœur_67 !

– Tu fais un AVC ou quoi ? Qu'est-ce que c'est que ce charabia ?

Benjamin fut obligé de passer à table.

– J'ai moi-même un profil sur cette application. Alors j'ai créé un faux profil d'une fille du coin. Une fille qui rechercherait un mec comme moi !

– Est-ce que je dois comprendre que tu dragues d'autres filles *via* un site de débauche alors que tu es en couple ? En couple avec ma fille ! Mais tu es complètement dingue !

C'était la honte. Benjamin ne savait pas pourquoi il n'avait jamais désactivé son compte. Jamais il n'avait songé à tromper Charlotte. Il avait pu parfois penser qu'il serait peut-être mieux pour eux deux de se séparer, mais il l'aimait. L'admirait même. Mais voilà, cette application était un moyen de se rassurer quant au fait qu'il puisse toujours plaire. Il était de ces hommes qui avaient besoin de cela. Il était flatté quand il recevait une notification lui indiquant qu'un profil s'intéressait à lui. On le trouvait séduisant et cela lui faisait du bien. Charlotte, elle, considérait qu'elle n'avait pas besoin de le lui dire, que c'était évident. Comme si, pour elle, les « je t'aime » étaient tacites. Benjamin, lui, avait besoin de ces marques explicites d'amour au quotidien. L'amour n'était pas un acte notarié. Valable à vie une fois signé.

– Il va falloir que tu t'expliques, mon garçon !

À peine avait-il fini sa phrase que son téléphone vibra entre ses doigts et émit un signal sonore. Le son d'un baiser langoureux. Benjamin se jeta sur l'appareil. Benji_lover, le crush de la virtuelle Eve_Cœur_67, se trouvait à moins de cinq kilomètres d'ici. Benjamin lança la géolocalisation sur son Tinder local. Les icônes apparurent sur la Google Map du coin. Il montra l'écran à Éric.

– Mon téléphone borne à la maison de retraite.

– 30 –

Juillet 2022

Ostwald, Résidence des Cigognes

Elle enfila une tenue bleue qu'elle avait trouvée dans le vestiaire sur une pile de vêtements propres. Elle n'arrêtait pas de penser au petit moment de gloire vécu la veille. La séance de dédicaces à Vendenheim lui avait comme punaisé des étoiles au dos des paupières. Dans son sac à main, elle effleura l'exemplaire de *La Petite Fée qui n'avait pas d'oreilles* qu'elle s'était autodédicacé. Ce conte dont elle pouvait se vanter d'avoir eu la jolie idée. La littérature était un monde de liberté, un univers sans limites, où tout était possible. Tout le monde avait sa chance. Écrire n'était pas réservé à une caste. Des livres écrits dans un langage bourru ou dans le phrasé de la rue pouvaient devenir des chefs-d'œuvre. Pas besoin d'être passé par khâgne. Néanmoins, seuls quelques privilégiés se voyaient être édités et avaient la chance de voir leurs ouvrages sur les étals des librairies. Une fois qu'on avait goûté à ce graal, on en voulait encore et encore. Le succès dans ce milieu était partagé aussi bien par des hommes que par des femmes. Le talent n'était pas genré.

Le contraste était criant avec certaines professions. Devant elle s'alignaient les étiquettes nominatives des casiers. Jade, Gabrielle, Samira, Clémentine, Mitsuko, Sybille. Un monde presque exclusivement féminin. Trop peut-être. Un monde dans lequel elle devait se fondre. Elle reprit ses esprits. Elle avait beaucoup à faire. Hier, le produit qu'elle avait ajouté au déjeuner du vieux fou n'avait pas eu l'effet escompté. Il fallait trouver un autre moyen de le piéger aujourd'hui. Sans qu'il se méfie.

Ce bon monsieur aurait dû rendre des comptes par le passé. Sa vie était un mensonge, une escroquerie. Elle pourrait avoir des remords de s'en prendre à un vieillard sans défense, mais celui-là était abject et traînait pas mal de casseroles. Il ne devait pas avoir la conscience tranquille. Elle savait pourquoi elle accomplissait cette mission et surtout pour qui. Les fantômes du passé se mettraient bientôt à table.

Elle plongea à nouveau la main au fond de son sac et en ressortit le pot de comprimés qu'elle glissa dans la poche de sa tenue d'infirmière. Elle contourna la cloison en blocs de verre fritté pour aller se rafraîchir aux lavabos. Au même moment, quelqu'un entra dans le vestiaire et se dirigea vers les casiers. Un souci capillaire à régler devant le miroir intérieur d'une porte métallique.

Il lui serait compliqué d'expliquer sa présence ici, tout comme pourquoi elle avait des cachets interdits sur elle. Alors, sans faire de bruit, elle s'agenouilla pour se dissimuler derrière le bac à vêtements sales destinés à la laverie. Quelques secondes plus tard, elle fut à nouveau seule dans la pièce.

Il n'y avait pas qu'elle qui avait des choses à cacher. Beaucoup de personnes en ce monde avaient leurs secrets, leurs failles. Elle avait vu quelque chose. Une scène à laquelle elle n'aurait pas dû assister. Une des infirmières de la résidence portait une perruque.

– 31 –

Juillet 2022

Ostwald, Résidence des Cigognes

La Résidence des Cigognes n'était qu'à trois kilomètres à vol d'oiseau de la maison de Benjamin. Ils s'y précipitèrent sans trop réfléchir à la manière de démasquer puis d'appréhender la voleuse. Porter plainte attendrait.

Benjamin conseilla au capitaine de monter en braquet afin de moins tourner les jambes dans le vide. Sans doute grisé par la mission à accomplir, le capitaine Breuil ne se plaignit pas une seconde d'avoir à pédaler à corps perdu pour se rendre là-bas. L'adrénaline le transformait. Cela faisait bien longtemps qu'il ne s'était pas senti aussi utile. Aussi vivant. Ils arrivèrent devant l'arche en pierre de l'entrée principale et roulèrent sur l'allée de gravier jusqu'à l'entrée. Ils laissèrent leurs deux-roues sur la béquille à l'avant de la bâtisse. Le soleil commençait doucement à se cacher derrière la ligne d'horizon lorsqu'ils passèrent sous le portique puis franchirent les portes en bois massif.

Le capitaine Breuil n'eut pas besoin de montrer de carte dans cet endroit, dans sa ville, où il était connu comme le loup blanc. Du coup, les quelques personnels soignants qu'ils croisèrent ne leur posèrent pas trop de questions. Une infirmière s'enquit tout de même de savoir si Éric allait bien, car il semblait un peu surexcité et tendu. Une autre tint à leur rappeler que les visiteurs devaient quitter les lieux, au plus tard, dans une demi-heure environ. Éric entrait et jetait un coup d'œil dans chaque pièce, recherchant une femme rousse qui serait le sosie d'Ambre Rosieri ou son fantôme. Que ferait-il s'il tombait nez à nez avec cette femme et qu'elle décidait de lui sauter à la gorge ?

Benjamin suivait Éric tout en restant en retrait. Il s'inquiétait un peu pour lui. Il paraissait plus brouillon dans son comportement, moins réfléchi. La journée avait été rude. Tous les deux avaient besoin de sommeil. Éric stoppa net son voyeurisme frénétique et compulsif de chaque chambre. Il avança d'un pas déterminé droit vers l'une des portes au bout du couloir. Il entra dans la pièce sans s'annoncer.

Benjamin se hâta lui aussi et s'arrêta sur le pas de la porte. La chambre lui parut extrêmement grande pour ce type d'établissement. On n'était pas non plus dans un palace. Benjamin crut comprendre l'intérêt de son complice d'investir cette chambre et pas une autre. Elle disposait d'une très grande baie vitrée qui donnait sur l'arrière du bâtiment. Tout le parc était visible ainsi que les locaux techniques à l'arrière. Un vrai poste de surveillance. Pourtant, Benjamin se trompait. Si le point de vue offrait une opportunité de débusquer leur cible si celle-ci déambulait à l'extérieur de la résidence, c'était plutôt l'occupant du lieu qui intéressait Éric.

L'homme, sans surprise, était vieux. En robe de chambre, les cheveux gris longs jusqu'à la nuque. Lunettes larges type années 1970, barbichette passablement entretenue. Plutôt grand et l'air suffisant. Benjamin tourna la tête vers le petit écriteau apposé sur le cadre de la porte sur lequel était inscrit le nom du résident. Jean-Noël Hoeflinger. Se pourrait-il que… ? Le nom et le prénom avaient une résonance particulière. Benjamin fut déconcerté. D'une part, il était persuadé que sa voisine acariâtre était veuve et d'autre part, Jean-Noël était le prénom qu'Éric lui avait donné comme étant celui du vrai père de Charlotte. Le scientifique que Denise avait fréquenté à la fin des années 1990. Éric lui avait fait jurer de ne rien dire. Denise ne savait pas qu'il était au courant de sa liaison adultère. Benjamin se dit toutefois que Charlotte ne ressemblait pas tant que cela à son géniteur, même si son apparence hirsute empêchait d'apprécier la physionomie complète de son visage. Peut-être un petit quelque chose dans le regard.

Il fut alors stupéfait. La scène qui se jouait devant lui avait quelque chose de surréaliste. Improbable. À lui couper le souffle, à lui, pourtant grand sportif. Les deux hommes se mirent à discuter, en silence. Sans que la moindre parole soit prononcée. Éric s'exprimait tout en gestes. Il signait. Le père de Charlotte devait être malentendant. Celui-ci prononçait quelques bribes de phrases par moments, dont l'intonation et l'élocution les rendaient difficilement compréhensibles à cette distance pour Benjamin.

S'il ne pouvait rien comprendre de ce dialogue de sourds, l'échange lui parut très tendu. Les gesticulations d'Éric étaient anormalement saccadées. Il avait une artère qui battait au niveau de la tempe. Son interlocuteur n'était pas en reste. Il semblait répondre avec un certain dédain, tentant de garder une certaine prestance, qui souffrait indubitablement du poids de l'âge et de son accoutrement. Éric le surprendrait toujours. Même s'il semblait plus hésitant dans l'exercice que Jean-Noël Hoeflinger, Benjamin ne savait pas du tout qu'Éric maîtrisait la langue des signes française.

Il pensa à Charlotte. Il n'avait jamais compris son insistance auprès de son éditeur pour cette histoire de retranscription du conte pour les personnes en situation de handicap. Cela lui tenait tellement à cœur. Si bien qu'elle avait même eu le culot de menacer la maison d'édition de tout arrêter. Quitte à ne jamais voir naître le fruit de son travail acharné. Elle disait que cela faisait partie de l'œuvre. Que sinon le conte serait dénué de sens. Siphonné de son essence. C'était probablement un clin d'œil à son faux père qui l'avait initiée à la langue des signes.

La conversation muette se poursuivait. Benjamin scrutait régulièrement l'écran du portable du capitaine afin de vérifier que la cambrioleuse était toujours sur place. Il avait des tonnes de questions à poser à Éric, mais ce n'était certainement pas le moment. Pourquoi ne pas révéler à Charlotte, maintenant qu'elle est adulte, l'identité de son vrai père ? Pourquoi, s'il avait été là tout près, celui-ci n'avait-il pas cherché à passer du temps avec sa fille ? Ni quand elle était petite, ni à l'adolescence, ni plus tard ? Se pouvait-il qu'un père n'ait pas envie de connaître son enfant ? Ce type serait un sacré connard !

Benjamin remarqua du mouvement dans le parc au travers de l'énorme baie vitrée. Il s'en approcha. Ce fut à cet instant qu'il la repéra. Une silhouette marchait au loin et se dirigeait vers les garages. Les rayons d'un soleil déclinant faisaient luire sa chevelure vénitienne.

– Éric, regarde au fond du parc ! Là-bas !

Le capitaine se colla à la fenêtre.

– C'est le parking des employés. Fonce, essaie de la rattraper !

Le triathlète sortit de la pièce en un temps record, sprinta jusqu'à la cage d'escalier et dévala les marches pour atteindre la sortie. Il fracassa presque la barre d'ouverture de l'issue de secours et se retrouva dans le parc. Il reprit sa course. Il passa près du kiosque à une vitesse impressionnante. Il tourna au coin de l'allée des garages en direction du parking sous les regards attentifs, au premier étage, des deux pères de Charlotte. Il arriva trop tard. Il eut à peine le temps de voir les feux arrière du véhicule tournant sur la gauche avant de disparaître derrière le mur de clôture.

Tout n'était pas encore perdu. Il pouvait peut-être encore la rattraper en coupant par les ruelles menant au centre-ville, à condition qu'elle ne bifurque pas directement vers la bretelle de l'A35. Il se précipita pour contourner l'édifice principal et rejoindre l'allée où il avait laissé son vélo. Il s'apprêta à sauter sur sa selle, mais un coup d'œil sur l'écran du téléphone lui confirma qu'il ne servait à rien de continuer. La fugitive s'était trop éloignée. L'icône de Benji_lover avait disparu du périmètre de crush. L'union entre Eve_Cœur_67 et lui resterait définitivement un amour impossible. Eve passerait la nuit en célibataire.

La petite fée qui n'avait pas d'oreilles

(Conte fantastique)
De l'aube au 6e crépuscule

Soudain la petite fée se réveilla en sursaut et secoua Esméralda.
Était-ce vraiment un bruit, un écho ou entendait-elle des voix ?
Non, la petite fée avait raison. Quelqu'un était entré dans le château.
Peut-être celui qui habitait cette maison, auquel cas elles seraient dans des draps beaux.
Esméralda ne sut pas ce qui avait mis la puce à l'oreille à la petite fée.
Peut-être percevait-elle mieux que nous autres mortels les us, les secrets
Et les vibrations du monde qui l'entourait.
Comme les battements d'un cœur.
Esméralda pria pour que le visiteur
N'eût pas déjà repéré les siens,

Tant la peur tambourinait en son sein.
Dans l'espoir de pouvoir filer à l'anglaise, Esméralda et la petite fée derrière la porte se cachèrent.
Le château dans lequel elles avaient pris leurs aises, un Loup en était en fait le propriétaire.
Il savait que quelqu'un était ici et il cherchait partout.
Il était tout proche, s'approchant du grand lit,
Mais à l'instant où il souleva le drap pour y voir en dessous,
Esméralda et la petite fée prirent la fuite.
Profitant qu'il leur tournât le dos pour détaler à toutes jambes et à toutes ailes,
Réussissant ainsi, sans qu'il pût a priori ni les voir ni les entendre, à prendre la poudre d'escampette.

Esméralda fonça droit devant elle sans se retourner,
Grisée d'avoir réussi cet espiègle pied de nez,
Avec la petite fée à ses mèches bien accrochée.
Elle courut ainsi aussi longtemps que ses jambes purent la porter,
Jusqu'à en avoir le souffle court.
Il n'en était pas moins qu'en cette veille du septième jour,
Les choses auraient pu prendre une tout autre tournure.
Esméralda et la petite fée avaient échappé de peu à devenir nourriture.
Et c'était bien grâce à la petite fée qu'elles avaient déjoué ce mauvais tour.
La petite fée avait réécrit son futur et en avait redessiné les contours.

À présent, quelles étaient leurs options ?
Coincées au milieu de la forêt maudite, elles ne faisaient pas légion.
Qu'à cela ne tienne, vers la cabane du Sorcier, elles s'en retournèrent,
Seul endroit où Esméralda avait en quelque sorte un repère,
Croisant les doigts que, comme la nuit dernière,
Le Sorcier ne fut pas rentré. Au moins, elles éviteraient sa colère.
Une tornade de doutes envahit alors Esméralda.
Et si le Sorcier ne revenait pas ?
Elles seraient livrées à elles-mêmes dans cet univers cruel,
Et Esméralda serait bientôt seule même, la petite fée n'étant pas éternelle.
Au même moment, un craquement léger émana du fond de sa poche.
La petite boîte se fendillait, lui signifiant que la grande révélation fut en approche.

– III –

Juillet 2022

JOUR 3

– 32 –

Juillet 2022

Ostwald, maison de Benjamin et Charlotte

La nuit avait été courte. Agitée. Benjamin avait eu du mal à fermer l'œil. Les évènements de la veille lui tournaient dans la tête. Chaque découverte, chaque décision menait à quelque chose d'autre, qu'à chaque fois il maîtrisait de moins en moins. Un cercle vicieux dont il se serait bien passé.

Il ne comprenait pas la raison pour laquelle cette femme s'était introduite dans son habitation. Ensuite, il avait échoué à la rattraper. Il n'avait pas pu distinguer le numéro de la plaque d'immatriculation. Ni même la marque de la voiture. Il commençait à faire sombre et il l'avait aperçue trop peu de temps. Lorsqu'il avait rejoint le capitaine, celui-ci s'était déjà renseigné auprès du personnel pour savoir si le site disposait de caméras de vidéosurveillance. Il y en avait deux. L'une dirigée sur l'entrée de service dédiée aux livraisons, l'autre sur l'entrée principale. Aucune ne permettait de voir le parking ou le parc. Leur enquête avait quand même fait émerger un nouvel indice. L'accès au parking à l'arrière de la résidence était restreint au personnel autorisé. Seules les personnes disposant d'un badge pouvaient y stationner leur véhicule. Leur fugitive devait donc être soit un responsable administratif, soit un membre du personnel de la résidence, ou encore un prestataire du lieu. Le capitaine avait pris la peine de relever les immatriculations des quelques véhicules encore garés sur le parking. À cette heure avancée de la fin de journée, il n'en restait qu'une dizaine, mais cela permettrait d'éliminer quelques suspects.

Avant de quitter la résidence sénior, Benjamin avait questionné Éric sur son échange avec son ami déficient auditif. Éric botta en touche en lui promettant de lui en dire plus, mais un peu plus tard. Benjamin avait tout de même eu en face de lui le père biologique de Charlotte. La première impression laissait à désirer.

Éric était resté sur place. Il disait que cela aurait l'avantage de pouvoir surveiller les va-et-vient dans la résidence. Qu'il pourrait aussi consulter le planning de présence du personnel. Étant donné qu'Éric ne maîtrisait pas le fonctionnement de l'application de rencontre, il avait confié son smartphone à Benjamin au cas où le son d'un baiser langoureux se ferait entendre. Benjamin était rentré à pied sous la pleine lune traînant de chaque bras l'un de ses vélos. Charlotte arrivait à la gare le lendemain matin et il avait promis de l'attendre sur le quai.

Les paupières encore collées après un sommeil trop lacuneux, Benjamin eut un mal fou à sortir du lit. L'odeur de plâtre vint lui chatouiller les narines. Il avait encore une douleur sourde et lancinante à la tête. Son agresseuse n'y était pas allée de main morte. Contrairement à celles retrouvées dans la cuve. À cause desquelles toute cette histoire de merde avait commencé.

Pour sortir de cet état d'asthénie, qui lui renvoyait une image de lui-même qu'il avait du mal à supporter, il fit une petite séance d'étirements et de tonification musculaire. La douche finit de le débarrasser de sa torpeur matinale. Il s'habilla d'un polo gris bien moulant et d'un bermuda. Ses baskets blanches peaufinaient le style. Charlotte ne pouvait que le trouver « canonissime ». Il vérifia l'heure sur le téléphone d'Éric. Il n'était pas en avance. Il chercha ses clés de voiture puis se rappela qu'elle était chez son garagiste. Il aurait pu être à l'heure à la gare en pédalant à fond sur son vélo, mais il ne voulait pas arriver dégoulinant de sueur. Il marcha rapidement jusqu'à l'arrêt du tram B au centre d'Ostwald. Il rata une rame à quelques secondes près et dut attendre neuf minutes pour monter dans la suivante. Le temps du trajet lui permit de redescendre en température et éviter les auréoles de transpiration. Il réfléchit à ce qu'il raconterait à Charlotte des derniers évènements. Il arriverait à l'arrêt Faubourg national après dix heures, il était donc officiellement en retard.

Une vibration contre sa cuisse. Un baiser langoureux. Annonciateur de problèmes à venir. Il sortit le téléphone de sa poche et fit glisser un doigt sur l'écran.

Son téléphone volé se trouvait tout proche. Le hasard n'y était certainement pour rien. La cambrioleuse était aux alentours, dans le quartier de la gare de Strasbourg. Immédiatement, il fut convaincu qu'elle en avait après Charlotte. Et elle n'était pas arrivée en retard, elle ! Quel con ! Un sentiment de culpabilité monta en lui. Charlotte était en danger. Qu'est-ce que cette folle pouvait bien avoir après elle ?

Les portes du tram s'ouvrirent. Il bouscula les gens devant lui pour en sortir au plus vite. Il se mit à courir vers la gare sous les insultes et les remontrances des passagers. Certainement à plus de quatre-vingt-dix pour cent de sa VMA. Il emprunta la Petite Rue de la Course puis, vingt secondes plus tard, il aperçut la grande verrière à l'avant de la gare. Il continua à vive allure jusque dans le hall nord. Il regarda autour de lui, tentant d'apercevoir Charlotte et sa valise dorée à paillettes. En vain. Il consulta les écrans d'affichage. Son train était arrivé en voie 2. Depuis plus de dix minutes déjà. Il se précipita dans le souterrain d'accès passant sous les rails et grimpa quatre à quatre les marches en pierre de l'escalier jusqu'à se retrouver sur le quai. Le train était là, toutes portes ouvertes. Pas Charlotte. Il ne restait encore à proximité des rames que quelques voyageurs trop tranquilles, ce qui contrastait avec l'attitude exaltée de Benjamin. Les gens le regardaient de travers. Il s'avança sur le quai qu'il balaya du regard et, ne voyant nulle part sa compagne, revint sur ses pas avant de prendre la direction du hall sud. Il longea les boutiques et l'espace Relay presse et déboucha sur le hall central. Toujours aucune trace de Charlotte. Il ressortit sous la bulle de verre et en fit le tour plusieurs fois tentant de l'apercevoir. Il consulta le téléphone. La terre s'arrêta un instant de tourner.

Au milieu de tout ce monde qui n'avait aucune conscience de ce qui se jouait, il s'écroula à genoux. Attraction inévitable pour des centaines de paires d'yeux. L'application de *dating* avait cessé de localiser son profil. Il ne servait plus à rien qu'il cherche Charlotte. Elle était déjà loin. Trop loin de lui. Il avait ce pressentiment horrible qu'elle serait bientôt si loin qu'elle ne ferait plus partie du même monde que lui.

– 33 –

Juillet 2022

Ostwald, Résidence des Cigognes

Naître dans un monde muet obligeait à faire face à une forme insidieuse de solitude. Cela altérait l'estime de soi. Je m'étais construit seul. On pouvait dire que je m'étais pas mal débrouillé avec mon handicap. Mes parents avaient rapidement compris que j'avais un problème d'audition. J'étais fils unique et bénéficiais de ce fait de toute leur attention. Ils détectèrent dès l'âge d'un an et demi quelques signaux d'alerte. Ils eurent du mal à accepter la situation. Dans les années 1950, on n'avait pas assez de recul sur les problématiques de prise en charge de la surdité. Ce ne fut qu'après l'âge de trois ans qu'ils entamèrent de réelles démarches auprès de médecins spécialisés et d'ORL. Les médecins posèrent un diagnostic déconcertant pour des parents : « Votre fils est atteint d'une surdité sévère de perception bilatérale. Son oreille interne n'étant pas encore totalement non fonctionnelle, nous pouvons vous proposer de le faire appareiller. » Le mot « encore » suggérait que, peu à peu, j'allais perdre le peu d'audition que la nature m'avait octroyé. Les prothèses auditives en étaient à leurs prémices à cette époque. Souvent défaillantes, mais elles m'avaient permis de connaître le son. La voix de ma mère. Les jurons de mon père contre le monde entier. Les années qui suivirent, ma chute d'audition continua inexorablement. Des repères sonores de mon quotidien d'enfant disparaissaient. Sans appareils, vers l'âge de cinq ans, je n'entendais plus rien. J'étais rejeté par les autres enfants qui se moquaient des appareils aux contours de mes oreilles, de ma voix. Les plus grands m'avaient surnommé « le jappeur ». À sept ans, même en amplifiant au maximum le volume sonore de mes prothèses, je ne comprenais plus ce qu'on me disait. Mon monde n'avait à nouveau plus que quatre sens.

Les implants cochléaires n'existaient pas encore. J'étais condamné à évoluer dans le silence le plus total. Ou presque. J'avais droit à ces cornements qui emplissaient mon crâne, comme un murmure subversif. Les fumées d'un bruit oublié. Je découvrais les acouphènes. Comme pour me couper un peu plus de l'extérieur.

Par rapport à beaucoup d'autres déficients auditifs, j'étais chanceux. J'avais connu le son. Le bruit des choses banales du quotidien, les bruits de la nature. J'avais pu apprendre à m'exprimer, même si j'avais un retard de langage et d'apprentissage important comparé aux autres enfants de mon âge. Ma mère avait une cousine malentendante, Bernadette, qui m'avait pris sous son aile pour m'apprendre quelques gestes en langue des signes française. Je commençais aussi à deviner sur ses lèvres.

Les paroles devenaient visibles. Même si je savais à présent que seulement trente pour cent de ce que l'on disait était réellement lisible sur les lèvres. Ce n'était qu'à partir de la décennie suivante, dans les années 1970, que se fit en France le « réveil sourd ». La langue des signes fut alors reconnue et trouva sa place pour l'éducation des jeunes sourds. La langue parlée complétée arriverait en France en 1977. Ayant vécu ma scolarité bien avant ces périodes, j'avais eu une chance énorme d'avoir dans mon entourage quelqu'un comme Bernadette. Je me souvenais que ma mère m'accompagnait plusieurs fois par semaine chez elle pour m'aider à améliorer ma langue des signes, ma diction et pour compenser le retard que je prenais à l'école en me faisant réviser mes leçons. Alors même que ma mère avait déjà fort à faire pour s'occuper de son foyer et de son mari lorsqu'il rentrait de la mine.

Accepter son handicap permettait de cibler son combat. Moi, j'aspirais à comprendre le monde malgré tout. Si je ne pouvais l'entendre, je m'étais convaincu que je pouvais le voir mieux que les autres, le sentir différemment. Alors j'avais lu des livres. Des tas. Des livres pour les enfants sur les plantes du monde entier, les volcans, les oiseaux ou les insectes. Je sortais, dans les champs ou la forêt, récupérer dans un pot de verre la bestiole que je venais de découvrir dans ces pages ou cueillir la feuille de l'arbre que je venais d'étudier.

La surdité, autant que je m'en souvienne, avait été la source de ma rage de réussir et de faire mieux que les autres. Ceux qui avaient tout pour eux et qui n'en faisaient rien, dans ce monde peuplé de flemmards et d'assistés. Ma surdité avait forgé mon caractère déterminé. Avant l'adolescence, j'avais commencé à me passionner pour la santé humaine, les anomalies, les traitements. Je me plongeais dans des pavés de médecine et de biologie. Avide d'en connaître toujours plus. Une volonté de comprendre d'où venait le défaut qui empêchait mes oreilles d'être comme celles des autres. La génétique, un terrain de jeu infini. Sans limites.

Vers l'âge de treize ans, j'avais la connaissance pour parler trois langues sans compter la langue des signes. Je gardais en tête le mépris des personnes qui me réduisaient à mon handicap. Il m'était encore aujourd'hui impossible d'effacer de mon subconscient le visage défait et honteux de mes parents face aux directeurs d'école qui ne voulaient pas s'encombrer d'un enfant sourd dans leur établissement. Leur gêne face aux entraîneurs de football qui refusaient mon intégration dans l'équipe, car « le handicapé » serait trop compliqué à gérer. Le sport n'était de toute façon pas fait pour moi ! Mes parents n'avaient jamais failli d'amour et de ténacité face à un monde hermétique aux différences. Il était difficile de prendre des décisions qui vont influer sur la vie entière de son enfant. On s'exposait à ses reproches plus tard, en grandissant. Ils devaient faire ces choix malgré le manque d'informations qui existait sur les problèmes de surdité. Le monde du silence. Les parents d'enfants handicapés devaient organiser différemment leur vie professionnelle, faire preuve de beaucoup de patience, réussir à s'aménager plus de temps libre… Les miens avaient bien tenu la barre. Je leur en serais toujours reconnaissant. Je décrochais mon baccalauréat avec un an d'avance avant de prendre mon envol.

Je m'étais lancé dans des études de biologie jusqu'à soutenir ma thèse de doctorat à l'âge de vingt-cinq ans. Avec les félicitations d'un jury dont les membres devaient savoir qu'ils étaient sans doute moins brillants que moi. Au début des années 1980, fort de mes diplômes et de mon expérience, je m'étais penché de près sur les progrès réalisés en matière d'implant auditif. Les nouveaux implants cochléaires pourraient partiellement rétablir mon audition en stimulant mon oreille interne. Le type d'anomalie génétique responsable de ma surdité laissait une chance de sauver une partie de mon audition par cette opération. Une chance que n'avaient pas tous les sourds. Mes contacts dans le domaine hospitalo-universitaire m'avaient permis d'être sur la liste des premiers implantés de France. Le parcours du combattant médical ne me faisait pas peur. Implanter une personne de plus de trente ans était une pratique peu fréquente, qui n'obtenait souvent pas de bons résultats. Mais j'avais déjà un langage de bon niveau et surtout une détermination à toute épreuve, ce qui avait convaincu mes médecins. J'avais passé les audiogrammes, les tests de vertiges, tous les scanners en vue de l'opération, avec pour seul but de réentendre pour mieux apprendre. Repousser davantage mes limites.

Les premiers instants après l'opération furent déroutants. Des sensations inédites comme des sonorités robotiques. Sentir le relief de l'aimant greffé au niveau de mon cuir chevelu. Des sensations moins inédites comme les acouphènes. Eux avaient été une constante pendant toute ma vie. La nuit en revanche, j'avais l'impression d'être plus sourd que je l'étais avant. Le silence comme une bulle.

Le retour à l'audition fut dingue. Le fruit d'un travail long et décourageant parfois. De plus en plus compliqué aussi pour franchir chaque palier. On connectait d'abord trois ou quatre électrodes puis cinq *et cetera* et on équilibrait les sons. Les graves forts, les graves faibles. Même chose pour les aigus. Les réglages et les balbutiements de la technique me donnaient l'impression parfois de vivre dans un film américain mal doublé. Les mouvements de la bouche en décalage avec les mots. Mais la sensation au bout de plusieurs semaines d'entendre le médecin parler fut incroyable. Pratiquement alchimique pour un cartésien comme moi. Les deux premiers mots que j'avais réussi à comprendre sans lire sur les lèvres furent : « patate » et « génétique ». Et après encore pas mal de séances de rééducation : « Jean-Noël, est-ce que vous avez reconnu ce mot ? » OUI, OUI !

C'était magique d'entendre à nouveau le bruissement du papier quand je tournais les pages d'un livre. Les mois qui suivirent, les voix des gens qui m'entouraient au laboratoire se ressemblaient toutes, proches du fracas de la pluie sur une plaque de tôle pendant un orage ou du grésillement d'une vieille radio. Et toujours accompagnées des acouphènes. Un contraste déroutant. En quelque temps, je suis passé d'un néant abyssal au vacarme d'une fanfare qui, je devais l'admettre, me frustrait. Je n'arrivais plus à réfléchir. Mais le jeu en valait la chandelle. Car, petit à petit, le son s'affina, se normalisa. Je percevais le tintement des tubes à essai, le pianotage sur les claviers d'ordinateur. J'entendais mes stagiaires se plaindre. J'entendais malheureusement aussi les reproches de ma femme avec qui je ne passais pas assez de temps.

Dans un premier temps, retrouver l'ouïe fut comme une renaissance. Un nouveau pouvoir. Mon assurance était sans limites. Je m'invitais à toutes les conférences en génétique dans le monde et ma renommée s'étoffa. Entendre m'avait permis d'apprendre à mieux parler. À mieux articuler mes râles serait plus exact. Puis à force de travail et d'acharnement, je réussissais à me faire parfaitement comprendre, malgré mon phrasé zozoté caractéristique. Qui aurait mis une pièce sur le fait qu'un sourd de naissance puisse parler cinq langues en plus du français et de l'anglais ? Qui aurait cru qu'il puisse dispenser des conférences aux quatre coins du monde ? Orateur atypique, mais écouté comme un guide par un public aux oreilles parfaitement « normales ».

Je me remémorais mon parcours avec nostalgie. Bouffé par les remords. À la suite de ma descente aux enfers sentimentale puis professionnelle, je ne supportais plus de les entendre baver sur moi, sans savoir ce qui était réellement arrivé. Ces sans-talents qui ne m'arrivaient pas à la cheville. Alors que je m'étais battu toute ma vie contre la fatalité, j'avais tout jeté à la poubelle. J'avais ressenti le besoin irrépressible de me couper du monde à nouveau, de quitter le monde des entendants. Un suicide sonore. Pour ne plus entendre leurs conneries. Une censure désirée et salvatrice. Alors j'avais fait désactiver mon implant. Je m'étais muré dans le silence, renonçant à utiliser ma voix pour m'exprimer. Et ce n'était pas comme le vélo ! Après des années à ne plus parler, j'étais redevenu incapable de prononcer une phrase compréhensible. Puis, j'avais voulu intégrer cette résidence de vieux pour m'isoler de tout. Peu avant mon arrivée au centre, je m'étais fait opérer pour retirer la partie interne de mon implant. Pour redevenir sourd, définitivement. « Il n'était pire sourd que celui qui ne voulait pas entendre. » J'étais donc devenu le pire. Cependant, il était hors de question de me morfondre.

Nouveau matin, nouveaux objectifs. Le programme de la journée s'annonçait presque excitant. À mon âge, il ne fallait plus faire le difficile… Une activité, quelle qu'elle soit, différente de celles du jour précédent, était une opportunité. À condition de pouvoir la faire seul, sans avoir à me mêler à la masse. Celle prévue pour la journée cochait toutes les cases. Quoi de plus savoureux que d'élucider un meurtre dont on serait soi-même la victime ?

Mon échange houleux avec Breuil hier soir et la fuite de la femme dans le parking avaient écarté quelques pistes. Breuil avait confirmé mes doutes sur une éventuelle réminiscence de cette maudite affaire. Il croyait comme moi que quelqu'un cherchait à se venger. Il m'avait informé qu'Ambre Rosieri était morte, il y avait des années. J'avais surtout appris que les mains de Vincent Signol avaient refait surface. J'avais dû vider mon sac. Breuil était sur les nerfs. Craignant ce qui pourrait arriver à Charlotte. Mais ce problème le concernait à présent plus lui que moi.

Ma rancœur contre Éric Breuil ne disparaîtrait jamais. Mais, en fait, nous n'étions pas si différents. Nous avions tous deux vécu des épreuves douloureuses et nous les avions surmontées. Tant bien que mal. Nos métiers de chercheur et d'enquêteur de police n'étaient pas non plus si éloignés. Il fallait émettre des hypothèses, expérimenter, observer, interpréter les indices ou les données, être réactif et aboutir aux justes conclusions. Je me souvenais d'un épisode sous-titré de la série *Columbo*. Lieutenant de la brigade criminelle de Los Angeles dans les années 1970 mal fagoté, mais au flair redoutable. Il prêtait toujours une attention particulière à ces choses anodines ou ces routines qui n'avaient pas eu lieu exceptionnellement le jour du crime. Ce matin, je pourrais par exemple relever le fait que je n'avais reçu ni mon journal ni de petit récipient vide en plastique à bouchon rouge. Pensaient-ils tous que j'étais déjà mort ? L'espéraient-ils ?

La personne qui en voulait à ma vie évoluait au sein de la résidence. Je pouvais rayer de ma liste de suspectes les vieilles carcasses décharnées qui séjournaient ici au même titre que moi. Même si certaines paraissaient louches, elles auraient été bien incapables de courir aussi vite à travers le parc. En revanche, je restais suspicieux concernant les membres du personnel, qui appartenaient presque exclusivement à la gent féminine. L'intransigeante intendante Gabrielle, l'inflexible infirmière Jade et toutes les autres. Mais celle dont je me méfiais le plus à présent était la jeune Sybille.

La veille, j'avais surpris une discussion – les mouvements de lèvres d'une discussion, j'entends – entre ma voisine de chambre Corinne et d'autres pensionnaires. Corinne ressemblait beaucoup à ma propre femme en termes de commérages, par le fait de se mêler de tout et aussi pour son amour, presque déraisonné, pour les compagnons félins. Elle claironnait que la fille du capitaine Breuil avait écrit un livre. Corinne l'avait découvert, car elle était tombée sur un exemplaire dédicacé par Charlotte Breuil dans le vestiaire du personnel. Ce que Corinne foutait là-bas, personne ne le savait. Le capitaine Breuil avait sa petite notoriété à l'échelle locale et Corinne n'avait pu s'empêcher d'emprunter sans permission le livre pour le montrer à toutes les précieuses ridicules de l'étage, avant de le replacer là où elle l'avait trouvé. Dans le casier de Sybille.

Je comptais réussir à consulter son dossier et celui de plusieurs de ses collègues pour y voir plus clair. Le temps du bingo de seize heures serait idéal. Il me restait également un autre mystère à éclaircir. Je devais découvrir à qui appartenait le fameux garde-meuble que Breuil avait perquisitionné. Il ne s'y intéressait pas pour rien. J'avais pu voir par le passé qu'il avait de l'instinct et une grande détermination pour arriver à ses fins. Qu'il pouvait perdre le contrôle aussi.

– 34 –

Juillet 2022

Ostwald, Résidence des Cigognes

Le capitaine Breuil avait passé une très mauvaise nuit. Au départ, il s'était lancé dans cette enquête pour tenter de retrouver des souvenirs oubliés. Comme par défi personnel, pour se convaincre qu'il n'était pas tout rouillé. C'était aussi l'occasion de renforcer les liens avec son « futur gendre ». Peut-être le seul membre de sa famille qui ne le considérait pas encore comme un vieillard cacochyme.

La succession des évènements devenait démente. Les vestiges de mains retrouvés par Benjamin avaient près d'une vingtaine d'années. Le coup du mannequin n'était peut-être qu'un délire morbide et idiot d'un petit con en mal de notoriété. S'ajoutaient à tout cela l'agression de Benjamin, des cadavres de chats et maintenant une tentative de meurtre par empoisonnement. Éric Breuil était pris dans un flot réflexif ambivalent. Toutes ces choses avaient eu lieu dans un rayon de moins de cinq kilomètres et dans une fenêtre temporelle de deux, trois jours. Il n'y avait aucune preuve concrète que ces évènements soient rattachés les uns aux autres. Cependant, tous les protagonistes, vivants ou morts, avaient un point commun. Un lourd point commun. L'enlèvement de Charlotte. Ambre Rosieri, Vincent Signol, Charlotte, Benjamin, Simon, Mathilde, Jean-Noël Hoeflinger et lui-même étaient tous liés de près ou de loin à ce fait central. Au milieu de tout. Au centre de rien.

Sa discussion avec Jean-Noël, son ancien voisin et ex-amant de sa femme, avait été à couteaux tirés. Même un échange en langue des signes pouvait être violent. Ce connard avait eu le culot de suggérer que Charlotte puisse être impliquée. Éric l'avait pris par le col et avait failli le frapper. Cette altercation avait eu lieu alors que Benjamin était aux trousses de la femme rousse. Quand la tension était un peu retombée, Jean-Noël lui apprit qu'on avait ajouté du poison à sa collation du matin et qu'il avait des soupçons envers une autre jeune fille. Sybille. Pour déposer le poison dans son plat, la criminelle devait faire partie du service et connaître le fonctionnement interne de la Résidence des Cigognes. Cette hypothèse prit encore davantage de corps lorsque Benjamin, de retour, raconta que la fugitive avait quitté les lieux en voiture en badgeant à la barrière du parking du personnel. Enfin, Jean-Noël enfonça le clou avec une révélation choc. Un exemplaire dédicacé du livre de Charlotte avait été déniché dans les affaires de la petite Sybille. Cette nouvelle donnée fit tilt. Le capitaine Breuil savait qu'elle travaillait à la maison de retraite, mais surtout il connaissait bien Sybille Meyer. Charlotte et elle étaient les meilleures amies du monde lorsqu'elles étaient adolescentes. À cette époque, Éric avait ses jumeaux et c'était comme s'il avait aussi deux jumelles. Elles passaient des heures dans la chambre de Charlotte. Elles adoraient inventer des histoires ensemble. Cette amitié s'était distendue au gré de leurs chemins de vie. Sybille avait suivi des études en soins infirmiers tandis que Charlotte avait suivi son instinct. Les études de la vie. Des voyages, des missions ponctuelles çà et là, des projets artistiques tout en suivant en pointillé son cursus d'histoire de l'art à l'université de Strasbourg.

La piste Sybille était donc à prendre au sérieux. D'autant qu'elle était de garde jusqu'à vingt et une heures la veille au soir. À l'heure de l'agression de Benjamin, elle pouvait s'être éclipsée une demi-heure sans que personne s'en rende vraiment compte. Le trajet en voiture entre la Résidence des Cigognes et la maison de Charlotte et Benjamin durait à peine trois minutes. En plus, Sybille n'était pas venue travailler aujourd'hui. Jean-Noël s'en était suffisamment plaint lorsque Éric lui rendit à nouveau visite ce matin. Mais Éric n'allait pas s'émouvoir du sort de ce fumier qui avait fait vaciller son couple.

Un détail dans le discours muet de son compagnon d'infortune l'avait interpellé. À sa connaissance, à moins qu'il ne l'ait oublié, Charlotte n'avait pas encore fait de séance de dédicaces, excepté celle organisée par son éditeur dans une librairie mythique pour laquelle elle s'était justement rendue à Paris. À moins que Charlotte ne leur ait menti. Mais Éric refusait de douter de sa fille comme avait pu le faire Jean-Noël. Sur un ordinateur de la résidence, il googlisa le nom de sa fille, et après avoir sauté de lien en lien, il tomba sur la page Facebook d'un hypermarché de Vendenheim. Un post datant de cinq jours annonçait : « Venez rencontrer l'autrice locale Charlotte Breuil pour son livre de conte "La petite fée qui n'avait pas d'oreilles" ce mercredi 20 juillet 2022 de 14 h à 18 h pour une séance de dédicaces à l'espace librairie de notre magasin. » Très intrigant. Deux jours après son départ pour la capitale. Quelqu'un dans cette histoire mentait, il devait découvrir qui. Éric devait se rendre là-bas.

À l'instant même où il éteignit l'ordinateur, Laura, la femme responsable de l'accueil de la Résidence des Cigognes, lui tapa sur l'épaule :

– Vous voilà enfin ! Je cours après vous depuis un quart d'heure !

Avec son accent germanique prononcé, elle compléta :

– Un certain Benjamin cherche désespérément à vous joindre.

– 35 –

Juillet 2022

Strasbourg, gare

Plusieurs personnes vinrent s'enquérir de son état. Benjamin était en larmes, écroulé au milieu de la grande bulle de verre, le téléphone encore à la main. Il avait craqué. Il se sentait impuissant. Ignorant totalement ce qu'il pouvait faire ou devait faire. Rien ne justifiait qu'on s'en prenne à Charlotte. Bien sûr, elle était spéciale et un peu perchée. Un peu folle. Mais il n'y avait pas la moindre once de méchanceté en elle. Quelqu'un aida Benjamin à se relever. Il tituba sur quelques pas jusqu'à atteindre la rambarde métallique, par-dessus laquelle on voyait l'étage inférieur qui menait au parking souterrain de la gare.

Ce fut alors qu'il l'aperçut, en contrebas. Ce type qu'il n'avait jamais vu de sa vie encore avant hier fit irruption dans son champ de vision. Sa présence ici pouvait être un pur hasard. Ou bien il était complice d'un enlèvement. Éric avait senti quelque chose de louche lors de leur passage à la prison. Son « beau-père » perdait peut-être doucement la boule, mais il avait encore de beaux restes.

Simon Jacquier avait emprunté l'escalator et remontait vers le hall. Il ne pouvait pas voir Benjamin de là où il se trouvait. Il sortit de la gare puis se dirigea vers la droite en direction du centre-ville. Une décharge d'adrénaline et Benjamin se ressaisit. Il décida de suivre Jacquier. Il le laissa prendre une vingtaine de mètres d'avance. Sur le parvis de la gare, il attrapa au passage un journal gratuit qu'un type vêtu d'un accoutrement aux couleurs de son magazine de presse lui tendait. Benjamin lui demanda s'il pouvait aussi lui prendre sa casquette estampillée « 20 minutes ». Benjamin n'était pas le genre de mec avec qui on veut se fâcher ou entrer en conflit. Ses yeux rougis et sa tension de l'instant amplifiaient le pouvoir de sa carrure en V. Il continua sa filature, casquette vissée sur la tête. Jacquier était un ancien flic, il ne fallait pas qu'il puisse le reconnaître. Jacquier s'immobilisa à l'arrêt de tram où Benjamin était descendu un peu plus tôt. Benjamin se posta en retrait près d'un magasin d'alimentation qui vendait des produits africains, feuilletant son journal pour faire diversion. Le tram B arriva et tous deux y montèrent. Jacquier semblait nerveux. Il se rongeait les ongles tout en tenant entre ses doigts un cigare éteint à moitié entamé. Benjamin trouvait curieux qu'un directeur de prison se déplace en transport en commun.

Le trajet dura une quinzaine de minutes. La destination de sa cible fut sans surprise, il descendit arrêt Elsau. Benjamin lui emboîta le pas. Jacquier continua son chemin à pied jusqu'au centre pénitentiaire dans lequel il pénétra par l'entrée réservée au personnel. Benjamin faisait-il fausse route ?

– 36 –

Juillet 2022

Ostwald, maison de Benjamin et Charlotte

Le capitaine Breuil réussit enfin à joindre Benjamin. Celui-ci paniquait et criait au téléphone. Le capitaine ne pouvait pas y croire. Quelle était la probabilité que sa fille soit enlevée deux fois au cours d'une même existence ? Il savait que c'était mauvais.

Il se rendit à la hâte chez Benjamin. Il sonna à la porte et entendit le carillon résonner à distance. Il n'y avait apparemment personne à l'intérieur. Il aurait peut-être dû rester au calme aujourd'hui. Ses mains tremblotaient et le stress de ces derniers jours allait forcément se manifester bientôt sous une forme différente. L'absence de son « futur gendre » ajoutait une préoccupation supplémentaire.

Un bruit de moteur au loin rompit le silence. Les rapports de vitesse passés trop précipitamment. La voiture déboucha au bout de la ruelle à vive allure et pila devant la maison. Benjamin avait foncé la récupérer au garage. Dans la crise, il avait pensé qu'il faudrait être réactif. Il fit un signe à travers le pare-brise invitant Éric à monter.

– Éric, je ne suis pas bien. Il faut qu'on la retrouve au plus vite ! Dis-moi que tu as du nouveau...

Tout en entamant la discussion, il redémarra et se dirigea vers la route principale.

– On va à la prison ! Tu avais raison, ton commandant Jacquier est louche.

– Non... Écoute-moi, j'ai une autre piste, fiston !

En d'autres circonstances, Benjamin aurait été très ému par cette marque d'affection.

– Il faut qu'on aille dans la zone commerciale de Vendenheim. Je tiens peut-être quelque chose...

– Plus j'y pense, plus je crois que ton Jacquier n'était pas à la gare sans raison ! Et le temps presse. Demande plutôt à tes collègues de se rendre là-bas.

– Non, il est trop tôt pour faire appel à eux. Il faut que je vérifie d'abord... Je suis sûr de moi...

Le son de sa voix s'étouffa. Benjamin ressentit un trouble chez son acolyte. Pour lui, une sensation très détestable remonta dans sa gorge. Il ne voulait pas y croire avant de poser la question à venir. Mais cela devenait comme évident dans son esprit.

– Éric, ne me dis pas que la police n'est pas au courant de tout ! Tu les as évidemment informés des mains dans la cuve et de tout le reste ? Rassure-moi, en ce moment, ils sont bien en train de rechercher Charlotte ?

– ...

– Dis quelque chose, merde ! Dis-moi que ce n'est pas ce que je crois et que je me trompe… S'il te plaît, Éric ! Est-ce qu'ils sont au courant pour Charlotte ?

Putain, comment avait-il pu être aussi aveugle ? Jamais la police n'aurait laissé un ancien policier en préretraite forcée avancer seul sur une telle enquête. Qui plus est pour raison médicale, Éric étant atteint d'un Alzheimer précoce. Au début, Benjamin l'avait appelé lui, car il le connaissait personnellement et car les mains se trouvaient dans sa cuve, enfin son ancienne cuve, puisqu'il était encore le propriétaire de cette maison quelques mois en amont. Benjamin trouvait normal qu'il soit le premier au courant. En plus, Éric saurait mieux que lui quoi faire et avait gardé d'excellentes relations avec ses anciens collègues. Benjamin pensait qu'il leur avait apporté les ossements, qu'il les tenait au jus de tout et qu'ils enquêtaient main dans la main.

Benjamin dut se garer sur le côté de la route, pris d'une brusque chute de tension. Il se rendit compte à cet instant qu'il était exténué physiquement, mais aussi psychologiquement. Trop fatigué pour être pleinement conscient des choses. S'il ne s'était pas laissé happer par l'enquête, il ne serait pas arrivé en retard à la gare et Charlotte serait avec lui, tranquillement à la maison, en ce moment. C'était sa faute à lui ! Concernant Éric, Benjamin aurait dû être plus attentif, simplement moins con. Passer du temps avec lui avait été comme une récréation qui leur avait fait du bien, mais Éric était malade. Il aurait dû le considérer comme tel. Éric ne pouvait être tenu pour responsable.

– Écoute Benjamin, si j'avais pu prévoir que les évènements prendraient de telles proportions… Je n'ai pas jugé utile de leur en parler trop vite.

– Fais chier ! On parle de mains mutilées, d'un corps humain qui a été découpé…

Benjamin tenta de se tempérer malgré son énervement profond. Il fallait y aller *mollo* avec Éric. Le préserver au maximum des situations traumatisantes pour éviter les épisodes de crise.

– Ce qui est fait est fait. Inutile de perdre plus de temps… Je te redonne ton portable et tu contactes ta copine flic pour qu'elle nous aide et qu'elle fasse ce qu'il faut. Tu lui racontes tout ! Plus de faux plans !

Le portable d'Éric n'allait plus lui servir. Depuis que Benjamin avait perdu la trace de la ravisseuse à la gare, il n'y avait eu aucune nouvelle activité. Voler le téléphone de Benjamin lui avait sans doute permis de localiser Charlotte en consultant les SMS échangés. Peut-être même de lui envoyer un message en se faisant passer pour lui pour la piéger et faciliter son enlèvement. Il y avait fort à parier qu'une fois arrivée à ses fins, elle avait détruit l'appareil pour ne pas être pistée.

– OK, je l'appelle. Mais juste avant, il faut que je te parle des soupçons que j'ai sur Sybille Meyer. Elle travaille à la maison de retraite. Je crois qu'elle est liée à ce qui arrive à Charlotte.

Benjamin écouta et trouva les arguments suffisamment accablants pour qu'il appuie davantage sur la pédale d'accélération. Si cette histoire de vengeance avait un lien avec le livre de Charlotte, il fallait espérer qu'elle ne connaisse pas une fin aussi triste que celle du conte. Cette pensée le fit tressaillir.

La petite fée qui n'avait pas d'oreilles

(Conte fantastique)
De l'aube au 7e crépuscule

Le soleil diurne de la septième journée quittait doucement son apogée.
L'occasion opportune pour tenter de faire renaître les cendres des bruits oubliés.
Esméralda et la petite fée avec le sort avaient rendez-vous.
Devant elles était posé le coffre dérobé tantôt dans l'antre du Loup.
Le caillou terne sur le dessus s'était mué en une émeraude resplendissante.
Le destin fit que cette fois-ci il n'opposa pas la moindre résistance.
Il s'ouvrit...
Dévoilant un minuscule flacon de verre,
Ciselé de moult facettes,
Renfermant le précieux liquide.
Elles échangèrent un complice regard

Avant qu'Esméralda ne retirât le bouchon d'un geste agile,
Humant au passage le nectar
Qui fleurait une fragrance extrême d'arachide.
Puis la petite fée saisit la fiole et la porta à ses lèvres
Et ingurgita la potion.
Très vite, elle ressentit monter en elle une fièvre
Indiscernable de celle provoquée par un poison.

Ce fut alors... que rien du tout.
Il ne se passa d'abord rien du tout.
Le philtre n'avait pas eu le pouvoir escompté.
Les mots de la petite fée demeurèrent étouffés,
Le voile de sa voix pour toujours un fantôme.
La petite fée resterait sans esgourdes et aphone.

Mais alors que tous ses espoirs lui semblèrent irrémédiablement ruinés,
Esméralda fit face à la miraculeuse évidence.
Nul besoin d'un quelconque charme ou de futiles sortilèges pour se confier,
Du langage de la petite fée, elle saisissait déjà les nuances.
Elle réalisa qu'au fil des jours écoulés,
La petite fée et elle avaient réussi en quelque sorte à se parler.
L'esquisse de certains gestes revêtait une pareille signification.
La petite fée devinait sans cesse l'objet de son intime conviction.
Sans que les mots de sa bouche s'élèvent,
Simplement à la forme que prenaient ses lèvres.
Presque de la magie.

En fait, elles devenaient amies,
Peu à peu, comme des alter ego à tel point proches
Qu'elles pouvaient lire sans audace ni le moindre reproche
Dans les pensées vives de l'autre.
Revenant au primitif d'un instinct fauve.
Esméralda se rendit compte qu'elle pouvait pleinement la comprendre,
Sans emploi d'aucun supplémentaire artifice.
Faisant le terrain parfaitement propice
À laisser la petite fée se faire entendre.

Celle-ci inonda l'espace tout autour d'une blancheur suprême.
Puis les trajectoires de ses mains créèrent comme un poème.
De ces signes qu'Esméralda avait chacun appris à reconnaître.
Elle n'en crut pas ses oreilles. Ce fut comme si la voix de la petite fée venait d'apparaître !
Et elle n'y alla ni à moitié ni par quatre chemins
Pour, à leur croisée, être sûre que son message lui parvint.
- Combien de temps resteras-tu prisonnière d'un passé auquel à aucune des lois tu n'adhères ? signa la petite fée.
- Si seulement ce choix j'avais ! argua Esméralda pour ne pas rester interdite.
Mais la petite fée ne comptait pas se taire tout de suite :
- Écoute ton cœur ! Ta vie ne sera rien de moins que ce que tu décides d'en faire ! Personne n'est plus légitime que toi pour apprendre aux autres ce que tu veux être !
- ...
Pour une fois, ce fut Esméralda qui resta sans voix.
Un silence immobile dont la petite fée profita.

- Nous souffrons chacun de nos lacunes, de nos carences et de nos faux pas. Pour autant, devons-nous définir nos existences uniquement par cela ? Au lieu de profiter des fortunes et des chances que tu as, vas-tu à jamais te morfondre des seules choses que tu n'as pas ?
Esméralda prit pleine conscience et de ces paroles coites ne pouvait aller à l'encontre.
La petite fée conclut sans offense :
- Sache que ceux qui t'aimeront attendent de faire ta rencontre !

Esméralda n'avait jamais reçu telle morale analogue
Et lui fut tellement reconnaissante d'avoir déjoué sa propre imposture.
Épuisée, à la fin de son gestuel monologue,
La petite fée s'écroula en tournant le visage vers un dessin accroché au mur.
L'œuvre était une déclaration d'amour offerte à la fée et aux elfes qui avaient œuvré pour sa naissance posthume.
La petite fée continuait d'être mutique, certes, mais cette fois à cause des regrets et d'un relent d'amertume.
- Je sens chez toi, une fois n'est pas coutume, une tristesse à nulle autre pareille, compatit en pantomime Esméralda. Tu aimerais tant leur dire que tu les aimes, je présume... C'est bien là ton dilemme, car jamais tu ne le pourras...
Esméralda se mit à cogiter.
Elle avait une dette à honorer.
Ses yeux verts plongèrent au fin fond de ceux, identiques, de la petite fée,
Pour cette oraison lui délivrer :

- Je le ferai pour toi ! Je te fais la promesse que si à la réincarnation des tiens un jour je suis face, je leur dirai que tu les aimes à ta place !
Émue, la petite fée au creux de son cou se serra.
Au terme de leur accolade, qui fut comme l'écrin de leurs derniers instants à deux,
Esméralda comprit, sans aucune parade, qu'il était presque temps de lui dire adieu.

– 37 –

Juillet 2022

À dix kilomètres de Strasbourg, zone commerciale de Vendenheim

Benjamin courut, parcourant les allées de l'hypermarché en suppliant son compagnon fatigué de se bouger. La jeune stagiaire de l'accueil contacta Maxine, la responsable de l'espace librairie, et les invita à s'y rendre directement. Maxine confirma qu'une séance de dédicaces de Charlotte Breuil avait eu lieu avant-hier, et qu'il restait même quelques exemplaires de son livre s'ils souhaitaient en acheter un. Elle fut gênée en apprenant qu'Éric était le père de l'autrice puis surprise, du coup, qu'il ne soit pas au courant pour la dédicace.

Éric sortit de la poche de son pantalon deux feuillets A4 pliés en quatre. Il présenta les deux photographies imprimées à la vendeuse, qui désigna du doigt la deuxième.

– Oui, je la reconnais, c'est elle.

– Vous êtes sûre que c'est bien cette fille que vous avez reçue ?

– Oui, j'en suis sûre, même si ces deux jeunes femmes se ressemblent sur les photos. Elle était très gentille, un peu timide. Mais je ne comprends pas, ça rime à quoi votre petit jeu ? Pourquoi me demandez-vous…

– Merci pour votre aide ! Bonne journée.

Ils n'attendirent pas qu'elle finisse sa phrase et détalèrent vers la sortie du magasin, la laissant sidérée au milieu de ses livres.

Ce n'était pas le portrait de Charlotte que la vendeuse avait désigné. Même sans cela, Benjamin avait compris que ce n'était pas elle qui était venue ici. Sa compagne était tout sauf timide. Il l'imaginait plutôt haranguer la foule en grimpant sur une chaise au besoin ou jouer théâtralement une scène de son livre pour rameuter les potentiels lecteurs. De plus, Charlotte était tellement solaire qu'aucun exemplaire ne serait resté invendu.

Sybille était plus que jamais leur principale suspecte. La libraire l'avait formellement reconnue. Il fallait maintenant la retrouver et la confondre pour espérer retrouver Charlotte en vie.

Éric contacta Mathilde pour lui demander d'appréhender Sybille Meyer en précisant que l'intervention pouvait s'avérer dangereuse. Il dut avouer à Mathilde qu'il ne l'avait pas informée de tout. Mathilde avait très mal réagi, blessée qu'il ne lui fasse pas suffisamment confiance pour tout lui raconter, alors qu'ils s'étaient vus la veille au restaurant. Elle avait toujours été loyale envers lui. Peut-être trop. Elle avait pris des risques pour lui à l'époque. Elle lui promit cependant de tout mettre en œuvre pour retrouver sa fille au plus vite.

– 38 –

Juillet 2022

Ostwald, Résidence des Cigognes

Ils étaient six, postés derrière les hauts murs entourant la Résidence des Cigognes. Trois d'entre eux surveillaient l'entrée principale, les autres le parking réservé au personnel à l'arrière. Armes de poing chargées, les holsters déjà déboutonnés. Mathilde avait fait les choses en grand. Sybille Meyer devait prendre son service en début d'après-midi. Une équipe en planque devant l'appartement de la jeune femme avait signalé qu'elle venait de le quitter et qu'elle avait pris l'autoroute en direction de son lieu de travail.

Arrivée à la Résidence des Cigognes, elle posa son badge sur la borne. La barrière se leva. Elle avança lentement dans le parking. Un moment suspendu. Les graviers du bitume s'écrasant sous les roues de la petite Fiat 500. Elle était apparemment seule dans l'habitacle. La barre redescendit au cul du véhicule. Par un court message au talkie-walkie, Mathilde ordonna à l'équipe de l'entrée de se rapatrier. « À mon top, on interpelle ! »

Sybille Meyer se gara sur la droite face au mur délimitant la rangée de garde-meubles des occupants. Deux policiers avancèrent accroupis, cachés derrière d'autres voitures garées à proximité. Sybille Meyer devint invisible. Les tendons de tous les index des agents se crispèrent. Mais leur cible avait simplement rangé quelque chose dans sa boîte à gants. Elle ouvrit sa portière.

– TOP ! On fonce !

Un cri strident résonna alors dans ce havre de paix réputé pour son ambiance si paisible vantée par les dépliants disponibles à l'accueil. Sybille semblait apeurée. Choquée. Les policiers lui passèrent les menottes et la plaquèrent sur le capot, le temps d'une fouille rapide de son véhicule dans lequel ils ne trouvèrent rien de compromettant.

Un bruit soudain les fit tous sursauter. Un chat noir venait d'atterrir sur le capot de la voiture tout proche du visage de Sybille. Il avait sauté du muret des garde-meubles. En se tournant vers elle, le chat gronda et cracha.

– 39 –

Juillet 2022

Ostwald, Résidence des Cigognes

Ma « chasse au trésor » se poursuivait. Avais-je vraiment envie de mettre la main sur l'objet de cette quête ? Des fantômes manchots qui ressurgissaient, Breuil qui fouinait, le nom de Charlotte qui ressortait, et moi au milieu de tout ça… En plus, Sybille, peut-être ma seule alliée ici, était devenue ma principale suspecte même s'il était inconcevable, au vu de son âge, qu'elle ait un lien direct avec mon trouble passé.

Je donnerais tout pour revenir en arrière et réécrire l'histoire. Bien avant que cela ne dérape avec Signol. Avant que Denise ne me quitte. Revivre notre parenthèse enchantée… Elle avait vingt ans de moins que moi, j'avais presque l'âge d'être son père. Cela avait peut-être ajouté à la magie. J'étais déjà marié. Situation inconfortable. Excitante aussi. J'aimais ma femme pourtant. En quelque sorte. Peut-être pour de mauvaises raisons. Pour la stabilité qu'elle m'apportait, parce qu'elle supportait mon tempérament de chiotte et respectait mon dévouement pour mon métier. À bien y réfléchir, je ne m'étais jamais demandé si Josiane était heureuse. Trop concentré sur moi. Sur mes projets. Je n'avais jamais cherché à la rendre heureuse. Je la plaignais. Moi, au moins, j'avais su ce qu'était le bonheur. J'avais été bouffé par ce bonheur. Mais plus dure avait été la chute. Quand Denise s'était éloignée de moi – sentimentalement, j'entends bien, car nous restions voisins –, je devais supporter de la voir renouer avec l'autre, être plus amoureuse que jamais et plus heureuse que jamais avec l'arrivée de Charlotte… Une petite fille que je n'avais pas pu ou pas su aimer. Qui n'était responsable de rien. Pourtant, je lui en avais atrocement voulu. Sans pouvoir m'en empêcher.

Plus tard, l'épisode de sa disparition, le fruit de notre amour avec Denise au cœur de cette histoire macabre, avait tout fait s'écrouler. Je fus prisonnier de mon mensonge. Et alors même que j'étais à l'apogée de ma carrière, pour ne pas que l'on remonte jusqu'à moi, j'avais dû arrêter mes recherches du jour au lendemain. J'avais été pris dans un tourbillon. On m'avait calomnié, on argua que j'avais exagéré la portée de mes découvertes, que tout était bidon, mes protocoles et même ma technologie avancée d'édition du génome. Mes propres thésards en avaient profité pour me blasphémer et balancer que j'étais un tortionnaire qui les avait exploités, les forçant à travailler dix-huit heures sur vingt-quatre, sept jours sur sept. J'étais devenu la honte du métier. À cause de moi, toutes les associations de patients, toutes les organisations scientifiques allaient pâtir de la défiance des gens. Les ragots, les quolibets – appelez ça comme vous voulez ! – partaient dans tous les sens, dans tous les couloirs et avaient dépassé les frontières. Mes financements furent coupés, siphonnés. Mes titres de professeur émérite, mes médailles CNRS, tous retirés. Je n'avais que cinquante-quatre ans quand mon institut de recherche m'avait remercié. Bien sûr, j'avais bien gagné ma vie jusqu'alors et l'argent n'allait pas être un problème, mais je n'avais plus rien d'autre. Ma femme Josiane oui, mais nous ne partagions pas grand-chose. Notre maison tout au plus.

Le lien avec Denise fut définitivement brisé. Elle disparut pendant des mois. À son retour, elle s'était mariée. Elle ne semblait plus se soucier de moi. Notre idylle reléguée aux oubliettes. Trop douloureux pour tenter de la reconquérir et de reconstruire sur les ruines... Quelques années après, je m'exilai seul dans cette résidence. Décidant ainsi de m'extraire de ma vie – et de celle de ma femme du même coup. Josiane avait droit à une deuxième chance.

Trêve de baratin, il était temps de revenir à l'action... J'étais assis dans un fauteuil au fond du salon de détente, les yeux rivés sur le bureau de la directrice de la résidence. Une pièce bien isolée du reste du bâtiment au bout du couloir central. J'attendais patiemment qu'elle en sorte pour m'y infiltrer et y faire mes quelques recherches. En dehors de toute autorisation. Il était seize heures vingt-cinq. Madame « Résidence des Cigognes » – je ne connaissais pas son nom car, chose surprenante, elle était la seule personne en ces murs à n'avoir pas de petite pancarte sur sa porte – partait presque toutes les fins d'après-midi à la même heure afin d'éviter les bouchons autour de Strasbourg. Elle devait récupérer sa fille chez la nourrice. Comment pouvais-je connaître tant de détails qui m'étaient jusqu'à présent inutiles alors que je ne savais même pas comment cette dame s'appelait ? À l'instant où elle ouvrit sa porte, je m'étais levé à grand-peine puis m'étais approché discrètement de l'entrée de son bureau, m'efforçant de ne pas cracher mes poumons. Elle croisa mon regard, me fit juste un signe de la tête auquel je répondis par un sourire, ce qui dut lui paraître louche. Elle portait un dossier sous le bras et une sacoche sur l'épaule de son autre bras. Elle salua Gabrielle et fila au pas de course. Juste avant que sa porte ne se referme, emportée par le ferme-porte, je tendis discrètement ma canne de manière à empêcher qu'elle ne claque. Puis, à la manière d'Arsène Lupin, mais en moins véloce, je me faufilai à l'intérieur de la pièce.

Le mobilier était sobre. Un bureau en bois suédois, des chaises scandinaves et des colonnes de casiers à tiroirs en métal achetées, sans doute, elles aussi, chez Ikea. J'entrepris d'ouvrir tous les tiroirs et d'en étudier le contenu. Je pus lire sur l'étiquette d'un dossier la mention « Entrepôt/garde-meuble ». Je l'ouvris. Je sentis les élastiques claquer sur le carton. Ce box situé à deux emplacements du mien devait être le numéro 16. Je fis glisser mon doigt sur la liste des propriétaires. Je n'en crus pas mes yeux. Je n'avais pas considéré toutes les hypothèses. Ce garde-meuble appartenait à la famille Breuil. Maintenant, j'en étais sûr, Breuil n'était pas seulement là pour enquêter sur des meurtres de chats.

– 40 –

Juillet 2022

Strasbourg, hôtel de police

L'ex-policier Éric Breuil et Benjamin rejoignirent Mathilde. Elle les avait prévenus de l'interpellation de Sybille Meyer. Benjamin rencontrait Mathilde pour la première fois après avoir beaucoup entendu parler d'elle ces deux derniers jours. Dans d'autres circonstances, Éric aurait certainement dû lui refiler un coup de coude dans les côtes pour calmer ses ardeurs. Benjamin se rongeait les sangs même si l'arrestation de Sybille était synonyme d'espoir. La lieutenante Kanga joua cartes sur table et doucha leur optimisme.

– Éric, ce n'est pas elle. Elle n'a rien à voir avec l'enlèvement de Charlotte. Il y a eu un énorme quiproquo.

– Qu'est-ce que tu racontes ? C'est forcément elle…

– Elle n'y est pour rien.

– Elle s'est quand même fait passer pour ma fille et elle travaille à la maison de retraite. Avec toutes ces choses anormales qui s'y passent…

– Justement, pour ça elle est clean, on a vérifié. Pour la dédicace, en revanche, elle a avoué.

* * * * * *

Sybille Meyer n'aurait jamais imaginé que le petit morceau de gloire qu'elle s'était octroyé allait lui causer de tels ennuis. Assise face à Mathilde dans la salle d'interrogatoire, la jeune femme sanglotait. Elle se raconta sans aucune retenue.

Charlotte était sa meilleure amie lorsqu'elle était adolescente. Un véritable coup de foudre amical. Elle décrivit Charlotte comme une personne singulière, folle dans le bon sens du terme. Le genre d'amie dont on savait dès la première rencontre qu'elle prendrait toute la lumière et vous éclipserait tant elle était incroyable. Charlotte était belle et savait tout voir autrement. Charlotte et elle se trouvèrent spontanément des passions communes. Des passions qu'elles ne pouvaient pas partager avec les autres filles de leur âge. Elles aimaient écrire. Des poèmes. Mais aussi des histoires, tantôt fantastiques, tantôt sentimentales. Charlotte était très impressionnée que Sybille sache utiliser la langue des signes. Charlotte tint absolument à rencontrer son petit frère atteint de surdité. Le handicap de son frère avait d'ailleurs nourri l'envie de Sybille d'évoluer plus tard dans un univers médical.

Sybille confia qu'elle avait toujours éprouvé des sentiments ambigus envers son ancienne amie. De la jalousie parfois. Elle crut même un moment être amoureuse d'elle. Un passage difficile pour cette adolescente face à des questions existentielles. De plus, à l'évidence, Charlotte ne ressentait pas la même chose.

Elles passaient une grande partie des vacances scolaires toutes les deux dans sa chambre ou dans celle de Charlotte à écrire à quatre mains. Elles créèrent des centaines de textes, de personnages. L'été de leurs dix-huit ans, après l'obtention de leur baccalauréat, Sybille eut l'idée d'écrire un conte pour enfants dans lequel serait abordé le thème de la surdité. Une sorte d'hommage à son frère. Charlotte fut emballée. Presque transcendée. Elles eurent du mal à se mettre d'accord sur l'ambiance, sur le contexte global. Le timing ne joua pas non plus en leur faveur. Le mois de septembre arriva trop vite et Sybille commença ses études d'infirmière. Elle fut trop souvent indisponible. L'école était à Colmar et Sybille logeait sur place. Charlotte avait des envies d'ailleurs et de voyages. Se voir de manière épisodique ne correspondait pas à leur amitié. Elles n'avaient écrit qu'une toute petite quinzaine de pages de leur conte inachevé quand elles se perdirent de vue.

Quand Sybille avait découvert que son ex-meilleure amie avait publié un livre, et pas n'importe lequel, elle avait déchanté. D'abord désagréablement surprise, puis elle s'était emplie de rancune. En plus, le livre de Charlotte avait son petit succès et de la visibilité dans la région.

Sybille se remit à pleurer à ce moment-là. Elle savait que c'était pathétique. Mais elle voulait savoir ce que cela faisait. Elle aussi aurait voulu connaître la joie que l'une de ses histoires soit éditée et voir son livre en évidence sur les étals des librairies du coin. Elle avait droit à un peu de cette gloire dont elle s'était sentie dépouillée par Charlotte.

* * * * * *

– Tu es en train de dire qu'elle raconte que c'est elle qui a écrit le livre de ma fille ? Que ma fille aurait publié son livre à elle ?

– Non, Éric. Elle a été très honnête là-dessus. En effet, elle dit que c'était elle qui avait eu l'idée de départ. Mais pour le reste, elle a même convenu que jamais elle n'aurait réussi à écrire un conte aussi beau. Que Charlotte avait un talent fou. Le conte l'a beaucoup émue. Elle était honnête également sur le fait que l'histoire n'avait plus rien à voir avec ce qu'elles avaient imaginé à l'origine. Elle était simplement envieuse parce que Charlotte a réalisé seule un rêve qu'elles avaient en commun.

Éric était songeur. Benjamin intervint :

– C'est bien joli tout ça, mais je rappelle que Charlotte a disparu. Elle est sans doute en danger. Alors si ce n'est pas cette Sybille, il faut trouver qui c'est. Est-ce qu'Éric vous a raconté que j'ai aperçu votre ancien commandant à la gare ce matin ? Au moment où je devais la retrouver !

Le regard de Mathilde le transperça. Il comprit qu'elle ne prenait en aucun cas la disparition de Charlotte à la légère. Elle se tourna vers son ancien collègue.

– J'ai une théorie à te soumettre, Éric. Elle concerne justement notre bien-aimé ex-commandant. Je voudrais que tu me donnes ton avis comme « autrefois ».

Elle mima les guillemets, comme Éric avait souvent l'habitude de le faire.

– Je n'ai pas le droit de te faire participer à l'enquête, mais disons que tu es un témoin très bien placé pour me conseiller…

Elle pesa ses mots.

– J'ai réfléchi à tous les évènements que tu m'as décrits. J'aurais pu m'y coller plus tôt, mais, va savoir pourquoi, j'ai reçu certaines informations il y a seulement cinq heures…

La remarque était teintée d'humour, mais n'était en aucun cas exempte de reproches.

– Quand mon mec m'a raconté cette histoire bizarre de mannequin, j'ai pas mal gambergé. J'ai passé en revue les évènements qui se sont déroulés en 2003… Bref, j'ai Simon dans le viseur.

Éric et Benjamin l'écoutaient religieusement. La pause dans son propos leur parut infiniment longue. Elle s'appuya avec un pied contre le mur et s'exprima, en agitant les mains devant elle :

– Tu sais, je suis une belle femme !

Comme sortie d'un contexte lointain, à des années-lumière des mots qu'ils s'attendaient à entendre, la phrase les laissa bouche bée. Stupéfaction.

– Ne faites pas cette tête ! Attendez de voir où je veux en venir… À l'époque, quand je suis arrivée en métropole, j'étais persuadée que tous les mecs devaient me trouver jolie. Je ne m'étais pas beaucoup trompée sur ce point.

J'ai adoré travailler avec Jacquier et toi. Parce que, je ne sais pas pourquoi, mais vous deux, vous ne me voyiez pas comme une femme. J'étais presque comme votre collègue asexuée. Cela m'a mise terriblement en confiance quand j'ai commencé à bosser avec vous. Même si inconsciemment, j'étais quand même un peu vexée de ne pas vous faire le même effet qu'aux autres. Éric, en ce qui te concernait, j'avais vite compris que tu aimais ta femme et ta famille à un point tel que tu n'éprouvais aucun besoin de séduire.

Éric en profita pour regarder Benjamin avec insistance.

– Mais pour Simon, j'avais toujours trouvé cela surprenant. OK, le gars était veuf, mais il restait un homme. Puis un jour, il y a eu cette fille, cette tarée d'Ambre Rosieri. Ce jour-là, j'ai vu un truc de changé en lui. Il la regardait comme jamais je ne l'avais vu regarder une femme. Quand tu as été écarté de l'enquête, cela avait continué et s'était même amplifié. Il prenait des décisions discutables, ralentissait la procédure.

– Attends, attends, tu l'accuses de quoi, là ? Tu crois que cette histoire de suicide est bidon ? Tu ne penses quand même pas qu'il pourrait avoir lui-même buté Ambre dans sa cellule ?

– Non, ce n'est pas ce que je veux dire. Mais il y avait quelque chose de dérangeant, de malsain dans ses interactions avec elle. Il éprouvait comme une sorte de fascination pour elle.

– Pour elle ou pour son œuvre ? Tu n'envisages tout de même pas que Simon puisse être le *copycat* ? Je crois que tu as pété une coche, Matoche !

– Non *Djol kaka*[1], je crois plutôt qu'il était fou d'amour pour elle !

Benjamin était circonspect. Il imaginait les relations entre policiers plus académiques, plus formatées par le cadre institutionnel.

– Depuis le coup du mannequin, j'ai suivi cette idée. J'ai demandé à l'un de mes contacts au service du renseignement de me procurer des informations plus complètes sur le centre pénitentiaire où Simon travaille actuellement et travaillait en 2007 quand Rosieri est morte. J'y ai passé une partie de ma nuit, mais j'ai eu confirmation d'un truc qui m'avait semblé louche concernant certains mouvements de personnel. En particulier, deux semaines après le décès de Rosieri, quand l'infirmière de la prison démissionne et est rapidement remplacée par une autre.

Éric écoutait Mathilde développer son argumentaire. Il était du genre incrédule, mais elle n'était plus très loin de le convaincre.

– Ma première hypothèse, c'est que Simon n'est pas tout blanc dans cette magouille autour du suicide dont tu m'as informée. L'infirmière est possiblement impliquée… Soit elle n'a pas supporté et a décidé de quitter son poste, soit on lui a fortement conseillé de faire ses valises…

– Quelles sont tes autres hypothèses ?

– Il n'y en a pas vraiment. Je n'ai pas encore retrouvé la trace de l'infirmière en question… Mais je me suis intéressée à sa remplaçante, Oriane Kempf. Pour l'instant, je n'ai pas trouvé grand-chose, mais il y a quand même un

1. Expression créole (grossièreté).

détail troublant. Elle prend son poste en 2007 et reste seulement quelques mois à Strasbourg, puis on perd sa trace jusqu'en 2014. Elle réapparaît sur les radars dans le sud de la France lorsqu'elle obtient un poste à la maison d'arrêt de Nice. Elle y reste un peu moins de cinq ans. Et depuis 2019, madame n'existe plus nulle part.

– Désolé, mais je ne vois pas où tu veux en venir.

Benjamin intervint à nouveau :

– Elle était à Nice quand Jacquier y était… Jacquier nous a raconté l'autre jour avoir été en poste là-bas.

– OK fiston, mais c'est mince pour en tirer des conclusions… Et puis je ne vois pas le rapport avec l'enlèvement de Charlotte !

– Qu'est-ce qu'il te faut de plus ? Tu disais toi-même que Jacquier avait quelque chose à cacher !

Mathilde soupira. Benjamin insista :

– Regarde les choses en face, Éric ! Cette Oriane Kempf prend son poste à la prison juste après le suicide de Rosieri, s'en va à peu près au moment où Jacquier quitte ses fonctions à Strasbourg… Et puis comment tu expliques qu'il se baladait à la gare ce matin, précisément à l'heure où le train de Charlotte revenait de Paris, et qu'il reparte en tram juste après jusqu'à sa prison ?

– Si c'était vraiment lui, comme tu le suivais de près, le signal de ton application n'aurait pas dû disparaître !

– Ton gendre a raison. Sa présence là-bas est troublante. Je vais lui poser quelques questions. S'il a quelque chose à voir avec la disparition de Charlotte, je vais le coincer. Ça, tu peux me faire confiance. Vous… pouvez me faire confiance. Je vais le pousser dans ses retranchements.

Il devra être un peu plus clair sur les circonstances du suicide d'Ambre Rosieri. Je vais le cuisiner à propos de cette histoire d'infirmière. Un de mes hommes surveille déjà les allées et venues au centre pénitentiaire de l'Elsau. Jacquier est toujours là-bas.

Éric s'en voulait. S'il n'avait pas insisté pour suivre la piste Sybille, ils auraient déjà les explications de Simon. Le temps filait entre leurs doigts comme du sable. Encore une fois, il n'en avait fait qu'à sa tête. Une tête qu'il perdait petit à petit. Jacquier avait quelque chose à voir avec les évènements, c'était sûr. Il avait senti qu'il était tendu lors de leur discussion. Peut-être même était-il coupable ou complice. Un policier devenu pourri.

Même s'ils étaient amis, Éric se rendit compte qu'il connaissait peu Simon. Ils avaient travaillé ensemble pendant des années et cela créait des liens forts. Ensemble, ils avaient résolu pas mal d'affaires compliquées. Simon arrivait à tempérer Éric et lui savait élargir le cadre quand Simon restait trop timoré, bridé par les procédures officielles. Éric était du genre à laisser sa vie privée sur le seuil du commissariat. En retour, il s'intéressait peu à celle de ses collègues. Simon était déjà veuf quand ils avaient commencé à faire équipe. Éric n'avait jamais vraiment abordé le sujet sauf pour l'épauler et éviter qu'il ne sombre dans l'alcoolisme. Il se voyait mal parler de ses trois enfants alors qu'il savait pertinemment que son supérieur avait perdu brutalement sa femme enceinte. Il percuta soudainement qu'il n'avait jamais vu de photographies de sa femme, à l'époque. La première fois qu'il en avait vu une, c'était hier lors de sa visite à la prison.

Les intuitions de Mathilde ouvrirent une case dans la psyché d'Éric. Une superposition d'images se fit alors dans le cerveau du policier en préretraite. Deux femmes rousses. Belles. Toutes deux n'étaient plus de ce monde. Feu la femme de Jacquier était rousse, elle aussi. Comme Ambre Rosieri. Si la théorie qui germait dans son esprit était vraie, Charlotte allait se voir mourir pour la deuxième fois.

– 41 –

Juillet 2022

Strasbourg, hôtel de police

Mathilde et un autre policier, qu'Éric ne reconnaissait pas, se préparèrent pour le débarquement à la maison d'arrêt. Elle ne concéda pas à Éric et Benjamin de les y accompagner. Ils étaient dans le hall d'accueil du commisariat, prêts au départ. Au-dehors, des nuages noirs menaçants avaient envahi le ciel. On aurait presque dit qu'il faisait nuit, alors qu'il n'était que dix-sept heures trente. Après plusieurs jours de canicule, il fallait que le ciel craque. L'orage promettait d'être rude. Quelques gouttes heurtèrent l'avancée de toit métallique qui protégeait les quelques mètres devant l'entrée. Les petits impacts résonnants furent rapidement remplacés par un rideau de pluie empêchant toute visibilité à plus de dix mètres.

Hasard du destin, ce fut ce moment que choisit un gardien de la paix pour raccompagner Sybille Meyer vers l'entrée du commissariat. Son interrogatoire était terminé et elle n'avait plus rien à leur apprendre. Elle passa au cœur de l'attroupement. Honteuse. Elle s'arrêta devant Éric.

– Monsieur Breuil... Je suis vraiment désolée, je vous demande pardon. J'espère que vous allez très vite retrouver Charlotte.

Il posa la main sur son épaule et lui sourit.

– Merci Sybille. On va faire ce qu'il faut. Et quand tout cela sera fini, je crois qu'il faudra que vous discutiez toutes les deux autour d'un café. Vous avez beaucoup de choses à vous dire, depuis le temps...

Elle acquiesça d'un petit signe de tête, hésita une seconde, puis se résolut à tout lui dire.

– Est-ce que je peux m'entretenir avec vous ? Disons, en privé...

Éric prit Sybille par le bras. Discrètement, il l'attira à quelques pas de l'attroupement.

– Charlotte sait que vous n'êtes pas son père.

Le sol se déroba sous ses pieds. Sous le poids du mensonge de toute une vie.

– Je ne sais pas si tout cela a un lien avec sa disparition, mais Charlotte et moi avons repris contact depuis plusieurs mois. Elle avait trouvé des papiers chez elle. Et des lettres destinées à sa mère. Des messages d'amour. Elle avait découvert qui était son vrai père.

Éric vivait la sensation d'une séance d'acupuncture mentale où des poignards remplaçaient les aiguilles. Sybille ne s'était pas posé la question de savoir si Éric était conscient d'avoir été un jour trompé par sa femme.

– Charlotte savait que je travaillais là-bas. Alors elle m'a demandé d'essayer d'obtenir des informations. Même si nous ne sommes plus aussi proches qu'au lycée,

Charlotte est la plus grande amie que j'aie jamais eue. Quand je lui ai révélé que son père était sourd, c'est devenu maladif. Elle était curieuse de tout savoir sur lui, elle était devenue pressante. Peut-être pour nourrir son écriture. Ce type était bizarre. Acariâtre et mystérieux. J'ai réussi à établir une relation de confiance avec lui. Comme mon petit frère est sourd de naissance, je sais parler la langue des signes. Alors j'ai pu établir un contact qu'il semblait apprécier, lui qui était toujours seul. J'ai remarqué qu'il s'enfermait tous les jours dans son garde-meuble pour y faire je ne sais quoi. Charlotte voulait absolument que je fouille ce garage. Mais il en gardait toujours la clé sur lui. Je suis sans doute allée trop loin…

Éric eut une montée de chaleur. Sybille s'en voulait. Ses yeux se tapissèrent de larmes à nouveau.

– J'ai ajouté des somnifères dans son repas. À plusieurs reprises. Pour récupérer cette clé.

– Et tu as braqué son box ? Tout ça par amitié pour Charlotte ?

Elle confirma.

– Qu'as-tu découvert à l'intérieur ?

– C'est une sorte de savant fou, je n'ai pas bien compris à quoi servait tout son matériel. Mais il y avait des preuves de… de sa relation avec votre femme.

– Quel genre de preuves ?

– Quelques photographies, des dessins, des lettres… d'amour… Rien de plus.

– Rien d'autre ?

Elle secoua la tête.

– As-tu parlé de tout cela avec la lieutenante ?

Le mouvement de tête se répéta.

– Tant mieux… Je voudrais que tu gardes tout cela pour toi. Pour Charlotte. Je te fais confiance.

Il s'exprimait avec bienveillance. Elle hocha la tête, mais fut étonnée de la retenue d'Éric face à ses dernières révélations. Mathilde se rapprocha à ce moment-là. Le déclenchement de l'opération vers la prison était imminent. Éric se tourna à nouveau vers Sybille :

– Est-ce que tu retournes à la Résidence des Cigognes ?

– Oui, j'y retourne *illico* ! Je dois terminer ma garde.

– Peux-tu s'il te plaît prévenir l'administration que je risque de rentrer tard ce soir ? Tu pourrais expliquer la situation ?

Cela faisait maintenant treize semaines qu'Éric habitait dans l'aile d'habituation médicale de la Résidence des Cigognes pour personnes atteintes de troubles neurologiques. Les malades se sentaient moins isolés du fait de leur cohabitation dans des espaces communs avec les séniors de la maison de retraite attenante. Des études prouvaient qu'une prise en charge tôt dans des conditions posées, évitant le choc d'un internement précipité, avait un impact bénéfique sur les patients. Ainsi, le capitaine Breuil, en préretraite depuis presque deux ans, à la suite d'épisodes de confusion importante, occupait une place dans cette unité de soins. Ils en avaient convenu avec Denise. Cela valait peut-être mieux qu'il intègre une structure où il puisse être encadré au quotidien. Ses crises se multipliaient ces derniers mois et devenaient de plus en plus difficiles à gérer. La Résidence des Cigognes se situait à dix minutes à pied de leur ancienne maison. Denise avait même déménagé dans un appartement au-dessus de la winstub située juste en face du bâtiment. Cela lui permettait de se rapprocher de lui et de passer presque tout son temps libre avec son mari. Le système GPS organisé pour les patients les autorisait à sortir librement et à profiter de bons moments avec leurs proches. Denise et Éric avaient légué leur ancienne maison à Charlotte. Leur fille était ainsi, elle aussi, tout près de son père. Le sachant en sécurité dans cette structure unique, Denise avait pu se résoudre à s'éloigner quelques jours. Elle avait besoin de se ressourcer et d'évacuer les frustrations et les désillusions qui accompagnaient la maladie de son mari. Elle rendait visite à ses garçons outre-Atlantique. Elle rentrerait dans quelques jours de son séjour de deux semaines.

Presque simultanément, le téléphone d'Éric et celui devant le policier à l'accueil du commissariat se mirent à sonner. En décrochant, tous deux apprirent que Josiane Hoeflinger cherchait à joindre Éric urgemment. Éric avait été appelé par le standard de la Résidence des Cigognes, le policier, lui, était en ligne avec la centrale d'appel de la police nationale. La maison de retraite savait qu'Éric avait rendez-vous dans les locaux de la police et avait redirigé Mme Hoeflinger vers le numéro de la police. Éric coupa la communication avec la maison de retraite et réclama qu'on lui transfère l'appel de son ancienne voisine à l'accueil au plus vite.

En quelques secondes, la liaison entre appareils fut établie. Dérangé par le bruit assourdissant de la pluie, Éric demanda que l'on mette le haut-parleur et le son à son maximum. Toute l'assistance put entendre la conversation. Tous comprirent que la femme qui appelait le capitaine Breuil paniquait.

– Allo ?!

– Oh, Éric, enfin ! C'est terrible, il faut que vous veniez, VITE !

– Josiane, que se passe-t-il ?

– Elle est chez vous ! Enfin chez votre gendre... chez votre fille... Dans votre maison !

– Calmez-vous... Je ne comprends pas. De qui parlez-vous ?

– De cette femme qui est entrée dans la maison par effraction hier ! Celle qui a agressé Benjamin ! Elle est dans la maison...

Éric avait les mains moites. Son rythme cardiaque s'accéléra.

– Il pleut fort, mais je crois bien que c'était elle... Il y avait Charlotte avec elle !

Bien que la situation soit inattendue et paraisse délicate, Éric et Benjamin entendirent surtout que Charlotte était vivante.

– Restez bien chez vous, on arrive. Merci ! Faites bien attention et continuez de surveiller ce qui se passe autour de la maison s'il vous plaît !

Il laissa tomber le combiné. Tout s'accéléra. Un éclair trancha le ciel. L'agitation gagna tout le monde. Mathilde, qui réussit à garder la tête froide, enchaîna :

– Éric, Benjamin, je vous y emmène. Pierson, tu nous accompagnes !

Elle s'adressa ensuite au policier en faction à l'accueil :

– Amir, tu contactes notre ancien commandant à la prison de l'Elsau et tu lui demandes de venir au commissariat au plus vite ! Je voudrais lui poser deux, trois questions...

Et tu trouves quelqu'un pour raccompagner Mme Meyer à son travail.

Sous des torrents d'eau et de violentes rafales de vent, Mathilde, Benjamin, Éric et le jeune gardien de la paix Pierson se précipitèrent vers une voiture de police. Mathilde mit le contact et enclencha la marche arrière. Les roues dérapèrent sur le bitume glissant. Elle repartit en avant, pied au plancher, et alluma le gyrophare qui se voyait à peine dans l'abîme dans lequel tous s'enfonçaient.

– 42 –

Juillet 2022

Ostwald, Résidence des Cigognes

Après ma visite clandestine dans le bureau de la directrice, je devais me convaincre de ce que je venais de découvrir. Je traversai le corridor central qui reliait la maison de retraite à la partie médicalisée de la Résidence des Cigognes. Impossible d'être discret tant ma respiration suffocante résonnait contre les parois aseptisées. D'après les formulaires que j'avais consultés, j'obtiendrais ma réponse en me rendant à la chambre 108. Je frappai. Pas de réponse. J'ouvris discrètement et me glissai à l'intérieur – cela devenait une habitude, j'avais peut-être raté une vocation. Dans cette aile, on ne placardait pas le nom des patients sur la porte. Cependant, je n'eus pas à attendre longtemps pour en connaître le propriétaire. Sur la table de nuit, sur des enveloppes oblitérées aux États-Unis figurait le nom d'Éric Breuil. Ces courriers étaient adressés directement à la Résidence des Cigognes avec son numéro de chambre.

J'avais donc la confirmation qu'Éric et moi étions à nouveau voisins. Le garde-meuble dans lequel il fouillait hier n'était autre que le sien. Celui que le centre lui avait attribué lors de son intégration. Éric Breuil devait souffrir d'une maladie neurologique. À un stade relativement avancé. À côté des lettres, un exemplaire de *La Petite Fée qui n'avait pas d'oreilles*. Au dos de la couverture, Charlotte y avait apposé une dédicace : « À mon papa que j'aime, je te dois tous mes succès. » Un sentiment de frustration me gagna. Ce tendre message aurait pu m'être destiné si la vie n'en avait pas décidé autrement.

Je n'avais jamais pris la peine de me rapprocher de ma fille. Trop fier et égoïste sans doute. Je ne connaissais que très peu de choses d'elle. C'était aussi la faute de Denise, qui avait mis de la distance entre ma fille et moi. Je n'avais le souvenir que de quatre moments où je n'avais pas été tenu à l'écart de Charlotte. Denise s'était sentie obligée de venir me parler. Le matin de son enlèvement bien entendu, et le soir du 14 mai 2003 où avec Breuil nous l'avons ramenée avec nous. Avant cela, il y avait eu ce terrible épisode d'allergie où la petite avait frôlé le choc anaphylactique fatal. Denise voulait savoir si cette hypersensibilité se retrouvait dans ma lignée familiale. Mais je ne pouvais pas lui avoir transmis toutes les tares possibles. Denise était aussi venue s'entretenir avec moi de ce qu'il était bon de faire ou ne pas faire avec une enfant comme elle, pour accompagner au mieux son éducation, mais aussi préserver son estime d'elle-même en grandissant. J'étais le mieux placé pour aborder cette question avec elle.

Avoir une épée de Damoclès au-dessus de la tête me faisait réfléchir à ma vie, ravivait mes regrets. Ne pas m'être battu pour connaître ma fille en était un qui trônait tout en haut d'une pile immense. Dans laquelle se trouvait entre autres le fait d'avoir délaissé ma femme Josiane ou d'avoir dû découper des chairs.

Mais rien ne pouvait m'atteindre aujourd'hui. J'avais reçu la reconnaissance officielle de mes derniers travaux de recherche. Ils venaient de se concrétiser. Tous mes récents sacrifices avaient payé. J'étais dans mon laboratoire de fortune hier quand j'avais reçu le mail qui consacrait le combat d'une vie.

« *Dear Professor Hoeflinger,*
We are happy to inform you that your article entitled "A Bacterial Derived Genome Editing Strategy: Proof of Concept with Fingerprint Modification" has been accepted for publication in Nature Journal… »

Mon travail allait enfin être reconnu à sa juste valeur. Publié dans la plus grande revue scientifique mondiale. J'étais le seul auteur de cet article. Tous les pontes des comités scientifiques comprendraient qu'ils avaient eu tort de me dénigrer. J'avais trop souffert de leur acharnement à détruire ma carrière. Rien que de penser que la recherche d'aujourd'hui était aux mains de ces charognards sans talent me dégoûtait et m'attristait.

J'étais enfin parvenu à boucler le projet de recherche de ma vie. On s'entendait qu'il y a dix-neuf ans, c'était moi qui avais décidé de tout stopper du jour au lendemain.

De l'extérieur, cette décision était incompréhensible. Mais si j'avais rendu publics mes travaux à l'époque, la police aurait compris que j'étais lié à la mort de Signol. Je refusais d'aller en prison et j'avais été faible. De l'eau avait coulé sous les ponts depuis. Le cas de Signol semblait oublié et, de toute façon, à présent, avec ma vie derrière moi, je me foutais de tout ça. Ces recherches, c'était mon graal et j'avais ressenti le besoin irrépressible de les mener à terme. L'article consacrant mon génie allait être diffusé dans toute la sphère scientifique dès le mois prochain. Je l'avais fait coûte que coûte, quelles qu'en soient les conséquences.

Quand j'avais décidé, après avoir pris mes quartiers à la Résidence des Cigognes, de reprendre mes anciens travaux et de les finaliser pour les publier, il m'avait fallu des cobayes... On aurait pu croire qu'avec tous les chats qui se baladaient ici, j'avais l'embarras du choix. Malheureusement, les chats ne possédaient pas d'empreintes digitales sous leurs coussinets. En plus, j'adorais les chats. Alors j'avais utilisé ce que j'avais sous la main. Ma main, pour être plus précis.

J'étais devenu mon propre cobaye. J'avais réalisé des formulations ajustées de mon vecteur et de mes plasmides recombinants. Ils contenaient un gène issu de ma fameuse bactérie brésilienne. Ce gène, je l'avais identifié, amplifié puis cloné. Il permettait de produire une enzyme, une sorte de ciseau moléculaire qui modifiait l'ADN. En la guidant avec les bonnes séquences nucléotidiques vers la zone du génome que l'on souhaitait remanier, il était possible de muter à façon le patrimoine génétique d'un individu. Dans mon expérience, je ciblais certains gènes responsables de la morphologie des empreintes digitales. J'avais introduit mes mélanges dans des seringues puis me les étais injectés dans chacun de mes doigts. J'avais suivi l'évolution du dessin de mes dermatoglyphes. Scans ou analyses microscopiques prouvèrent que mes empreintes digitales se transformaient. En quelques heures pour les premiers changements. En quelques jours pour des modifications majeures. Une révolution ! Et comme pour toute avancée scientifique, des effets indésirables. J'étais conscient des risques que je prenais. Même le risque important de provoquer ma propre mort. Mes expériences avaient altéré mon génome à plus grande échelle que simplement le bout de mes doigts. Des cancers s'étaient déclarés. Les métastases avaient aujourd'hui envahi mes poumons et mon cerveau. Je n'avais plus que quelques mois à vivre. J'avais suffisamment de connaissances médicales pour savoir quand un médecin mentait. Même le meilleur docteur du monde ne pourrait jamais occulter ce voile dans son œil quand il tente de rassurer un patient qu'il sait si proche de la grande faucheuse. Mais cela en valait le coup. Une revanche sur la vie. Une de plus à mon actif.

J'avais déjà eu la preuve par le passé que mon système de modification du génome fonctionnait. Avec Signol. Il fonctionnait tellement bien qu'il avait permis sa remise en liberté sans qu'aucun expert ait décelé le pot aux roses. Mon choix de participer à cette opération avait déclenché une cascade d'évènements tous plus néfastes les uns que les autres. Une spirale vicieuse. Un rouleau compresseur qui allait broyer toute ma vie. Breuil m'avait forcé la main. Depuis, je m'étais souvent posé cette question : si j'étais à nouveau face à ce dilemme, aurais-je pris la même décision ?

* * * 12 mai 2003 * * *

– Espèce d'enfoiré ! C'est ta fille, quand même ! Je ne suis pas en train de te demander de l'emmener à une séance d'orthophonie ! Ça fait presque cinq jours qu'elle a disparu !

Éric Breuil s'était imposé chez moi. Ce n'était pas pour entretenir de bonnes relations de voisinage. L'enlèvement de Charlotte les avait mis Denise et lui dans une détresse palpable. Éric Breuil était à cran. Nous nous étions isolés dans la pièce qui me servait de bureau lorsque je n'étais pas au laboratoire.

– Tu sais que c'est ma fille depuis quand ?

– Putain, mais depuis toujours, ducon ! Comment aurais-je pu passer à côté ? Je suis flic, tu es mon voisin, tu es sourd et je vois bien aussi comment Denise te regardait, merde ! Fallait pas être devin pour comprendre ! Mais là tout de suite, je me fous de tout ça... Aide-moi à retrouver Charlotte, à la retrouver en vie...

Breuil criait et mon implant cochléaire sifflait. J'avais l'habitude des acouphènes, mais si Breuil voulait que la discussion se poursuive, il fallait qu'il baisse d'un ton.

– Ce que tu me demandes est insensé...

Déraisonné, certes, mais scientifiquement et techniquement réalisable. Mais cela, je ne voulais pas l'admettre. Pas devant lui.

– Je croyais que tu étais le meilleur ! C'est bien toi qui te vantes de révolutionner le monde ! D'être Dieu, de pouvoir modifier les gènes... Denise a même raconté une fois que tu avais réussi à modifier des empreintes sur des singes !

Alors, est-ce que tu pourrais réussir la même prouesse sur Signol ?

Reconnaître que je ne savais pas faire, alors que je savais, était une concession insupportable pour moi. Breuil insistait, me pressait.

– Écoute bien... C'est Signol qui a enlevé Charlotte ! C'est mon domaine de compétence à moi. Et je te le dis droit dans les yeux, c'est lui ! Je peux mettre ma main au feu que c'est lui. Le seul moyen de retrouver Charlotte vivante, c'est que je lui fasse cracher où il la retient. Au poste, ils n'arrivent à rien avec lui. Le gars ferme sa gueule. Il se fout de la leur. Il faut qu'il parle, tu m'entends ? Pour ça, j'ai besoin que tu m'aides à le faire sortir. Après je m'occuperai de le faire parler...

Les acouphènes horribles couplés à tous ces sentiments qui s'entrechoquaient dans mon esprit me firent prononcer la phrase qui me rendit vulnérable. Celle que je n'aurais pas dû prononcer.

– Ce serait bien trop risqué de faire ça !

Éric avait marqué le point décisif. Il avait gagné son duel.

– Risqué pour toi ou pour ta fille ? Sale égoïste ! Qu'en pensera Denise ? Quand elle apprendra que tu as préféré préserver ta foutue carrière plutôt que de tenter quelque chose pour sauver votre fille !

Une douleur sourde entre mes côtes s'ajouta aux bourdonnements terribles que faisait le monde autour de moi. Breuil ne lâchait rien.

– Tu viens d'avouer que c'est faisable, n'est-ce pas ? Est-ce que je me trompe ?

Je mis du temps pour répondre. La tête baissée et les épaules basses. Je n'étais pas faible, j'avais tout dépassé dans ma vie : la surdité, les injures et que ce connard me reprenne Denise. Pour protéger sa famille, elle m'avait même éloigné de notre fille. Pour ça aussi, j'avais fait preuve de résilience. Si j'allais craquer maintenant, ce n'était ni par faiblesse ni par vanité, mais plus certainement par amour.

– Il y a une très forte probabilité que cela fonctionne… Il faut qu'on fasse un détour par mon laboratoire.

★ ★ ★ ★ ★ ★

Peut-être qu'à cause de la maladie dont Breuil souffrait, il ne se souvenait plus des détails de cette passe d'armes. Oublier sa vie devait être pire que mourir. Les souvenirs étaient l'or du vieux. Même si certains pesaient lourd sur la conscience…

Je ne devais pas traîner dans la chambre d'Éric Breuil. Après avoir remis tout en place, je m'en retournai en claudiquant vers le bâtiment des retraités. Transhumance olfactive de l'odeur de l'être humain qui s'oublie vers celle de la naphtaline. En arrivant dans le hall d'accueil, j'aperçus Sybille dans le bureau de garde des personnels.

Quand on était sourd, avec une bonne acuité visuelle, on pouvait surprendre une conversation d'assez loin. On savait aussi reconnaître les symptômes du stress. Les situations inhabituelles. Je compris que quelque chose de grave était arrivé. Les mouvements de Sybille étaient saccadés et son regard fuyant. En lisant sur ses lèvres, je devinai que cela concernait Breuil. À sa sortie du bureau, je lui fis signe puis la questionnai en signes.

Sybille revenait à l'instant du commissariat de police. Elle m'apprit que Josiane, ma propre femme, avait alerté la police. Que Charlotte, la fille d'Éric Breuil, était retenue en otage chez les Breuil. Que la police se rendait sur place. Cet incident avait forcément un lien avec les évènements récents. Sybille semblait donc hors de cause. Elle était inquiète, car Charlotte avait été son amie. Elle venait en outre de passer plusieurs heures derrière les barreaux, car les flics avaient cru que c'était elle qui voulait du mal à Charlotte. Juste avant d'interrompre notre conversation pour se rendre au vestiaire, elle m'avoua que Charlotte savait que j'étais son vrai père…

Mon cerveau fit le tri. Mon instinct me poussa à me rendre sur place. Pour protéger Josiane, pour protéger Denise, en espérant que rien de mal n'arrive à Charlotte. Pour mettre un visage sur la personne qui voulait m'empoisonner. Je quittai précipitamment la résidence, sans savoir si dans mon dos Sybille ou quelqu'un d'autre tenta de me retenir.

Le temps au-dehors était apocalyptique. La main bien agrippée à ma canne, je me lançai. Sous la pluie battante. Lapidé par des grêlons. Croisant les doigts pour que la dose massive d'antalgiques que je prenais depuis plusieurs semaines suffise à éradiquer toute douleur.

La petite fée qui n'avait pas d'oreilles

(Conte fantastique)
De l'aube au 7e crépuscule (suite)

Le moment était venu.
Son amie ne serait bientôt plus.
Du fait de sa particularité, Esméralda avait cru qu'elle se devait d'apprendre tant de choses à la petite fée.
Elle avait été si sotte, car c'était elle qui avait les oreilles closes et les paupières fermées,
Trompée sur les réalités à croire.
Grâce à la petite fée, le monde différemment elle pourrait voir.
Ni moins bien ni mieux,
Avec de nouveaux yeux.
Une autre vérité.
Les autres sens exacerbés.

Le philtre avait accéléré de l'au-delà le prélude,
Mais jamais la petite fée ne lui en aurait voulu.
Après quoi, rien ne servait d'essayer de la retenir.

L'évènement était-il beau ou triste ? Esméralda n'aurait su le dire.
Comme un instant suspendu. Comme déjà accroché aux nuages.
Un sombre ravissement ambigu, dans le scintillement des larmes.

La petite fée suffoqua et se mit à trembler, avant que sur le sol,
Aux pieds d'Esméralda, ne retombât son enveloppe corporelle.
L'expirante immortelle la lui offrait, tel un ultime symbole.
La chrysalide, celle qui demeurait l'objet originel de sa quête.
Sous ses yeux, l'âme de la petite fée monta dans les airs,
Puis s'évapora par le mur, au travers,
À la recherche d'une nouvelle perle.
Sur le visage d'Esméralda, l'eau avait un goût de sel.
Puis tout à coup, furtivement,
Tout s'évanouit dans un silence assourdissant.

Ce qu'Esméralda avait partagé valait toutes les richesses.
Mieux qu'une chrysalide, mieux que la vie de Princesse.
Le souvenir resterait brûlant, voire insidieux.
À présent, elle allait vivre pour deux,
Phénix au-dessus de ses cendres,
La relève d'une funambule titubante.
La petite fée avait d'amour transformé jusqu'à sa conscience.
En ce septième jour, Esméralda était prête à refaire confiance.

– 43 –

Juillet 2022

Ostwald, maison de Benjamin et Charlotte

Ils se garèrent au bout de la rue, à distance de la maison. Pour ne pas être repérés. Sur la route, Mathilde avait été claire. Chacun devait rester dans son rôle, respecter ses consignes. Être prudent. Benjamin trépignait. Il ne supportait pas de savoir Charlotte aux prises avec une déséquilibrée et de devoir rester en retrait. Avant l'arrêt complet de la voiture de police, il défonça presque la portière et se mit à courir à une vitesse telle qu'il disparut trop vite derrière le rideau d'eau qui continuait à se déverser sur la région. Il se devait de sauver sa moitié.

Les caniveaux vomissaient de l'eau trouble. Le réseau d'écoulement de la ville semblait surchargé. La terre était trop sèche pour absorber la pluie et des torrents d'eau ruisselaient au lieu de s'engouffrer sous terre. Une telle quantité d'eau en un laps de temps si court était quelque chose d'exceptionnel en Alsace. La précédente pluie d'une telle ampleur sur la région avait eu lieu en mai 2003. Troublant. Éric vivait une deuxième fois le moment le plus douloureux de toute sa vie. Il ressentait la peur de perdre Charlotte pour la deuxième fois.

Pierson reçut la consigne de rester dans la voiture pour faire le guet tandis que Mathilde et Éric se lancèrent à la poursuite de Benjamin. Leurs cheveux se collaient à leur visage. Ils arrivèrent sur le côté de la maison. Ils luttèrent pour enjamber le muret sous le poids des vêtements qui se gorgeaient d'eau. Ils se rapprochèrent de la descente de garage.

Le portillon intégré de la porte était ouvert. La mission se compliqua. La cave était inondée. C'était souvent le cas dans le Bas-Rhin, dont les nappes phréatiques étaient très peu profondes, lorsque les pluies dépassaient vingt-cinq millimètres en peu de temps. Mathilde et Éric allaient devoir traverser un étang d'une quarantaine de centimètres de profondeur. Juste avant de s'aventurer dans cette eau sale, Éric pria que Benjamin n'ait pas laissé des câbles électriques à nu en attendant de finaliser les travaux de la maison. L'impulsivité de Benjamin les obligeait à agir vite. Mathilde passa devant et dégaina son arme de service. Elle galéra à avancer une jambe après l'autre, l'eau montant presque jusqu'à ses genoux. Éric la guida vers la porte qui menait à la partie semi-enterrée de la maison contenant les chambres du bas. Elle était préservée de l'inondation, car il fallait monter un petit escalier de trois marches depuis la cave pour y accéder. La porte était ouverte, ce qui suggérait que Benjamin était déjà passé par là.

Mathilde arriva dans le couloir. Le sol était couvert de bâches. Une traînée de gouttes marquait le chemin pris par Benjamin. Des pots de peinture et un escabeau constituaient autant d'obstacles à éviter. Des grêlons tombaient maintenant et frappaient la toiture et les gouttières, créant comme une chape sonore, et donnaient l'ambiance d'une salle des machines dans la tourmente. Comme s'ils étaient livrés à eux-mêmes, coupés du monde extérieur. Toute communication entre eux s'en trouvait réduite au silence. Ils étaient comme sourds. Éric pensa à sa petite Charlotte, qui avait dû commencer sa vie avec ce handicap. Il priait pour que sa fille aille bien.

Une bâche verticale coupait l'ouverture et la visibilité vers l'étage supérieur. Mathilde l'écarta de quelques centimètres et distingua le bas des jambes trempées de Benjamin dans l'escalier montant à l'étage. Elle jaugea la situation. Il restait immobile. Ce n'était pas bon signe. Il devait pourtant être arrivé quelques secondes avant eux. Dix, peut-être vingt. Lui n'avait pas pris la moindre précaution. Il avait foncé sans réfléchir. Mathilde s'approcha discrètement. Elle ne pouvait pas voir le haut de son corps, encore moins son visage, sans risquer d'entrer dans le champ de vision de la ravisseuse. Elle considéra la possibilité qu'une arme soit pointée sur lui. Elle n'arriva pas à estimer le niveau de risque et l'urgence d'intervenir à grand fracas. Elle croisa le regard incisif d'Éric, accroupi derrière elle sur les premières marches de l'escalier.

Sans prévenir, l'orage s'estompa, faisant disparaître, par là même, l'écho assourdissant. Ne restèrent que des claquements épars dus aux derniers grêlons s'écrasant sur les gouttières métalliques. Ce fut ce moment de transition que choisit Mathilde pour bondir sur les plus hautes marches de l'escalier. Le haut de son corps était à découvert, braquant son arme devant elle. Son index déjà en tension sur la gâchette. Elle devait être prête à réagir en une fraction de seconde. Faire écran et empêcher Benjamin de prendre une balle perdue. Peut-être tirer en riposte. Elle repéra immédiatement la fille d'Éric, et juste à côté la femme. Mathilde pointait son révolver droit sur elle.

Éric ne put attendre plus longtemps. Il fit irruption à son tour dans le salon puis s'immobilisa. Il marchait sur des œufs. Le moindre mouvement pouvant potentiellement déclencher un bain de sang.

Les deux femmes, qui tournaient le dos à l'escalier, n'avaient pas encore remarqué leur présence. Un mouvement attira leur attention.

– PAPA !

C'était sa fille. Vivante. Éric crut reconnaître aussi la femme. Qu'avait-elle à voir avec cette histoire ? En accusant Sybille Meyer, ils avaient presque vu juste. Mais avaient tapé juste à côté. Cette femme travaillait à la Résidence des Cigognes, pas dans le service des patients neuro, mais dans la partie maison de retraite.

La tension qui avait régné pendant les minutes précédentes s'évanouit. Mathilde baissa sa garde. Benjamin s'approcha enfin de Charlotte. Elle bondit du canapé, courut vers son homme et se jeta dans ses bras. Le corps massif de Benjamin ne vacilla pas d'un poil. Elle l'encercla de ses jambes. Il la serra fort contre lui. Mathilde et Éric se sentirent ridicules. La situation n'avait rien de dangereux. Charlotte buvait simplement un café avec la femme. Mathilde la reconnut également. Elle lui avait posé quelques questions pour son enquête sur les chats morts à la Résidence des Cigognes. L'infirmière Jade Emero.

La situation était absurde. Mathilde se rendit compte qu'elle n'avait rien à faire ici. Charlotte n'avait pas été enlevée. Tout le reste de cette prétendue affaire qui ressurgissait du passé était basé sur un faisceau de présomptions et sur beaucoup de spéculations. Le coup du mannequin, les chats morts, les mains coupées retrouvées. Elle n'avait rien qui accusait cette femme de quoi que ce soit. Le témoignage de la vieille d'à côté, qui disait avoir vu la femme rousse braquer la maison, tombait à l'eau lui aussi. Jade Emero avait les cheveux châtain foncé. Mathilde s'adressa à elle :

– Madame Emero, vous devez savoir que la disparition de Charlotte a conduit la police à déployer plusieurs dispositifs pour la retrouver. Je suis un peu surprise de vous trouver ici avec elle…

Charlotte intervint :

– Je n'avais pas disparu… C'est quoi cette histoire ? Qu'est-ce que vous racontez ?

Mathilde était embarrassée. Une impression inconfortable. Comme deux pièces de puzzle qu'on fait entrer l'une dans l'autre en tapant du poing. Benjamin paraissait lui aussi ahuri et embêté.

– Tu n'étais pas à la gare ce matin, je t'y ai cherchée partout !

– Tu devais me retrouver au parking sous la gare ! Et je t'ai envoyé plein de messages pour savoir si tu étais en retard ou s'il y avait eu un souci et tu n'as pas répondu…

Quelques éclats de voix dans la rue lui firent perdre le fil de ce qu'elle voulait lui dire. Après un blanc, elle reprit :

– Et puis je suis tombée sur Jade, qui s'est présentée à moi. Elle a lu mon livre et m'a reconnue. Elle m'a dit qu'elle s'occupait de papa à la résidence, que ce serait bien de discuter un peu de son état et des perspectives pour la suite. Elle m'a proposé de déjeuner ensemble puis de me conduire à la maison. Je pensais te retrouver ici.

L'ambiance s'apaisait. Éric et Benjamin n'avaient pas la force de s'emporter. Tout à leur joie de retrouver Charlotte. Mathilde, sans doute touchée dans son ego, n'arrivait pas à prendre les choses avec légèreté. Un cri rauque se fit entendre depuis l'extérieur de la maison.

– Quoi qu'il en soit, je vais avoir des questions à vous poser. À tous. Il reste un certain nombre de choses à éclaircir…

Une détonation les fit sursauter. Ils réalisèrent ce qui se passait seulement au deuxième coup de feu.

– 44 –

Juillet 2022

Ostwald, maison de Benjamin et Charlotte

Mathilde se précipita vers la porte d'entrée. Elle déboula dans la rue devant la maison. Dans un brouillard vaporeux, comme s'échappant du sol, elle discerna le corps d'un vieillard. Du sang s'étalait autour de lui et se mêlait à l'eau stagnante accumulée sur le goudron. Elle tourna la tête vers celui qui était à l'origine des coups de feu.

Pierson était comme tétanisé. Les deux mains cramponnées sur son arme. Encore fumante. Il tremblait. Dévasté par ce qu'il avait eu à faire. Il avait tiré sur cet homme.

Mathilde s'approcha du corps, écarta d'un geste du pied la canne ornée d'une tête de lion en argent et s'agenouilla pour prendre le pouls à la base du cou. L'homme était en vie. Éric et Benjamin venaient d'arriver sur le perron. Ils dévalèrent les marches de l'escalier. Mathilde leur cria :

– Appelez immédiatement une ambulance ! Et occupez-vous de lui !

Éric composa le numéro des secours sur son portable et le tendit à Benjamin. Le jeune homme, mal à l'aise, resta en retrait, tandis qu'Éric s'agenouillait à côté du blessé. Mathilde se dirigea vers son collègue. Il était en état de choc, horrifié. Il ne voulait pas tirer.

* * * * * *

Le gardien de la paix Pierson surveillait les alentours de la maison, au travers du pare-brise de la voiture de police. La lieutenante Kanga, accompagnée de Breuil et Jédar, avait investi les lieux et il devait suivre les ordres. Des grêlons de la taille d'une balle de golf avaient tapissé le bitume et sûrement abîmé la carrosserie du véhicule de fonction. La pluie venait de cesser et les bourrasques s'étaient calmées. La température remontait doucement. La chaleur du sol faisait fondre les billes glacées et une nappe brumeuse s'était formée.

Pierson distingua une silhouette à l'autre bout de la rue. L'individu bifurqua sur la droite et se dirigea droit vers la maison. Pierson n'avait encore jamais été confronté à une affaire d'enlèvement. Sa supérieure avait semblé prendre ce cas très au sérieux. Il l'avait sentie tendue lors du trajet, serrant fort l'objet qui se trouvait au fond de sa poche. Il y avait quelque chose de sombre qui gravitait autour de cette histoire. Il ne fallait laisser personne accéder à la maison pendant l'intervention. Il sortit du véhicule et s'approcha à moins de vingt mètres de l'individu qui lui tournait à demi le dos. Il lui cria de s'arrêter, mais celui-ci continua sans sourciller.

– Monsieur, police ! Je vous ordonne de vous arrêter !

L'individu semblait déterminé. Pierson discerna quelque chose dans sa main droite. Long et fin. Il paniqua, imaginant que cela puisse être un fusil.

L'homme avança encore de quelques mètres.

– DERNIÈRE SOMMATION ! RETOURNEZ-VOUS, LÂCHEZ VOTRE ARME ET LEVEZ LES MAINS EN L'AIR !

L'individu ignora encore une fois son appel. Alors il leva son révolver au-dessus de sa tête et tira vers le ciel. L'homme s'immobilisa et regarda autour de lui. Il tourna la tête vers le policier.

– LÂCHEZ VOTRE ARME ET LEVEZ LES MAINS EN L'AIR.

L'homme ne répondit pas. D'un geste brusque, il tendit son bras droit. Pierson ne pouvait pas prendre le risque qu'il fasse feu avec son arme. Alors il visa sa jambe.

★ ★ ★ ★ ★ ★

Éric avait parfois souhaité sa mort par le passé. Mais là, en le voyant si misérable, il espérait qu'il se rétablirait vite. Éric et lui échangeaient en signant. Puis Éric se retourna puis cria pour appeler sa fille. Charlotte était restée dans l'entrée de la maison avec Jade Emero. Charlotte paraissait déboussolée, ce qui n'était pas courant. Éric lui demanda de venir jusqu'à eux. Jean-Noël lui parla. Le processus d'écriture de son livre avait nécessité qu'elle apprenne la langue des signes. Charlotte fut déstabilisée d'abord, étonnée ensuite, puis finalement émue. Benjamin ne put saisir ce qui avait tant touché sa compagne. Elle finit par adresser une suite de signes au vieil homme. Benjamin crut le voir sourire. De ces sourires contenus, si profonds qu'ils font *surbriller* les yeux. Une larme perla sur sa joue plissée.

L'ambulance arriva. Jean-Noël Hoeflinger fut rapidement pris en charge. Il semblait mal en point, mais restait conscient. Une silhouette apparut au-dessus de lui. Sa femme. Josiane décida de l'accompagner à l'hôpital. Malgré la rancœur qu'elle éprouvait pour lui, il restait son mari. Elle l'avait aimé. Le voir si mal en point lui était insupportable. Malgré toute l'effervescence autour, Rémi se tenait perché sur un muret et assista au départ de ses maîtres dans le véhicule des secours. Jean-Noël Hoeflinger n'avait pas vu son chat depuis presque dix ans. En ces temps-là, il n'avait aucun doute sur lequel d'entre eux deux survivrait à l'autre. Ironie.

Restée à l'intérieur de la maison, Jade Emero était spectatrice de la scène au travers d'une fenêtre de l'entrée. Éric croisa son regard. Si intensément qu'elle aurait pu sonder son âme. Elle passa la main dans ses cheveux. Le capitaine Breuil ne fut même pas si surpris. Elle laissa ensuite le voilage retomber devant elle. Il lui vint en tête cet adage : « *Come il volto è l'immagine dell'anima, gli occhi ne sono gli interpreti*[1]. » Le capitaine Breuil se demanda si changer la couleur de ses yeux pouvait changer la couleur de son âme. « Une vérité peut toujours en cacher une autre. »

Un peu plus tard, un autre véhicule de police débarqua et stationna dans la rue. Les collègues saluèrent la

1. « Les yeux sont le miroir de l'âme » (Cicéron).

lieutenante Kanga et invitèrent l'ex-commandant Jacquier à en sortir. Au commissariat, ils avaient reçu le message radio de leur supérieure indiquant qu'il y avait eu un problème lors de l'intervention et qu'elle avait besoin de renforts pour s'occuper de l'agent Pierson. Ils avaient décidé d'attendre l'arrivée de Simon Jacquier dans leurs locaux avant de rejoindre Mathilde Kanga dans la foulée. Ils informèrent la lieutenante que Jacquier n'avait montré aucune réticence à les suivre et à les accompagner ici. Mathilde les rencarda sur les évènements qui s'étaient déroulés sur place.

La situation était sous contrôle. L'homme blessé était en route pour les urgences de l'hôpital de Hautepierre. Aucune des personnes encore présentes sur place ne représentait un danger potentiel. Pierson s'était calmé et restait mutique sur la banquette du premier véhicule de police. Tirer sur quelqu'un pour la première fois était une épreuve. Un suivi psychologique l'aiderait à dépasser ce traumatisme. Mathilde demanda à ses hommes de le raccompagner à la PJ. Elle devait s'occuper de récolter les derniers témoignages.

La procédure n'était pas conventionnelle, mais Mathilde demanda à Simon s'il voulait bien les accompagner à l'intérieur de la maison. Elle avait des questions à lui poser. Après tout, ils faisaient tous partie autrefois de la même grande famille. Il n'était pas dans un bon jour, c'était évident, mais il accepta spontanément. Éric, sa fille et Benjamin leur emboîtèrent le pas.

Arrivée la première dans le salon, Mathilde balaya la pièce du regard puis se retourna, agacée.

– Où est-elle passée ? Où est Jade Emero ?

Mathilde ne pouvait cacher son irritation. Elle préféra se taire pendant quelques minutes, faisant les cent pas dans le salon en réfection dans cette maison où tout avait commencé. Il y avait dix-neuf ans, Charlotte avait été enlevée ici même. Dans cette maison. Elle avait trois ans. Mathilde était déjà l'une des protagonistes à l'époque.

Sur le canapé se trouvaient, face à elle, trois autres acteurs majeurs de cette affaire. Sans compter l'ombre d'Ambre Rosieri qui planait. Benjamin était le seul à n'avoir aucun rapport avec ce qui s'était passé en 2003. Après avoir servi une tournée de café à tout le monde sauf à lui, il s'était assis par terre, le dos appuyé contre les carreaux en faïence du Kachelofen au milieu du salon. Il se retint de demander à Mathilde l'autorisation de faire quelques séries de pompes pour faire redescendre la pression. Mathilde mit fin au silence.

– Bon… J'espère que vous allez arrêter de vous foutre de ma gueule…

Le ton était donné.

– Je vais vous laisser une chance de me raconter la vérité… Une seule et unique chance ! Simon, tu vas devoir vider ton sac sur les circonstances du suicide d'Ambre Rosieri. Et m'en dire plus sur l'une des employées qui travaillait à la prison en tant qu'infirmière… une certaine Oriane Kempf. Charlotte, tu dois me raconter ce que vous vous êtes dit exactement avec Jade Emero. Je ne trouve pas très claire cette histoire d'infirmière fan de littérature qui te saute dessus sur le quai de la gare et veut te parler de l'état de santé de ton père !

Éric savait que son tour allait venir. Mathilde était instinctive, une flic extrêmement douée, qui de surcroît avait été à bonne école.

– Et toi, Éric… J'ai une colle pour toi… Quelle est la probabilité, à ton avis, qu'en 2022 un de mes hommes plante une balle dans la jambe de celui qui était ton voisin en 2003 ?

Il aspira de l'air pour se justifier précipitamment.

– Je suppose qu'il…

– Je n'ai pas fini ! Ne dis pas des choses que tu pourrais regretter ! Je reformule…

Une vingtaine d'années de plus, amaigri et les cheveux plus longs…

– Quelle est la probabilité qu'un de mes hommes colle une balle dans la jambe de ton putain d'hypnotiseur ?

– 45 –

Juillet 2022

Ostwald, dans l'ambulance

– Denise, j'aurais tant désiré que tu sois à mes côtés à cet instant. J'aurais tant voulu que notre fille puisse rester avec moi. Au lieu de ça, à votre place, j'ai droit à un infirmier boutonneux qui me charcute le pli du coude pour me poser une perfusion. Josiane est là, elle aussi. Ne t'inquiète pas, elle ne peut pas nous entendre. Elle tente de me faire des signes pour me parler, mais je n'ai pas la force de réagir. Je n'ai même pas la force de bouger les lèvres... Déjà que je ne suis pas un champion en termes d'élocution, tu imagines ce que ça donnerait dans cet état ! Denise, j'aurais tant de choses à te dire... Tu es l'amour de ma vie... Je t'ai crue en danger... Je ne comprends pas ce qui vient d'arriver... J'avançais vers ta maison, vers la mienne aussi. Dans la brume. L'impression déjà d'une traversée du monde des morts. En tournant la tête, j'ai entraperçu ce policier. J'ai tenté de crier, mais ma voix est éteinte depuis des années. Ma jambe s'est dérobée d'un coup. D'un coup de feu. La douleur a été violente. Les cachets ne peuvent pas tout. Du sang coulait de mon genou. Abondamment. La plaie n'était pas belle à voir. J'avais déjà rencontré la flic métisse qui s'est penchée au-dessus de moi. Elle a vérifié mon pouls puis a crié quelque chose. Que je n'ai pas su lire. Ton mari est arrivé juste après. On s'était toujours détestés, mais, pour la première fois peut-être, j'ai apprécié de parler avec lui. Je lui ai demandé une faveur. Celle de me laisser parler à votre fille. Il a accepté. Conscient qu'elle avait besoin de connaître certaines vérités. Son livre, que j'avais pris le temps de lire dans la chambre d'Éric à la résidence – tu aurais pu passer me voir, d'ailleurs –, était la preuve qu'elle cherchait sa véritable identité. Son identité profonde. Je me sentais de plus en plus mal. Mais j'ai eu besoin de lui dire qui j'étais. Le vrai père de Charlotte. Alors mes mains le lui ont dit. Elle a signé pour me dire merci. Mais elle le savait déjà. Elle avait également un message pour moi. Il figurait dans le livre, mais personne ne savait que « la petite fée » lui avait vraiment soufflé ce message à l'intention de ses parents. Elle a répété les mêmes gestes qu'elle avait un jour observés. Des gestes éternellement gravés dans sa mémoire, dont la traduction la plus simple était « Papa, maman, je vous aime ». L'ambulance est arrivée. Même Rémi est venu pour me dire adieu avant qu'on ne me mette sur le brancard. Cela m'a fait quelque chose de revoir mon vieux chat. Le bougre est encore vif, vu la vitesse à laquelle il a détalé lorsque ta fille et son compagnon se sont approchés de lui. Josiane est montée avec moi dans l'ambulance… Avant que les portes du fourgon ne se referment sur la lumière du jour…

– Denise, je te demande pardon ! Il semblerait qu'à chaque fois que je veux jouer les héros, quelque chose foire… C'est sans doute le karma. Je dois faire partie de ces personnes qui naissent pour en chier ! Aujourd'hui, j'ai juste pris une balle, mais à l'époque, pour sauver notre fille, la situation avait totalement dérapé… Éric t'a-t-il vraiment tout raconté ?… Au départ, notre plan a marché comme sur des roulettes. Éric a réussi à nous faire pénétrer dans la cellule de Signol. Il l'a ceinturé le temps que je lui injecte un anesthésique. Une dose de cheval. Ensuite, quand Signol était dans les vapes, j'ai réalisé une dizaine d'injections à la base de ses doigts. De la même manière que cela avait fonctionné dans mes essais au laboratoire, les empreintes de Signol allaient évoluer en quelques heures. Des changements subtils au niveau de plusieurs minuties, mais qui seraient suffisants pour tromper le logiciel d'identification d'empreintes. Il ne pourrait plus valider la concordance. Comme Éric l'avait prévu, Signol a été vite relâché. Son avocat l'a reconduit dans sa forêt. Il l'a déposé sur le bas-côté du dernier sentier suffisamment praticable pour sa berline allemande. Il restait un petit bout de chemin à parcourir à pied pour Signol afin de regagner sa baraque. Mais on ne lui en a pas laissé le temps… On lui a tendu une embuscade à proximité de son pavillon. Éric était en transe, animé par un seul et unique but, sauver sa fille. Sauver ma fille. Il n'a pas fait dans la demi-mesure. Il s'est rué sur Signol et l'a frappé par-derrière. On l'a attrapé puis sanglé à un arbre. Éric a tabassé ce type. Il a utilisé un briquet pour brûler sa peau à vif. Son visage tuméfié, rougeoyant, et son regard vitreux m'obsèdent encore aujourd'hui. Et après de longues minutes de sévices, s'imaginant sans doute qu'Éric puisse aller jusqu'à le tuer, Signol a craqué. Il nous a révélé l'emplacement du tumulus où il avait enfermé Charlotte. Tout était allé trop loin. Ce que nous avions fait serait déjà difficile à justifier. Mais tout a basculé quand le cœur de Signol s'est arrêté de battre. Cela n'était pas prévu. Éric ne m'avait pas dit ce qu'il ferait de Signol après l'avoir fait parler. Je ne suis pas sûr que lui-même le savait vraiment. Et s'il avait un scénario en tête, celui-ci venait subitement de se réécrire. Éric a agi dans la panique. Ses yeux sondant l'environnement autour de nous. Les potentialités. Il a utilisé le téléphone que ses collègues avaient rendu à Signol pour passer un appel chez vous. Est-ce toi Denise qui as décroché ? Ensuite, Éric a contacté son ami Jacquier et inventé cette histoire d'appel anonyme qui lui révélait l'endroit où se trouvait sa fille. Il fallait que Jacquier l'y rejoigne parce que lui était soi-disant déjà en route. Cela nous laissait au moins quarante-cinq minutes, plus probablement une heure d'après Éric. En très peu de temps, je l'ai vu récupérer des bidons d'essence et de produits pour moteur stockés sous une plaque de tôle. Il a déversé leur contenu dans le pavillon de chasse. Il a ensuite imbibé un chiffon qu'il a placé dans une bouteille qui traînait là, l'a enflammé et balancé le tout dans la demeure qui s'est embrasée. Un énorme brasier. Un énorme bûcher. Juste avant de partir en direction de l'endroit indiqué par Signol, Éric m'a jeté son briquet. Il m'a fait signe de me débarrasser du corps… En signant de ses mains, il m'a suggéré de le calciner. Ce n'était pas dans le « contrat ». Je n'étais pas un meurtrier. Moi aussi, j'ai paniqué. Je n'avais pas beaucoup de marge de manœuvre. Et peu de temps avant l'arrivée des poulagas. Brûler totalement un corps prenait du temps. Surtout, je savais que si les experts de la police scientifique exécutaient une analyse ADN sur les os de la dépouille même carbonisée, les cellules osseuses des doigts jusqu'à la zone du poignet présenteraient des mutations anormales de l'ADN. J'étais votre voisin, Signol avait été libéré à la suite d'une seconde analyse digitale atypique et j'étais le seul scientifique – au monde – capable de telles manipulations au début des années 2000. La police remonterait très vite jusqu'à moi. J'ai été lâche, mais je ne pouvais pas me résoudre à laisser péricliter mon empire scientifique. J'ai agi en conséquence. J'ai pris la hache qui reposait contre un tas de bûches près du pavillon de Signol. J'ai sectionné ses avant-bras au niveau des poignets. J'ai emballé ses mains dans les feuillets d'un journal que j'ai récupéré sur un tonneau rempli de détritus. J'avais encore dans mon pardessus, dans un sac zippé, le matériel utilisé la veille pour injecter Signol. J'ai glissé dans ce sac plastique les mains entourées du journal déjà imbibé de sang. À ce moment, brûler le reste du corps de Signol ainsi mutilé n'était plus une option. Une seule échappatoire s'imposait à moi. J'ai traîné Signol jusqu'à sa broyeuse et l'ai soulevé pour le placer en hauteur sur la grosse souche jouxtant l'engin. J'ai mis en marche l'appareil et balancé le corps la tête la première, en veillant à ce que ses bras soient déchiquetés. La machine s'est stoppée net alors que les jambes dépassaient encore du godet. J'ai d'abord essayé de la débloquer et de la remettre en route. Cependant, si Signol s'était réellement jeté dedans pour mettre fin à ses jours, personne n'aurait réenclenché le système d'allumage. Le scénario paraissait crédible. Alors j'ai tout laissé comme ça et j'ai tenté de rattraper Éric, sans savoir exactement vers où me diriger. J'ai pris soin d'emporter le paquet contenant les mains de Signol. À l'aide d'un gros rouleau d'adhésif qui traînait près du tonneau, j'ai fixé le sac à l'intérieur de mon pardessus. Pour avoir les mains libres et surtout pour le dissimuler. J'avais bien fait... Cela nous a évité des problèmes, parce que rapidement est arrivé le chef d'Éric... Si j'ai fait tout ça, c'est pour toi Denise, et pour Charlotte... Ces dernières semaines, ce passé trouble a refait surface. Le mannequin était un avertissement. Le poison, un autre. La vision de la lame de la hache sectionnant les poignets de Signol me hante toutes les nuits. Mais les choses sont différentes aujourd'hui. J'ai relevé mon dernier défi ! Denise, mes travaux vont bientôt être publiés, tu te rends compte ? Je suis prêt à payer pour mes actes... J'accepte que vienne la sentence, j'irai en enfer s'il le faut !

– Denise, tu es la plus belle chose qui me soit arrivée... Voilà, c'est tout ce que je voulais te dire... Peut-être est-ce le moment idéal pour mourir ? Je me demande quel souvenir on gardera de moi. Malgré le mal que j'ai pu faire et mes erreurs, j'aimerais tant que l'on dise de moi que j'avais des idées à revendre et une créativité sans limites... Mon champ de vision se rétrécit au fil des minutes... Je suis heureux d'avoir Josiane à mes côtés. Je réalise à quel point j'ai de l'affection pour elle. À quel point elle a été une femme incroyable. À quel point je l'ai fait souffrir. Mon désir de revanche sur la vie et mon obsession de décoder le monde l'ont propulsée au second plan. Je n'ai rien pu faire contre l'amour que j'ai ressenti pour toi, Denise. Poussant ma femme encore davantage à l'arrière-plan de ma vie. Mais ce n'est pas toi, Denise, qui es là aujourd'hui ! Ce n'est pas toi qui me tiens la main ! Je devrais peut-être en profiter pour me libérer de mes mensonges. Même si je suis persuadé que Josiane a toujours su pour toi et moi. J'ai transmis à Charlotte l'allèle muté responsable de ma surdité. Josiane ne m'a jamais demandé la moindre explication. Mais j'ai ressenti sa rancœur. Elle, à qui je n'ai jamais réussi à donner l'enfant qu'elle désirait tant. Je pourrais aussi lui avouer que Breuil n'y était pour rien pour le mirabellier planté au fond de la propriété… Josiane, je t'ai tant négligée, pardonne-moi…

– Charlotte, on pourra passer du temps ensemble tous les deux, cette fois… C'est promis !

– 46 –

Juillet 2022

Ostwald, maison de Benjamin et Charlotte

La *réunion de famille* se poursuivait dans le salon. Dans une tension à couper au couteau. Tous avaient des choses à se reprocher. Mathilde ne lâcherait pas le morceau avant d'avoir des réponses. Son obstination et les incohérences qu'elle avait décelées finirent par mettre Simon Jacquier face à sa conscience. Celui-ci semblait avoir perdu plus que de sa superbe.

– Je vais te raconter tout ce que tu veux savoir, Kanga. De toute façon, ça ne changera plus rien maintenant...

Éric s'était installé sur l'accoudoir à l'autre bout du canapé. Le regard perdu dans le vague. Prendre des pincettes entre eux était un concept désuet. Les mots sortirent de sa bouche comme une évidence :

– Tu es tombé dans les bras du diable...

– Tu crois vraiment que j'avais le choix ? Je ne m'attendais pas à ce que tout ça prenne une telle ampleur.

Tout a basculé si vite. Mais c'est trop tard. Elle vous filera entre les doigts. J'ai vraiment cru que j'avais réussi à l'apaiser et qu'elle se poserait définitivement avec moi. Mais elle est insaisissable. Vous ne la retrouverez jamais. Je ne la retrouverai jamais moi non plus...

Il prononça cette phrase avec un désespoir criant. Éric et Mathilde focalisèrent toute leur attention sur leur ancien supérieur.

– S'il vous plaît, est-ce qu'on pourrait parler de ça juste entre nous ? Je veux dire, entre flics et anciens flics. Comme au bon vieux temps...

Charlotte et Benjamin saisirent le message. Ils étaient de trop. Ce n'était pas le genre de Charlotte de s'effacer ainsi. Surtout lorsqu'elle se sentait pleinement concernée. Mais elle trouvait Benjamin très distant. S'écarter permettrait de passer un petit moment avec lui. Elle lui fit signe de la suivre et ils sortirent tous les deux sur la terrasse.

– Les travaux ont bien avancé... Tu as été super efficace ! Pour ma part, ma conférence de presse a été un beau succès.

Il la regarda de travers.

– Les flics sont mobilisés pour enquêter sur une affaire liée à ta disparition quand tu avais trois ans, un type vient de se faire tirer dessus, on a cru que tu avais été enlevée, et toi tu me parles de tes paillettes et de la pluie et du beau temps !

Elle fit les gros yeux. D'ordinaire, elle appréciait qu'il affirme son caractère. Cependant, sa rencontre avec Jade l'avait quelque peu chamboulée.

– Il s'est passé plein d'évènements bizarres ici. On a vraiment cru que tu étais en danger. Qu'est-ce qui t'a pris de ne pas m'attendre à la gare ? Cette femme te dit qu'elle s'occupe de ton père et tu pars avec elle ? Tu l'amènes chez nous comme si c'était ta meilleure amie ? En plus, tu avais l'air sacrément gênée quand la lieutenante t'a demandé de quoi vous aviez discuté…

La personnalité expansive de Charlotte était une façade qui lui permettait de dissimuler ses véritables émotions. Benjamin avait appris à regarder sous le masque. Il sentait quand Charlotte n'était pas sûre d'elle.

– Tu pourrais au moins te confier à moi ! Qu'est-ce que t'a dit cette femme ?

– Je ne peux pas encore t'en parler. Je suis désolée.

– Tu vois, c'est ça le problème avec toi ! Il y a toi sur ton piédestal et tous les autres que tu regardes d'en haut ! Je ne suis ni plus ni moins qu'une de ces personnes-là dans ta vie !

– Eh, Benjamin, tu peux baisser d'un ton s'il te plaît ! Moi aussi, je suis secouée. Je sais que tu m'en veux pour le voyage, de t'avoir prévenu à la dernière minute. Excuse-moi d'essayer de vivre mes rêves !

– Putain, mais tu crois qu'il n'y a que toi qui as des rêves ? On dirait que tout glisse sur toi et sur ton putain d'égoïsme !

Il regretta cette phrase. Elle était forcément déstabilisée par les évènements. Lui aussi était à bout de nerfs.

– Mais qu'est-ce qu'il t'arrive Ben ? Tu n'es pas dans ton état normal !

– Moi au moins j'ai un état normal. Tout irait mieux si tu étais plus normale des fois. J'ai toujours su qu'on vivait dans deux mondes différents, et en un sens, c'est ce qui m'a plu chez toi. Mais voilà, j'ai l'impression qu'on ne vit plus dans deux univers compatibles…

– Qu'est-ce que tu me fais là ?

– Je crois que je vis mal d'être dans l'ombre, dans ton ombre. Tu es trop brillante pour moi ! Les gens ne voient que toi, ne parlent que de toi. Je crois que j'ai besoin de quelque chose de plus simple, de plus équitable.

– Ben, tu me feras ton numéro plus tard… Il faut absolument que…

– On ne se comprend plus, Cha ! Je crois que ce serait mieux qu'on en reste là tous les deux !

Il baissait la tête. Il n'arrivait pas à la regarder dans les yeux. Ce fut pour cela qu'il n'avait pas vu les larmes inonder ses yeux. Elle réussit à les cacher avant de reprendre :

– Il en est absolument hors de question ! Je t'interdis de me quitter, pauvre con ! On va rester ensemble parce que je t'aime plus que tout ! Et que, merde, tu m'aimes comme un fou ! C'est juste impossible que tu ne puisses pas le voir ! Non, mais le gars est fou…

– Ce n'est pas un jeu. Tout ne peut pas aller toujours comme toi tu l'entends. Tu concrétises tes projets et les miens passent au second plan… Les médecins nous disent de passer plus de temps avec ton père, second plan… Tu décides qu'on doit s'installer ensemble dans la maison de tes vieux, les travaux, second plan… Tu me laisses tout gérer, mais le grenier, lui, sera ton atelier d'écriture ! Et ma salle de sport sera reléguée à la cave !

– Tu as fumé la moquette ou quoi ? Tu as un sacré *fucking* problème dans ta tête, *BéGémin* ! C'est bon, je crois que tu m'as rejointe, toi non plus tu n'as plus les pieds sur terre, bébé !

À la fin de sa tirade théâtrale tout en subtilité, elle sortit son téléphone.

– Il faut que je te montre quelque chose…

Elle lança son application Facebook et fit démarrer une vidéo postée par sa maison d'édition. Benjamin faillit s'énerver en voyant qu'il s'agissait d'un extrait de sa conférence de presse parisienne. Partagée déjà plus de trois cents fois. Il pensa qu'encore une fois elle ramenait tout à elle.

Sa maison d'édition avait fait les choses en grand. La salle était pleine. Il ne fut pas surpris, et tout de même amusé, de voir que sa compagne avait comme à son habitude foutu un beau bordel dans la salle. Plutôt que de rester assise sur sa chaise, elle était assise en tailleur sur la table, arborant un tee-shirt « un conte de fées/décomptes de faits #metoo ».

« Un type qui prenait des notes sur son iPhone lui demande :

– Avez-vous d'autres projets en cours ?

Charlotte imite des oiseaux avec ses mains et répond :

– Oui ! Mais avant, j'ai besoin de me mettre en pause quelque temps… Mon second projet sera, peut-être, un écrit collaboratif… C'était important pour moi d'écrire La Petite Fée qui n'avait pas d'oreilles *seule, mais ce dont j'ai envie maintenant, c'est d'imaginer des histoires avec d'autres auteurs qui méritent la lumière…*

Une femme assise à la table derrière elle lui pose la main sur l'épaule puis s'adresse à l'audience :

– Merci Charlotte, merci à vous tous, je crois que l'on va s'arrêter là…

D'un bond, Charlotte se met debout et commence à arpenter les allées entre les chaises :

– Non, attendez ! Je voudrais encore faire une déclaration… »

Benjamin eut un sourire. Les images montraient clairement que les organisateurs gesticulaient en arrière-plan pour trouver le moyen de ne pas perdre le contrôle de la conférence de presse. Il était clair que Charlotte n'avait pas laissé l'auditoire indifférent. Avec son caractère affirmé et son impertinence, on ne pouvait que l'adorer ou la détester.

« Charlotte s'arrête au milieu de la salle, plusieurs personnes filment la scène avec leur téléphone. Elle reprend la parole :

– Comme beaucoup d'artistes, d'auteurs ou d'écrivains… "Écrivain", j'adore ce mot ! Vous savez, cela nous flatte de nous faire appeler ainsi, on s'en gargarise même… mais je m'égare… Comme beaucoup d'artistes, je suis égocentrique, égoïste, autocentrée et incroyablement difficile à vivre au quotidien ! Et pourtant, j'ai trouvé une personne qui m'aime. Et c'est à cette personne que je veux m'adresser… Parce que c'est elle qui me fait briller, parce qu'en fait… elle brille bien plus que moi ! J'écris parce que j'ai des failles… et c'est toi qui me soutiens et me rassures. Sans toi, je m'effondrerais, tout s'effondrerait. BéGé je t'aiiiiime ! »

Benjamin fut saisi d'un spasme. Charlotte l'enlaça. Une accolade qu'il ne refusa pas.

– On est à deux sur notre piédestal… En vrai, j'aurais beaucoup de choses à te dire… mais pas maintenant, s'il te plaît. Je te demande juste d'attendre que l'on soit seuls tous les deux.

Benjamin ferma les yeux. Il l'embrassa.

Pendant ce temps, au salon, Simon Jacquier s'apprêtait à passer à table. À avouer à ses anciens collègues son terrible secret.

– C'est bien elle. Ambre est vivante. Et elle a bien pris l'identité d'Oriane Kempf pendant quelques mois…

Si Éric ne réagit pas à la révélation, Mathilde, en revanche, fut sidérée. Elle avait vu juste. Simon avait fait croire à tout le monde qu'Ambre Rosieri était morte en cellule. Il n'y avait eu ni agression ni suicide. Simon avait été obligé d'inventer, en catastrophe, cette histoire de suicide face à Éric pour le détourner de la vérité. La machination pour exfiltrer Ambre Rosieri de prison avait été orchestrée dans les moindres détails. Des choses immorales avaient dû être commises. Notamment détourner le cadavre d'une autre femme rousse et arroser Raul Molina, le légiste, pour le constat de décès.

– Pour satisfaire quoi ? Un instinct primaire ! Juste pour pouvoir te la taper, tu es allé jusqu'à faire sortir cette tarée de prison !

– Ferme ta gueule, Éric ! Toi, tu devrais me comprendre ! Je l'aimais. Je suis fou d'elle. Je ne peux pas l'expliquer. Dès la première seconde, dès que je l'ai vue.

Il avoua cela la gorge comme écorchée. Ses deux anciens collègues avaient compris que, s'il devait revenir en arrière, il referait tout à l'identique.

– Juste parce qu'elle ressemblait beaucoup à ta femme… Mais merde, c'est une criminelle !

– Tu fais chier, Éric. Tu crois que Denise ne t'aimerait plus si tu étais un meurtrier ?

La phrase claqua dans l'air, coupant le souffle à Éric.

– On s'est mutuellement aidés à reprendre goût à la vie. J'ai su que je pouvais aimer à nouveau, que je n'étais pas mort à l'intérieur. Je l'ai aidée à se reconstruire, à lui faire oublier son passé, son ancienne vie. À accepter la mort de Vincent.

– Alors pourquoi veut-elle se venger ? Pourquoi s'en prend-elle à moi et à ma famille ? Tu l'as forcément rencardée sur les évènements liés à l'enlèvement de Charlotte et sur le suicide de Signol…

– Pas du tout. Tu peux me croire ou pas, mais il me reste une once de conscience professionnelle… et d'amitié. Je ne lui ai jamais rien révélé du dossier. Elle me posait des tas de questions au début, mais je me suis toujours évertué à garder les morts sous terre. Elle était très insistante par moments, me demandait ce que je savais sur les circonstances de la mort de Vincent, sur l'incendie de leur maison, sur qui était impliqué, ce qu'on avait trouvé sur place. Je pourrais vous prêter serment que je ne lui ai jamais rien dit. Elle avait compris qu'elle n'obtiendrait rien de moi, mais je n'étais pas dupe, je me doutais qu'elle effectuait des recherches de son côté. Depuis quelques semaines, je ne sais pas ce qu'elle a en tête. Elle est redevenue fuyante… Quelque chose s'est passé.

– Tu peux me regarder dans les yeux et me dire que tu es réellement convaincu au plus profond de toi qu'elle ne peut plus faire le mal ? Ambre Rosieri, Gemma Rosselini, Oriane Kempf et maintenant Jade Emero… Quand on cherche à se racheter une conscience, c'est bien connu, on se crée continuellement de nouvelles identités ! Tu savais qu'elle avait postulé à la Résidence des Cigognes, n'est-ce pas ?

La tête basse, Jacquier confirma :

– Oui.

Éric avait croisé le regard de Jade et reconnu Ambre dans la maison lorsqu'elle avait retiré sa perruque, avant de prendre la fuite.

– Tu es fou ou quoi ? Elle veut se venger de moi, c'est évident ! Tu as mis Charlotte en péril ! Tu n'as pas pensé à ça, bien sûr !

Mathilde mit quelques secondes à analyser les propos d'Éric. OK, Ambre Rosieri était toujours vivante. OK, elle s'était fait passer pour Oriane Kempf. Mais Ambre était aussi l'infirmière Jade Emero… Mathilde avait fait face à la tueuse des mutilées et n'avait pas pu la reconnaître.

À cet instant, la porte-fenêtre s'ouvrit. Benjamin et Charlotte considéraient leur avoir laissé suffisamment de temps. Ils prirent place dans le salon malgré l'électricité de l'air. Éric paraissait en colère, Mathilde soucieuse et Jacquier défait. Ce dernier demanda la permission d'allumer un cigare. Charlotte et Benjamin avaient les yeux rougis. La conversation ne pouvait continuer sur le même ton. Ni sur le même sujet. Ce qui laisserait à tous du temps pour digérer.

Le téléphone de Charlotte, posé sur le meuble dans l'entrée de la maison, vibra. Son intuition lui désigna qui était l'expéditeur du message. Il fallait ruser pour que Mathilde ne s'aperçoive de rien. Celle-ci accéda à sa demande de se rendre au petit coin. En se dirigeant vers les toilettes, au passage, sa main saisit discrètement le téléphone.

Un nouveau mail dans la boîte de réception. Sans objet. Expéditeur : Jade Emero. Une adresse finissant par « .it ». Une pression tactile de plus et son avenir pouvait basculer. Une pression du doigt lourde de conséquences. Pour toutes les personnes présentes actuellement dans la maison.

Le contenu du message s'afficha. Une série de chiffres, d'apostrophes et de lettres, suivie de la mention : « Tu sais qui je suis. J'ai encore des choses à te dire, je t'attends. »

Après quelques minutes, Mathilde s'impatienta. Elle tambourina à la porte des toilettes. Aucune réaction. Elle tenta d'ouvrir la porte. Celle-ci était bloquée. Elle trouva dans un tiroir de la cuisine un couteau avec lequel elle fit tourner de l'extérieur le verrou cranté. Un courant d'air frais mêlé à la senteur marine du diffuseur pénétra ses narines. La pièce était vide. La fenêtre du cabinet grande ouverte. Ouverte vers l'inconnu.

La décision de fuir pour rejoindre Jade n'avait pas été difficile à prendre. Il n'était pas compliqué de deviner où menaient les coordonnées GPS indiquées dans le message. L'endroit où Charlotte avait été retrouvée dix-neuf ans auparavant. Le bunker dont le souvenir l'obsédait jour et nuit depuis tant d'années. Quand sa deuxième vie avait commencé. Là, aussi, où l'histoire de la petite fée avait commencé.

La petite fée qui n'avait pas d'oreilles

(Conte fantastique)
De l'aube au 7e crépuscule (suite)

Au-dehors, les nuages d'une pluie battante assombrirent le tableau,
Pendant qu'Esméralda, résiliente, pansait ses derniers maux.
Mais elle n'eut droit à aucun répit.
Car quelques instants plus tard à peine,
Dans le fracas d'un grand bruit,
Un intrus fit irruption dans la scène.
Ce n'était pas la démarche ni l'air du Sorcier.
Ses tempes se mirent à battre, car une bête dans la cabane avait pénétré,
S'approchant à pas de loup.
Elle retint son souffle.
Déterminée et attentive au moindre bruissement
Et à la plus infime vibration de silence.
Refusant formellement à la peur son escorte,
Esméralda avait repris du poil de la bête.

Jamais, au grand jamais, avant, elle n'aurait pu faire face de la sorte.
Et sa riposte fut parfaite.
Elle défia l'animal sauvage,
Tendit l'embuscade qui fit qu'elle l'attrapât.
Elle tenait à présent le Loup par les deux oreilles,
Quand la vérité en son être éclata d'un coup. Cette vérité, en fait, était plurielle.
Tout ce temps, Esméralda avait été bien trop candide.
Elle réalisa que ce Loup n'avait rien de féroce.
Les yeux mornes, presque misérables et devenus arides,
Son chagrin saillissant de sous l'écorce.

Sans crier gare, Esméralda devint à son tour fort vulnérable.
Ses forces la quittèrent, exténuée de toute cette fable.
La charge d'émotions telle qu'elle fut sous l'emprise d'un malaise.
Elle perdit presque le réel et des images défilèrent en guise de parenthèse.
Dans le flou de son œil tourné,
Elle entrevit les visages du Sorcier, de son père et du Loup qui se confondaient.
Et juste à côté d'elle se trouvait, en chair et en os, le mirage de la petite fée.

Auprès d'elles, le Loup s'agenouilla
Puis posa sa patte sur la joue d'Esméralda.
Elle savait à présent qu'un message pouvait passer sans besoin de mots.
Ils partiraient ensemble et elle ne reviendrait jamais en son royaume.

Mais personne ne savait
De quoi l'avenir serait fait...
Une chose était sûre, elle se fichait à présent de devenir Reine.
Honorer ses serments, être heureuse simplement valaient plus la peine.

Avant le grand départ, le Loup attrapa la chrysalide de fée.
D'un geste débrouillard, il la roula pour en faire un collier
Qu'il mit autour du cou d'Esméralda.
Ainsi par la force des choses, elle serait toujours là.
C'était le début d'une belle aventure.
Le Loup les enveloppa toutes les deux d'une couverture
Car il ne voulait pas qu'elles eussent froid.
Il les transporta ainsi à bout de bras
Au-dessus de l'eau de la mer,
Jusqu'à un radeau échoué sur la terre.
Esméralda lui confia les rênes, se laissa faire
Comme s'il était lui le capitaine et elle la passagère.
Mais ce fut ensemble qu'ils larguèrent les amarres.
À ce qui de loin ressemble au plus beau des voyages.

– 47 –

Juillet 2022

Forêt de Haguenau

Jade, ou plutôt Ambre, lui avait donné rendez-vous au cœur de la forêt de Haguenau. Près de son ancien chez-elle en quelque sorte. Il était temps de régler ses comptes. Le moteur de la voiture avait craché. À plus de cent quarante kilomètres-heure sur l'autoroute, zigzaguant entre les véhicules des autres usagers, le trajet avait été avalé en à peine plus de quarante minutes. Le dernier tronçon à parcourir sur les chemins rocailleux fut chaotique et n'épargna ni le pare-chocs ni les amortisseurs. Mais la priorité n'était pas là.

Une odeur de caoutchouc brûlé envahit doucement l'habitacle. Son dernier freinage à l'approche du virage sur la terre détrempée du sentier fit s'enfoncer les pneus dans la boue. Les roues patinaient. Impossible d'avancer plus loin. Les derniers mètres se feraient à pied au travers de la clairière. À découvert donc. Les barbelés qui délimitaient la propriété à l'abandon étaient arrachés à un endroit de la clôture, ce qui lui permit de passer sans effort. Ses narines inhalèrent à nouveau cette dérangeante odeur de plastique cramé. Il ne restait que la dernière ligne droite à parcourir.

L'endroit lui était familier. Des bribes de souvenirs lui revenaient par vagues. Des mauvais en l'occurrence. Il n'y avait plus qu'une seule issue. Plus de place pour la réflexion. Il fallait agir. Le besoin de comprendre était irrépressible. Celui de mettre définitivement un terme à cette histoire aussi. Plus qu'une centaine de mètres. Avec une seule idée en tête…

Un énorme nuage de fumée noire tapissait une partie du ciel. Les flammes jaillissaient de la structure semi-enterrée, comme remontant de l'enfer. Elle était là, contemplant le feu qui consumait ses souvenirs. La rousseur originelle de sa chevelure se devinait au travers du rideau d'émanations carbonées. Ambre avait mis le feu à l'intérieur du tumulus. Celui où elle avait accouché seule avec son homme à ses côtés. Celui où elle avait pleuré son fils mort-né. Celui où Signol avait séquestré Charlotte. Comme par instinct, Ambre se tourna vers la silhouette qui s'approchait. Une vengeance allait être assouvie. Plutôt une revanche. Près de vingt ans après. Des retrouvailles macabres après un début d'histoire macabre.

Elle s'avança presque naïvement. Elle ne s'attendait pas à cela. Le canon d'un révolver était braqué sur son cœur.

– Je ne te laisserai pas faire de mal à ma fille !

Éric Breuil tenait l'arme fermement. La rage en lui, visant le cœur d'Ambre Rosieri. Elle avait des raisons de lui en vouloir, de vouloir se venger. Pour lui faire mal, Éric était persuadé qu'Ambre se servirait de sa fille et chercherait à entrer en contact avec elle. Alors, Éric avait prétexté vouloir aller aux toilettes pour récupérer le téléphone de Charlotte. Il avait pu ainsi intercepter le message d'Ambre avant que sa fille ne puisse le lire. C'était son devoir de la protéger. Il s'était échappé par la fenêtre et s'était rendu au point de rencontre fixé par Ambre.

– Tu sais, je n'ai plus rien à perdre ! Je suis un vieux fou et je n'en ai plus rien à foutre. Je vais mettre fin à tes jours ici et maintenant. Tu ne feras plus jamais de mal, ni à Charlotte ni à personne d'autre ! Espèce de tarée, tu avais quoi en tête, la buter ? Lui couper les mains et la laisser se vider de son sang comme tu l'as fait avec les autres ?

– Mais pas du tout ! Je ne voulais pas… À l'époque, c'était différent, j'avais perdu pied, j'étais malade. J'étais si désireuse d'avoir mon premier enfant… et puis j'ai perdu mon bébé… Je voulais juste qu'il vive !

La dernière phrase fit chanceler Éric.

– Tu étais désaxée bien avant de perdre…

– Aurel… On voulait l'appeler Aurel.

– Qu'est-ce que tu cherches au juste ? Le grand pardon ? Tu as ôté la vie et mutilé toutes ces femmes…

– Je pourrais te dire que je regrette ce que j'ai pu leur faire. Mais ces femmes avaient délibérément choisi de tuer leur enfant. Ce n'était pas grave pour elles. Leur vie continuait comme si de rien n'était… Celles que j'ai tuées n'en avaient rien à foutre. Certaines me l'ont elles-mêmes avoué. Pour d'autres, c'était affiché en grand sur leur visage !

– Tu ne crois pas ce que tu es en train de dire. Mettre un terme à une grossesse n'est jamais sans conséquence. Est-ce que là tout de suite madame la grande prêtresse de la morphopsychologie arrive à lire sur mon visage que je vais lui coller une balle entre ses deux yeux verts ? Tu n'aurais pas dû t'en prendre à moi et encore moins à Charlotte !

– Je ne lui veux aucun mal. J'essaie de te dire que je ne suis plus la même personne. J'ai changé. Toi, par contre, tu es toujours aussi cinglé !

– Dis-moi plutôt quelque chose que j'ignore...

Il semblait comme possédé. Il avait prononcé cette phrase en avançant encore d'un pas vers elle, tenant toujours son révolver des deux mains.

– Comment peux-tu me juger ? Toi aussi, tu as du sang sur les mains !

– Alors tu as changé ? Non ! Tu es une psychopathe doublée d'une sociopathe ! À qui voudrais-tu faire croire que tu as changé ? Tu ne peux pas faire comme si tout ça n'avait jamais existé, comme si tu étais une belle personne !

– Je te promets que je n'ai aucune intention de lui faire du mal...

– Mais tu voulais quoi, lui parler ? Lui dire qui tu étais ? Tu ne me prendras pas ma fille !

L'index de sa main droite se crispa sur la gâchette. Ambre savait de quoi il était capable. Douter de sa détermination serait une grave erreur de jugement. Elle savait qu'il finirait par tirer. Mais l'homme cartésien qu'il était avait besoin qu'elle éclaircisse certaines zones d'ombre.

– Simon m'a changée. Son amour m'a changée. Il a tout organisé pour me faire sortir de prison. Il n'a pas hésité à mettre sa carrière en péril pour moi. Petit à petit, je suis tombée amoureuse de lui, de son acharnement à me rendre heureuse. Il m'a offert une vie complètement différente, inespérée. Il était attentionné. Il m'a reconstruite, avec patience, morceau par morceau. Comme si pour lui le passé n'existait pas. Il a réussi à enterrer mon envie de vengeance. Il a réussi à atténuer mes rancœurs. Il a guéri mes troubles profonds. Il a fait de moi une autre.

– Si tout ton baratin était vrai, tu n'aurais jamais refait surface ! Vous ne seriez jamais revenus vivre en Alsace ! Encore moins si proche d'ici !

– Là-dessus, tu as raison. Je voulais venger la mort de Vincent. Celle de mes enfants aussi. Je voulais que les coupables paient ! Ma famille ne valait pas moins que les autres !

– Tu es revenue pour nous tuer !

– Je ne vais pas te mentir. Au départ, c'était le projet. J'y ai pensé…

– Comment Simon aurait-il pu te laisser faire ? Lui aussi, tu l'as manipulé !

– Mais pas du tout ! Tu veux bien m'écouter ? Oui, j'ai enquêté pour comprendre comment Vincent est mort. Et le fait que Simon ne soit pas très doué pour inventer des mots de passe m'a bien servi. Alors oui, Simon m'a aidé sans le vouloir et oui, je voulais que tu paies ! Et le vieux sourd de la maison de retraite aussi ! Je vous ai suivis, pistés. Puis, il y a quelques mois, j'ai appris que tu allais intégrer la Résidence des Cigognes, que vous seriez tous les deux sur place… Je me suis fait embaucher là-bas. Pour vous avoir à l'œil… Je me suis dit que si je remuais un peu la boue, j'obtiendrais des réponses sur ce qu'il s'était réellement passé ce jour-là !

– Le faux meurtre à Illkirch, c'était toi ? Tu voulais jouer avec nos nerfs, nous voir monter en pression…

– Je voulais que les journaux reparlent de l'affaire. Que cela refasse du bruit. Voir vos réactions. Vous voir paniquer, peut-être commettre une erreur ou un faux pas… Vous voir misérables et impuissants aussi…

– Tu aurais mille fois pu nous tuer. En tant qu'infirmière…

– Putain, mais tu es buté. Je te l'ai dit, j'ai changé ! Je ne veux plus la mort de personne. Et puis, il y a eu le livre…

– Qu'est-ce que tu racontes ?

– Le livre de Charlotte. La petite fée. Je l'ai lu ! Et j'ai compris…

L'évocation de Charlotte exacerba la nervosité d'Éric. Il accentua la pression de ses mains sur l'arme. Un point vital à nouveau en ligne de mire dans le viseur.

– J'ai compris que tu n'avais pas eu de scrupules à me mentir en me regardant droit dans les yeux…

Elle passa ses mains derrière sa nuque et détacha la chaîne en or qu'elle portait autour du cou. Lorsqu'elle tendit la main devant elle, Breuil reconnut le pendentif camée sur lequel Marie regardait tendrement son petit Jésus. Celui qu'il avait restitué à Ambre à l'hôpital lorsqu'il était venu lui apprendre la mort de Signol. Il fut déstabilisé.

– Mais en un sens, je te suis reconnaissante de ce que tu as fait…

Éric ne faisait plus la part des choses.

– Arrête ça ! Tu ne m'auras pas avec ce genre de ruse… Je sais que tu es revenue pour te venger. Tu voulais notre mort. Tu voulais me faire souffrir et finir ce que Signol n'a pas pu finir à l'époque. Tu voulais m'enlever ma fille et lui ôter la vie… Tu n'as pas changé. Tu as fait crever tous ces pauvres chats pour nous faire peur et tu as agressé le fiancé de Charlotte chez lui…

Elle secoua la tête.

– Tu délires complètement ! Je n'ai plus l'intention de tuer qui que ce soit et je n'ai pas noyé ces chats ! Tu es parano.

– Comment pourrais-je te croire ? Pour l'agression… la voisine t'a vue sortir de la maison… Tu vas me faire croire que tu n'y es pour rien ?

– OK. J'avoue que j'ai fouillé la maison. Je cherchais des réponses. Ce que racontait le livre m'a bouleversée. J'y ai reconnu Vincent, j'y ai revu notre forêt, notre liberté. Esméralda… J'ai vu qu'il restait de l'amour. En pénétrant dans la maison, j'espérais tomber sur elle aussi. J'ai paniqué quand il est rentré…

– Je ne veux plus jamais que tu t'approches de ma fille !

– Putain, mais c'est ma fille ! Esméralda est MA fille ! Tu ne peux rien faire contre ça ! Je la croyais morte, à cause de toi. J'avais sa mort sur la conscience depuis tellement d'années. Tu imagines ce que j'ai pu ressentir en comprenant qu'elle était vivante ? Tu ne peux pas encore me la voler. Tu m'as fait croupir en taule, tu as volé ma vie, fait disparaître le père de mon fils et de ma fille, et tu voudrais encore me priver d'elle ? Je demande juste à la connaître !

– Ça suffit les conneries ! Ferme-la ! Tu te foutais bien d'elle quand tu continuais à mutiler des femmes pendant qu'elle restait enfermée dans un taudis !

– Arrête, elle était tout pour moi ! J'ai tout fait pour qu'elle ne soit jamais séparée de Vincent et moi. J'étais malade…

– Encore ta foutue rengaine !

La voix rauque d'Ambre se voila davantage.

– Avoir un deuxième enfant n'efface pas la peine. Un enfant n'en remplace pas un autre.

Elle l'avait atteint en plein cœur. Mais les émotions le poussaient davantage vers le point de rupture.

– Tu peux raconter ce que tu veux… Je ne te laisserai plus jamais l'approcher !

– Elle sait qui je suis. Je le lui ai dit tout à l'heure…

– Tu n'as pas fait cela, j'espère ?

Elle disait vrai. Sa rage s'en trouva décuplée. Le renvoyant à son incapacité à protéger sa fille.

– Tu lui as dit aussi que tu étais le diable incarné ? Que tu seras toujours le mal ? Tu ne peux pas occulter tout ce que tu as fait ! Tu as déversé le mal !

Éric perdait le contact avec la réalité. Incapable de rationaliser. Une crise de démence le gagnait.

– Charlotte est ma fille, et jamais je n'accepterai que tu entres dans sa vie, que tu lui fasses du mal. Je te retrouverai en enfer.

Sa décision était prise depuis longtemps. Depuis qu'il avait quitté la maison par la fenêtre des toilettes. Il appuierait sur la détente. Il ne lui laisserait pas de seconde chance. Et aucune chance d'apprendre à connaître sa fille.

Le coup de feu retentit. L'écho fit s'envoler plusieurs nuées de volatiles dans le ciel sombre au-dessus de la forêt maudite.

– 48 –

Mai 2003, dix-neuf ans en arrière

⋆ ⋆ ⋆ 14 mai 2003 ⋆ ⋆ ⋆

Ils quittèrent la forêt de Haguenau puis empruntèrent l'autoroute. Quand ils arrivèrent à Ostwald, cela faisait moins d'une heure qu'Éric avait retrouvé Charlotte, moins d'une heure qu'il était ressorti de ce bunker sordide avec elle. Éric confia à Simon qu'il avait changé d'avis. Il ne souhaitait plus emmener Charlotte à l'hôpital. Il préférait se retrouver en famille, auprès de ses enfants et de Denise. Même si ce n'était pas le plan initial, le commandant Simon Jacquier ne chercha pas à polémiquer. Il n'avait pas sa place dans un tel moment. Il roula jusqu'à la maison d'Éric et stationna devant le portail de la cour arrière. Il laissa Éric avec sa fille et le voisin descendre. Jacquier fit ensuite demi-tour, les roues chassant l'eau des flaques sur le bitume inégal, et repartit rapidement. En s'éloignant, il fixa le reflet dans son rétroviseur des deux hommes, Éric et son voisin.

Celui-ci n'avait pas décroché un mot durant le trajet. Éric, quant à lui, tenait encore dans ses bras sa fille au chaud dans la couverture, la serrant fort contre lui.

Ils attendirent que le véhicule de Jacquier disparaisse au bout de la rue puis avancèrent de quelques pas dans la cour, à l'abri des regards. Éric s'agenouilla pour déposer au sol le corps de sa fille toujours enroulé dans la couverture, ainsi que la petite Esméralda. Éric avait encore du mal à réaliser ce qu'il avait fait. Du mal à en appréhender les conséquences.

* * * * * *

Une heure plus tôt, dans l'abri enterré, le faisceau de sa lampe éclaira le corps de sa fille. L'espace d'une seconde, il la crut endormie. Il se jeta sur elle. Son corps était encore chaud. Mais il ne réussit pas à la réveiller. Le monde s'arrêta de tourner quand il prit son pouls à la base de sa mâchoire. Il faillit s'étouffer à son tour. Les larmes coincées dans sa gorge. L'oxygène comme manquant dans le réduit. La réalité encore impossible à matérialiser. Puis vint l'instant où la conscience libéra l'évidence. Sa toute petite Charlotte était morte. Morte. Son corps inerte devant lui. Il s'écroula sur la dépouille, l'inondant de larmes. Il hurla son désespoir. Hurla encore. Comme si l'autre petite fille n'existait pas. Ses yeux apeurés le fixaient. Tétanisée. Fragile. Telle une illusion qui n'était réelle que dans le cauchemar qu'Éric était en train de vivre.

Éric s'efforça de se calmer. Cette enfant devait être la fille d'Ambre Rosieri et de Vincent Signol. Elle était en état de choc. Éric ressentit que la petite pourrait difficilement lui répondre. Dans le coin d'un dessin accroché au mur représentant deux petites filles avec des ailes, il lut son prénom. D'une voix mal assurée, il tenta :

– Tu es Esméralda ?

Ses paupières clignèrent. Éric avait réussi à établir un contact. Infime, mais loin d'être anodin au vu des circonstances.

– Quel âge as-tu ?

Elle montra quatre doigts. Il fallait réagir rapidement. Faire des choix. Lourds de conséquences. Pour lui, pour Denise, pour ses enfants. Pour Esméralda évidemment. Il avait frénétiquement enquêté plus que n'importe qui sur la vie de Signol et Rosieri. La naissance de cette petite fille n'était consignée nulle part. Il se convainquit qu'Esméralda n'existait en ce monde qu'aux yeux de trois personnes. Signol, Ambre et lui à présent. Éric avait tué le premier et fait emprisonner la deuxième. Il ne pourrait pas vivre avec l'idée qu'il avait brisé la vie de cette adorable petite fille. D'une deuxième adorable petite fille… Alors il considéra cette éventualité folle comme étant le meilleur choix. Pour elle, mais aussi pour lui. Pour donner un sens. Et éloigner le plus loin possible l'éventualité qu'un jour il ne trouve d'autre solution pour expier ses fautes que de se tirer une balle.

– Esméralda… tu vas venir avec moi… tu dois me faire confiance. Ne parle à personne pour l'instant. C'est très important… Tu as compris ?

Oui, elle avait compris. Il agrippa une couverture en peau de bête sur le lit, souleva le corps sans vie de Charlotte. Il l'enveloppa entièrement dedans puis porta Esméralda qu'il recouvrit du reste de l'étoffe. Il veilla à bien la dissimuler en dessous. Ses cheveux, son visage surtout. L'absence de toute résistance de la part de la petite fille le conforta sur le moment dans le bien-fondé de sa décision.

Les trombes d'eau qui se déversaient au-dehors légitimaient que sa fille, affaiblie, soit chaudement couverte. La pluie camoufla aussi les larmes qu'Éric ne pouvait contenir. Il pensa cette pluie torrentielle comme un signe divin. Une force supérieure le lavait d'une partie de ses inavouables exactions. Personne n'avait rien vu. Pas même Jacquier sur le chemin du retour.

* * * * * *

À présent, Éric ne pouvait plus faire machine arrière. Jean-Noël avait les lèvres très serrées. Tremblotantes. Les yeux rivés sur le corps sans vie de Charlotte. Les signes que lui avait adressés Éric avant de monter en voiture lui avaient déjà ôté tout espoir et l'avaient dévasté. Mais le choc de la voir morte était insupportable. Ce fut Esméralda qui rompit le silence.

– La petite fille, je promets que je voulais pas la faire mourir...

Éric ne réalisa pas la portée de ce qu'elle venait de dire et voulut la rassurer. Il s'accroupit devant elle et plaça ses mains sur ses épaules.

– Tu... tu n'as rien fait de mal...

– Je crois qu'elle a pas aimé la pâte de cacahuète qu'on a mangée. J'aurais pas dû piquer le pot et lui en donner. Ça l'a fait tout trembler...

Éric prit la vérité en pleine face. Il vacilla. Il ferma les paupières et aurait voulu pouvoir s'interdire d'imaginer la scène. Il eut un relent et ne put se retenir de vomir sur les cailloux. Charlotte ne pouvait pas être morte juste à cause de cela. Pour une bêtise. Une erreur. Un putain d'accident. Il était arrivé à peine quelques minutes trop tard. Son sentiment de culpabilité explosa. Charlotte serait encore en vie s'il avait pu être là plus tôt. Si l'enquête n'avait pas tant traîné.

– Mais elle m'a rien dit, elle me disait jamais rien... Elle m'a pas dit qu'elle aimait pas ça !

Éric ne put s'empêcher de lui expliquer la vérité, oubliant qu'elle n'était qu'une enfant.

– Charlotte ne pouvait pas t'entendre. Elle était sourde. Elle ne pouvait pas te parler non plus. Elle n'avait pas encore appris à le faire.

Il était de plus en plus mal. À cet instant, la porte arrière de la maison s'ouvrit. Denise vint à leur rencontre. Les dernières paroles qu'Éric prononça avant de s'évanouir furent :

– Je suis désolé... Je... Tellement désolé.

Pendant que son mari était inconscient, Denise prit les choses en main. Comme obligée. Elle coucha Esméralda et demanda son aide à Jean-Noël pour rapatrier Éric à l'intérieur de la maison. Mais elle s'occupa surtout de sa fille. Elle le fit avec Jean-Noël. Leur tout dernier moment d'intimité... Jean-Noël était défait. Encore en train de sombrer.

Elle voulut avoir des explications sur le contenu du paquet qu'il avait laissé dans la cour. Il était resté très vague. Elle était furieuse. Si elle ressentait encore de la tendresse pour lui, tout s'envola à cet instant. Ce fut pourtant bien elle qui fit disparaître les mains de Signol, compensant l'incapacité immédiate de Jean-Noël à faire les choses. Elle préféra ne pas les brûler pour éviter que la fumée nocturne n'alerte le voisinage. Hors de question aussi de les enterrer dans la même terre que sa fille. Alors elle eut l'idée de les balancer dans la cuve à fioul qui devait être bientôt comblée. Et promit de taire tout cela, même à son propre mari, comme une ultime preuve qu'elle avait aimé Jean-Noël.

Lorsque Éric reprit connaissance plus tard dans la nuit, il était allongé sur le canapé du salon. Pendant son black-out, Denise avait installé Esméralda à l'étage dans le lit de Charlotte pour qu'elle puisse dormir. Naturellement. Comprenant d'instinct ce que son mari projetait pour l'avenir. Éric se rendit au chevet de la petite fille. Elle dormait. Il existait une certaine ressemblance physique entre Charlotte et Esméralda. C'était incontestable. Éric ne savait d'ailleurs pas si cela avait précipité sa décision. Pouvait-elle comprendre qu'elle se réveillerait dans la peau d'une autre ?

Chacun des membres de sa nouvelle famille allait devoir participer à cette métamorphose. Il serait difficile pour n'importe qui de garder ce terrible secret, mais Éric n'imaginait pas à quel point ce serait compliqué pour Jules et Benoit, à six ans seulement, d'assumer une telle charge. Mais cette petite fille avait droit au bonheur. Celui que ne connaîtrait jamais Charlotte.

Éric aperçut sur la table de nuit une chaînette à laquelle était reliée une pierre sombre gravée. Si Esméralda devait devenir Charlotte, le moindre faux pas serait fatidique. Chaque détail, même le plus infime, comptait. Un bijou en or dix-huit carats, marqué d'un poinçon italien, qui plus est porté par une petite fille, constituait une menace trop importante. Éric le glissa dans sa poche. En ressortant de la chambre, il se laissa tomber sur le parquet. Anéanti.

Il entendit les pleurs de sa femme, provenant de deux étages plus bas. Le deuil de leur fille serait un combat permanent contre un adversaire invincible. Devoir agir comme si elle était toujours en vie, une torture. Éric et Denise devaient se parler. Certaines détresses devaient être expulsées, mais d'autres allaient s'ancrer profondément en elle. Elle avait creusé la terre pour y déposer le corps si beau de sa petite Charlotte. Jamais rien ne pourrait effacer cela.

– 49 –

Juillet 2022

Forêt de Haguenau

La balle percuta l'arme avec une précision chirurgicale. L'agent Martinez, allongé à plat ventre sur un talus à plus d'une trentaine de mètres de la scène, avait tiré à la demande de Mathilde pour désarmer l'ancien capitaine Breuil. Mathilde avait trop de respect pour Éric pour le laisser gâcher le reste de sa vie à cause du geste qu'il s'apprêtait à faire. Cette opération se déroulait en dehors des clous et des voies officielles. Heureusement que son conjoint était un tireur d'élite, car jamais sa hiérarchie ne l'aurait couverte, en cas de bavure. Sous la violence de l'impact, Éric s'écroula sur le sol et son révolver vola à plusieurs mètres. Il était sonné, abandonné par ses forces.

Quand Éric s'était enfui par la fenêtre des sanitaires, Mathilde n'avait pas eu besoin d'explications. Il était parti au volant de la voiture de police qu'avait conduite l'agent Pierson et qui était stationnée dans la rue, clés sur le contact, révolver dans la boîte à gants. Elle fit immédiatement tracer le GPS du téléphone d'Éric que lui avait fourni le centre de soins. La destination vers laquelle il se dirigeait à vive allure confirma ses soupçons. Elle avait de toute façon préalablement fait la demande auprès de l'opérateur pour mettre le téléphone de Charlotte sur écoute et pris la main informatiquement sur toutes les messageries électroniques de la jeune fille. Elle avait donc eu la confirmation qu'Ambre Rosieri avait tenté de contacter Charlotte. Il avait fallu réagir vite. Prendre les bonnes décisions, même si celles-ci n'étaient pas celles imposées par la procédure. Mathilde avait demandé de l'aide à son fiancé. C'était son jour de repos. Martinez faisait partie de la brigade d'intervention. Ses compétences seraient probablement utiles. Il avait débarqué en seulement quelques minutes et avait balancé un casque à Mathilde. Le moteur surpuissant de sa moto avait vrombi et ils étaient partis à la poursuite d'Ambre Rosieri et d'Éric Breuil, arrivant à temps pour éviter le drame.

Mathilde se précipita au milieu de la clairière pour s'enquérir de l'état d'Éric. Elle avançait arme au poing, tenant Ambre Rosieri en joue. À cet instant, un autre véhicule arriva sur les lieux.

Benjamin et Charlotte eux aussi les avaient rejoints. Simon Jacquier les accompagnait. Charlotte avait contacté la Résidence des Cigognes en précisant qu'elle ignorait où son père se trouvait. Même si elle savait que ce n'était pas dû à un moment d'égarement lié à sa pathologie, ce n'était pas complètement un mensonge. La secrétaire la renseigna immédiatement. Leur politique voulait que les patients présentant des troubles neurologiques doivent pouvoir être localisés au plus vite si la famille perdait leur trace. Ils étaient partis sur-le-champ.

En arrière-plan, le feu s'atténuait peu à peu, mais restait encore vif. Il avait rongé et carbonisé l'ensemble des piliers et des poutres de soutènement. Dans un craquement progressif, le dessus de l'habitation s'effondra sous le poids de la terre qui la recouvrait, condamnant son accès. Charlotte eut un soubresaut. L'imaginaire et le réel se superposaient. La tanière de la petite fée et d'Esméralda partait en fumée, créant un rideau de cendres. Diversion suffisante pour Ambre qui en profita subitement pour fuir en s'enfonçant dans la pénombre de la forêt derrière elle. Mathilde, perturbée par l'arrivée du jeune couple et par Éric qui venait de perdre connaissance, ne put réagir à temps. Trop tard pour la menacer de tirer. Martinez, lui, se releva en une fraction de seconde et se lança à sa poursuite.

Au bout de quelques mètres, il fut violemment déséquilibré avant de s'écraser lourdement sur le sol. Simon Jacquier s'était jeté sur lui, l'avait plaqué comme l'aurait fait un rugbyman. Il voulait laisser une chance à la femme qu'il aimait de pouvoir s'enfuir. Les deux hommes bataillèrent à même le sol gadoueux, Martinez tentant de s'extraire des bras de Jacquier qui l'agrippait fermement à la taille. Tout en ayant la main de Martinez plaquée sur son visage, Simon implorait :

– Laissez-la partir ! Elle n'est plus celle que vous croyez. Elle voulait juste la rencontrer, connaître Charlotte ! Connaître Esméralda !

Au même moment, Charlotte se précipitait vers son père toujours étendu par terre. Elle fut bouleversée par la phrase du commandant Jacquier.

Tout à coup, sans prévenir, Benjamin se mit à cavaler droit devant lui. Il fusa telle une machine de guerre, fendant la clairière puis pénétrant dans la forêt à l'endroit même où Ambre Rosieri avait disparu. Avec en tête l'idée folle qu'il pouvait encore la rattraper.

Simon Jacquier et Martinez cessèrent leur lutte. Le premier avait la lèvre inférieure gonflée, le second des griffures dans le dos et aux avant-bras. Les paroles échangées au cours de leur empoignade avaient permis de mettre à plat les raisons de l'intervention de Simon. Martinez les estima compréhensibles. Éric avait repris connaissance, mais semblait désorienté. Simon et Martinez le soutinrent pour le faire asseoir sur la banquette arrière du véhicule de police. Mathilde compilait déjà dans son esprit les détails de l'intervention qu'il lui faudrait consigner ou taire. Elle s'approcha d'Éric et se détesta de le regarder avec pitié. Comme elle l'avait fait par le passé, elle lui glissa discrètement autour du poignet le chapelet de perles qui ne quittait que rarement le fond de sa poche. Puis elle chargea son fiancé de ramener Éric à la Résidence des Cigognes. Elle insista sur la nécessité d'avertir le personnel qu'il avait vécu des évènements traumatisants. Il faudrait le surveiller cette nuit. Elle demanda à Jacquier s'il voulait bien les y accompagner. Simon se proposa spontanément de prévenir Denise. Même si elle se trouvait à plus de dix mille kilomètres pour se reposer et se ressourcer auprès de ses fils, la femme d'Éric devait être mise au courant. Charlotte hésita à monter dans la voiture pour rester aux côtés de son père. Elle s'inquiétait pour Benjamin. Mathilde l'y encouragea. Elle lui demanda de lui faire confiance et lui assura qu'elle les rejoindrait au plus vite avec Benjamin dès qu'il serait revenu.

Jacquier et Martinez réussirent à dégager les pneus entravés de la voiture de police. Tous quittèrent les lieux, laissant Mathilde seule sur place à attendre l'arrivée des renforts. Elle avait demandé le déploiement d'une brigade canine, officiellement pour retrouver Benjamin, officieusement pour pister Ambre Rosieri. Mathilde se remémora le dénouement de l'affaire des mains mutilées en 2003. Ce qui venait de se passer redistribuait certaines cartes. Quelques-unes des décisions qui avaient été prises devenaient plus claires.

À l'époque, Éric et Denise s'étaient éloignés de l'Alsace pendant plus d'un an. Mathilde peinait à imaginer la force de caractère dont le couple avait dû faire preuve pour élever cette enfant venue de nulle part tout en pleurant la mort de leur petite fille. Entre eux devait s'être tissée une solidarité presque irréelle, pour enfouir si profondément le mensonge et pour construire sur ces fondations noires une autre vérité presque inaltérable.

Après plus d'une heure de recherches, Benjamin fut localisé dans la forêt. Il allait bien. Ses baskets et le bas de ses jambes étaient couverts de boue et des auréoles de sueur sur son tee-shirt étaient encore visibles. Ses avant-bras et son visage présentaient des lacérations superficielles dues à la végétation. Il gardait les poings serrés. Mathilde le sermonna pour son inconscience. Même si elle devinait les raisons pour lesquelles il avait fait cela. Il lui affirma droit dans les yeux qu'il n'avait pas réussi à rattraper Ambre Rosieri. Mathilde ne saurait probablement jamais s'il disait la vérité ou non. Elle sourit intérieurement. Le « gendre » avait bien sa place au sein de la famille Breuil.

Au-dessus d'eux, une cigogne isolée survola longuement la clairière. Alors qu'on l'aurait dite indécise et contrite, elle fendit brusquement le ciel en direction du sud.

– IV –

2023

– 50 –

Avril 2023

Strasbourg, palais de justice

Une file d'attente s'était formée au pied des deux sphinx de pierre géants de la grande salle des pas perdus de cet édifice antiquisant construit, sous occupation allemande, à la fin du XIXe siècle. Outre sa famille et ses collègues venus en soutien, nombreux étaient les curieux qui voulaient assister au procès d'Éric Breuil, le policier qui s'était fait justice lui-même pour retrouver sa fille. Certains le voyaient en héros, d'autres en criminel.

La salle des assises était bondée. Éric Breuil se trouvait sur le banc des accusés. Ses médecins avaient donné leur accord pour qu'il comparaisse et réponde de ses actes. Même si l'homicide était involontaire, Éric avait tué Vincent Signol. Il avait franchi la ligne. Dépassé les limites de l'acceptable. Les faits ayant été commis moins de vingt ans auparavant, ils n'étaient pas encore prescrits.

La mort dans l'âme, au sens propre comme au sens figuré, la lieutenante Mathilde Kanga avait dû être transparente au sujet des évènements en lien avec le décès de Signol dans son rapport d'enquête. Par loyauté, elle l'avait tout de même soumis au préalable à l'aval de son ancien collègue et ami. Ainsi, la version officielle avait été tronquée de quelques éléments. Éric avait préféré qu'on le charge afin qu'aucune ligne du reste du dossier ne soit modifiée d'une virgule. Charlotte était vivante, Ambre Rosieri était officiellement morte dans sa cellule en 2007. Simon Jacquier avait pu prendre sereinement sa retraite et acheter une maison secondaire en Italie. Aucune mention non plus, dans les pages du dossier d'instruction, d'un hypnotiseur ou d'un génie de la génétique. On n'accusait pas les morts. Jean-Noël aurait peut-être préféré, pour prouver à tous de quoi il avait été capable, car en définitive son article ne fut jamais publié. Faute d'un dernier mail de confirmation demeurant « poste restante ».

Dès le début de l'audience, Éric Breuil admit sans ambages qu'il avait opéré pour faire libérer Signol puis l'avait torturé pour obtenir ses aveux. Il ne contesta pas l'analyse ADN des mains retrouvées dans la cuve à fioul de son ancien domicile, qui démontrait qu'elles appartenaient bien à Vincent Signol. À la question de l'avocat général « Comment les mains mutilées de Vincent Signol se sont-elles retrouvées dans la cuve ? », l'ancien capitaine Breuil répondit :

– Nous voulions faire combler cette cuve. Des artisans l'avaient ouverte pour vérifier son état et déterminer le volume de béton à prévoir. Ils devaient revenir sous deux semaines. Le soir où j'ai retrouvé Charlotte, je devais me débarrasser des mains de Signol et je n'ai pas réfléchi, je les ai jetées dedans en espérant qu'elles soient rapidement enfouies sous des tonnes de béton. Je ne pouvais pas prévoir que les artisans ne reviendraient jamais. Et puis, après cet épisode dramatique, je me suis focalisé sur ma famille. J'avais même oublié que ces mains étaient là et que cette cuve n'avait jamais été comblée.

L'auditoire se demanda probablement si cette amnésie était due aux prémices de sa maladie ou si un mécanisme mental de défense avait voulu enterrer une partie de cette tragédie dans son inconscient. Éric, sur ce point, n'avait pas vraiment le sentiment de mentir. Ou plutôt de le faire pour une raison légitime. Assumant une charge qui n'aurait jamais dû reposer sur les épaules de Denise.

– Pourquoi avoir mutilé Vincent Signol ? Cela n'avait aucun sens !

Éric savait que les avocats et le juge lui poseraient cette question. Il mentit. Encore.

– Je voulais tout faire pour qu'on ne remonte pas jusqu'à moi… Ma première idée fut de faire croire qu'Ambre avait un complice qui l'aidait dans son entreprise de destruction. J'ai pris un outil qui m'est tombé sous la main et j'ai tranché ses poignets. J'ai très vite réalisé que cette idée était stupide, mais il était trop tard pour faire machine arrière. Je n'avais plus d'autre choix que de faire croire à un suicide.

– Dans un rapport d'expertise diligenté à la suite des récentes informations apportées dans ce dossier a été notée cette interrogation… Je cite : « Pourquoi ne pas avoir choisi d'incendier la dépouille ? »

– À cause de la pluie sans doute…

Les jurés furent rapidement convaincus que le major Breuil n'avait pas prémédité la mort de Vincent Signol. Il disposait en plus de circonstances atténuantes. Son avocat prononça cette phrase lors du réquisitoire final : « Je m'adresse à tous les pères et à toutes les mères, ici présents et présentes dans ce tribunal… Je vous pose ces deux questions : que seriez-vous prêt à faire pour sauver la vie de votre enfant ? N'auriez-vous pas agi comme mon client si vous étiez convaincu qu'en agissant ainsi votre enfant puisse continuer à vivre ? » L'intervention de l'avocat fut suivie d'un long silence dans la salle. Un malaise. Puis vint le temps des délibérations.

Au fond de lui, Éric ne regrettait pas ce qu'il avait fait à Signol. Charlotte était morte à cause de lui. Si Éric ressentait le besoin de se repentir, c'était plutôt pour un autre crime, plus grave, qu'il avait commis. Au lendemain même de la mort de Signol et de Charlotte en 2003. C'était nécessaire pour protéger l'imposture, mais il avait brisé, de fait, une autre vie. Il avait infligé à Ambre Rosieri le même châtiment que Denise et lui avaient dû endurer. Perdre sa fille, devoir le taire et travestir sa peine. Éric fixa Simon, assis sur l'un des bancs en chêne dans l'assistance. Ambre lui avait-elle raconté toute la vérité ?

* * * 15 mai 2003 * * *

Le commandant Simon Jacquier et le major Éric Breuil venaient d'arriver à l'hôpital de Hautepierre afin d'informer Ambre Rosieri de la mort de son conjoint.

Ils avaient laissé le reste de l'équipe dans la forêt de Haguenau s'atteler à reconstituer le déroulé des évènements de la veille. Simon Jacquier avait l'intuition qu'il devrait s'impliquer personnellement et interférer pour ne pas laisser trop de monde fourrer son nez dans la procédure. Jacquier connaissait bien Éric. Trop bien peut-être. Il n'était pas naïf. Il ferait ce qui était en son pouvoir pour éviter des problèmes à son ami. Dans la limite du raisonnable…

Le commandant Jacquier concéda à Éric de se charger de l'entretien avec Ambre Rosieri. Cela semblait important pour Éric. Simon Jacquier le comprenait. Après l'accident qui avait bousillé sa vie, lui aussi avait tenu à faire face à l'homme qui en était responsable. Au moins, après ça, Éric s'effacerait et Jacquier n'aurait plus à composer avec les sorties imprévisibles de son bras droit. En réalité, il était soulagé de ne pas avoir à annoncer lui-même le décès de Signol à Ambre Rosieri. Il détestait apprendre à quelqu'un la mort d'un proche, ce qui le ramenait à ses failles personnelles, mais surtout il ne voulait pas voir la souffrance d'Ambre Rosieri. Cette femme lui faisait de l'effet. Tellement qu'il ne pourrait pas résister à lui prendre la main ou à l'enlacer si elle s'effondrait devant lui. L'instruction n'avait pas besoin d'un scandale de plus.

Simon et Éric saluèrent Mathilde Kanga. C'était elle qui montait la garde devant la chambre de la prévenue. Simon Jacquier s'installa sur l'un des sièges de la rangée de trois le long du mur et laissa Éric aller seul. Ce dernier ne prit pas la peine de frapper avant d'entrer.

Les blessures d'Ambre Rosieri s'étaient estompées. Sa plaie à l'arcade sourcilière avait joliment cicatrisé. Quelques ecchymoses violacées restaient encore visibles sur l'arête de son nez notamment. Son poignet droit était menotté au lit. Ses yeux se plissèrent en l'apercevant. Il était étrange que le major Breuil soit autorisé à lui parler directement. Il traversa la chambre et ne prononça aucun mot avant d'arriver près de la fenêtre.

– Je suis quelqu'un d'extrêmement rancunier... C'est un de mes rares défauts. Ce qui s'est passé avec ma fille, je ne le pardonnerai jamais. Ni à ton mec ni à toi ! Je te souhaite de croupir de longues années en prison...

L'attitude d'Ambre Rosieri était différente. Quelques barrières en moins. Sans doute comprenait-elle déjà ce que Breuil faisait là.

– Tu es peut-être au courant qu'on a retrouvé ma fille... Je suis chargé de t'informer que Vincent Signol est mort.

Elle eut un vif mouvement de recul.

– Ton mec n'est plus de ce monde. Les regrets sans doute... Mais c'est grâce à lui si j'ai retrouvé ma fille... Avant de se foutre en l'air, il m'a révélé au téléphone qu'elle était enfermée dans une petite pièce au fond d'un abri en forêt...

Elle ne put se retenir.

– Il n'y avait personne d'autre ? Je veux dire dans cette pièce. Est-ce qu'il y avait quelqu'un avec ta fille ?

– De qui parles-tu ?

Même malsain, il existait un lien entre eux qui s'était tissé depuis leur première rencontre. Elle ne pouvait se confier qu'à lui.

– Je… Ma fille… Elle s'appelle Esméralda. Elle était forcément dans cette partie de l'abri…

– Non, il n'y avait personne… Ma fille était seule ! Mais pour ne rien te cacher, j'avais compris pour l'existence de ta fille…

L'émotion d'Ambre Rosieri fit s'intensifier le vert de ses yeux. Son attention focalisée sur ce que Breuil avait à lui dire.

– À plusieurs reprises depuis hier, ma fille m'a parlé d'une autre petite fille. J'ai d'abord mis ça sur le compte du traumatisme qu'elle avait vécu. Je pensais qu'elle avait halluciné, mais je me suis posé des questions. J'en ai discuté avec elle. Elle a ajouté des détails petit à petit… Par exemple, que cette petite fille portait un bijou doré avec une jolie pierre autour du cou…

Ambre frémit. Elle avait peur d'entendre la suite.

– Charlotte est une petite fille de trois ans, mais voilà… Elle me raconte que le monsieur est venu chercher la fille au bijou et qu'elle est partie avec lui… Et qu'elle est restée seule après ça.

Éric Breuil parut embêté par ce qu'il avait à annoncer ensuite.

– Avant de se suicider, Signol a cramé votre maison. On a retrouvé un tas de cendres. Je pense qu'il a perdu pied.

Ambre n'était plus sûre de vouloir en entendre davantage.

– Il a sombré dans la folie… Je suis convaincu qu'il a voulu se donner la mort et que sa fille parte en même temps que lui…

– Arrête ! Arrête ! Ce n'est pas possible, il n'a pas pu faire ça…

Elle tremblait. Elle regardait devant elle, les yeux perdus dans le vague. Il s'avança vers elle. Il sortit de sa poche quelque chose qu'il plaça dans la main gauche non menottée d'Ambre.

– On l'a retrouvé au milieu des cendres.

Il tourna les talons et se dirigea vers la porte.

– Je suis sincèrement désolé, parce qu'avec tout ce qui s'est passé, crois-moi, je peux mieux que personne imaginer la peine que tu dois ressentir... mais ta fille est morte dans les flammes !

Sans rien ajouter, Éric sortit de la chambre et signifia d'un geste discret à Simon et Mathilde qu'il avait rempli sa tâche. La porte se referma lentement derrière lui, laissant Ambre seule avec son désespoir. Même à la pire des criminelles, on ne souhaitait pas cela. Ambre pleurait. En desserrant les doigts de sa main, la chaînette en or glissa et le pendentif tomba sur le drap blanc qui recouvrait ses jambes. Sur le visage de la Vierge, une trace de suie.

* * * * * *

L'heure du verdict. Le tribunal condamna Éric Breuil à six ans de prison, dont deux avec sursis. Le jury tint évidemment compte de l'état de santé de l'ex-capitaine. Sa maladie d'Alzheimer gagnait du terrain et un enfermement n'aurait eu aucun sens. Ce fut pourquoi la justice l'autorisa à effectuer sa peine dans l'unité médicale de la Résidence des Cigognes, avec la contrainte du port d'un bracelet électronique. Il resterait ainsi près des siens. Pouvant même, sous réserve de l'autorisation du juge, rendre visite à sa fille et à son gendre qui habitaient à moins de cinq kilomètres.

Pendant l'annonce du jugement, Éric ne cessa de regarder Denise droit dans les yeux. Malgré toutes ses erreurs, elle était toujours à ses côtés. Le secret préservé. C'était mieux ainsi. Pour beaucoup de personnes autour d'eux. À eux de continuer à porter le fardeau.

Pour dépasser le deuil, Éric s'était astreint à offrir le plus bel avenir possible à Esméralda. C'était devenu sa raison de vivre. Pour se racheter. Redonner vie. Sur le principe d'un don d'organe, une greffe d'un amour orphelin. Et quand il avait fallu faire endosser à Esméralda une identité qui n'était pas la sienne, Denise n'avait pas hésité. Sans elle, rien n'aurait été possible. Denise, mieux que quiconque, mesurait l'ampleur du sacrifice que cela demandait.

La petite fée qui n'avait pas d'oreilles

(Conte fantastique)
ÉPILOGUE

Esméralda et le Loup vécurent heureux.
Le Loup se faisant doucement trop vieux,
Elle tomberait bientôt en amour avec un prince
Et ne ferait jamais de retour en sa propre province.
Préférant de loin la vie sauvage
Depuis la tombée de son jeune âge.
Restait la fumée des bruits[1]*,*
À jamais les murmures d'après, les souvenirs,
Et la chrysalide toujours auprès d'elle
Pour s'endormir de chaque sommeil
Aux côtés de la petite fée sans oreilles.

De toute cette fabuleuse histoire,
Esméralda garda en mémoire
Que s'il n'était pire sourd que celui qui ne voulait pas entendre,

1. « La rumeur est la fumée du bruit » (Victor Hugo).

Il n'était en revanche pire audience que celle qui écoutait mal.
Elle se disait aussi qu'après tout, et cela pourrait vous surprendre,
Le cœur avait ses raisons dont le sens pouvait paraître anormal,
On pouvait de la différence être riche, fort de ce qu'autrui considérait faiblesse,
Et quand le bonheur se précise, oublier tout le reste.

Mot de fin de l'autrice :
Quel sens donner aux contes, aux légendes,
À toutes ces belles histoires,
Si d'aucuns se privent d'en comprendre l'essence
Ou s'empêchent d'y croire ?
D'une plume peut naître une lumière, un séisme, un espoir.
Des richesses. Imperceptibles sauf au travers de ce prisme de l'Art.
L'Art donne aux différences leurs richesses, et tout aussi juste est l'inverse...
Le beau se crée de l'horrible, l'obscène du candide.
La terre et le ciel à l'horizon se touchent.
L'avenir dans les origines trouve sa source.
Et dans toute utopie, une part de vrai.
Petite confidence (comme à présent, en quelque sorte, nous nous connaissons) :
Quand en partant, il m'avait dit qu'il reviendrait[1]*,*
De toute évidence, le bonheur avait raison.
L'extase, le prestige, les émotions, même le souvenir des morts, nous restent accessibles tant qu'on reste en vie.

1. « Le bonheur, en partant, m'a dit qu'il reviendrait » (Jacques Prévert).

Les larmes noires des cigognes

Aimez, doutez, haïssez et pensez bien, à raison ou à tort,
ce que vous voulez de ce que j'écris !
Là où on doit être, personne n'est plus légitime que soi-même.
De tout ce qui reste je me fous, je chéris l'amour et l'aubaine.

La Petite Fée qui n'avait pas d'oreilles (Copyright 2022)
Autrice : Charlotte Breuil
Illustratrice : Denise Breuil

– 51 –

Août 2023

Ostwald, maison de Benjamin et Charlotte

Aujourd'hui promettait d'être une belle journée en famille. Éric avait été autorisé à se rendre chez sa fille et son « gendre », accompagné de Denise. Ils entrèrent sans attendre qu'on vienne leur ouvrir. Les travaux dans la maison avaient bien avancé, la rendant presque entièrement habitable. La nouvelle décoration du salon, qui associait de vieux meubles chinés à des tableaux contemporains, était splendide.

Les yeux brillants, Éric et Denise s'installèrent aux côtés de Charlotte et Benjamin sur le canapé d'angle. Denise chuchota :

– Ce sont vraiment deux petites merveilles !

Charlotte donnait le biberon à Agathe. Benjamin était assoupi, juste à côté, avec Gretel qui babillait dans ses bras. Quelques semaines après les évènements de l'été 2022, Charlotte apprit qu'elle était enceinte. Sept mois plus tard naissaient deux adorables petites jumelles. Leurs prénoms choisis pour leur signification liée aux pierres précieuses. Hommage à une tradition familiale, comme l'onyx gravé que Charlotte portait autour du cou. Un bijou dont Benjamin lui avait fait cadeau et qu'elle n'avait plus porté depuis une vingtaine d'années.

Charlotte se leva et confia Agathe à sa mère. Elle porta ensuite Gretel pour la remettre aux soins d'Éric. Benjamin continuait de rattraper ses heures de sommeil en retard. Charlotte profita de la présence des grands-parents béats pour aller prendre une douche. Elle se dévisagea dans le miroir et grimaça en étirant les cernes qu'elle avait sous les yeux. Son reflet dans la glace fut l'occasion, aussi, de se regarder en arrière.

Avec Benjamin, ils avaient trouvé une forme d'équilibre dans leur couple. Surtout, elle avait trouvé son équilibre personnel. Après les révélations sur son passé, elle avait ressenti le besoin de mieux connaître sa famille. Elle avait profité d'un séjour aux États-Unis avec Denise pour découvrir le quotidien de ses frères. Elle avait également passé quelques week-ends en Italie, pour renouer du lien avec ses autres origines maternelles. Charlotte restait elle-même, avec ses extravagances, mais elle savait à présent qui elle était, d'où elle venait. Si sa « petite fée » avait une mère et deux pères, Esméralda, elle, était le fruit de deux mères et de deux pères, et même trois en quelque sorte. Même si deux d'entre eux n'étaient plus de ce monde, et que le troisième n'était plus tout à fait celui qu'il avait été…

Le livre de Charlotte *La Petite Fée qui n'avait pas d'oreilles* était né des apparitions qui agitaient ses nuits. Du prénom Esméralda qui s'incrustait régulièrement dans ses rêves. De cette certitude que son histoire avait d'autres composantes, d'autres origines… Son conte était un véritable succès littéraire. Dans les salons du livre auxquels elle participait, on se souvenait d'elle. Elle avait renoué avec Sybille. Toutes les deux se réservaient souvent des après-midi entiers dans le grenier de la maison pour écrire à quatre mains une nouvelle histoire. Cela tout en supportant l'odeur résiduelle de transpiration de Benjamin qui s'était dépensé plus tôt sur les machines de musculation finalement installées, d'un commun accord, au grenier juste à côté de « l'espace créatif ». Charlotte était reconnaissante envers Sybille d'avoir accepté de l'aider à fouiller dans « son » passé, malgré la frustration d'alors. Même si, pour cela, Sybille avait dû tromper Jean-Noël Hoeflinger. Paix à son âme.

Vers onze heures, Benjamin enfin réveillé, Charlotte en beauté et les bébés couchés, les jeunes parents lancèrent le barbecue. Denise et Éric en profitèrent pour sortir dans le jardin.

La période du procès avait été rude et oppressante. L'état d'Éric s'en était trouvé altéré. La maladie avait franchi les étapes. Il en était au stade 4. La maladie d'Alzheimer était une rivière sans retour. Les moments de pleine clairvoyance devenaient plus rares. Denise serait à ses côtés jusqu'au bout, malgré les moments de confusion et les changements d'humeur. Elle serait là même quand il ne se rappellerait plus d'elle. Charlotte et Benjamin aussi restaient proches d'Éric, s'en occupaient pour soulager autant que possible Denise et pour qu'il voie grandir ses petites-filles. Benjamin faisait avec lui, au moins une fois par semaine, une séance de sport ou de méditation. Il considérait Éric comme un père. Quant à ses deux fils Jules et Benoit, ils prévoyaient de rentrer plus régulièrement des États-Unis pour passer quelques derniers instants conscients avec leur père. Avant qu'il n'oublie tous ses souvenirs avec eux. Les bons et les autres, comme toutes ces nuits qu'il avait passées à les serrer contre lui, à sécher leurs larmes, à leur expliquer qu'il était normal d'être tristes que leur petite sœur soit montée au ciel. Le destin était cynique, car le secret qu'il leur avait imploré tant de fois de ne jamais révéler à personne, et qu'en bons fils obéissants ils avaient traîné comme un boulet à leurs chevilles, lui allait bientôt en être libéré, lorsqu'il s'effacerait définitivement de sa mémoire.

Denise et Éric marchèrent jusqu'au fond du terrain. Vers le seul endroit où il n'y avait toujours pas de séparation avec la parcelle de la voisine. Josiane Hoeflinger n'avait pas changé et gardait toujours un œil sur ce qui se passait dehors. Elle se précipita, aussi vite que ses cannes de septuagénaire le lui permettaient, vers ses anciens voisins.

– Éric ! Denise ! Cela me fait plaisir de vous voir !

– Bonjour Josiane. Comment allez-vous ?

– Cela a été un peu dur ces derniers temps, vous savez... Le décès de Jean-Noël bien sûr... et puis c'est que j'ai perdu mon Rémi, il y a un mois déjà.

Sa peine était visible. Éric fut lui aussi touché. Ce chat faisait partie du paysage du quartier.

– J'ai préféré le faire incinérer... Mais je suis toute contente, votre gendre et Charlotte sont allés m'en chercher un autre à la SPA. Un petit, tout blanc. Il est un peu fripon, mais on s'apprivoise doucement. Il s'appelle Basilic.

Éric était dans un bon jour. Pas de crise. Il se fit même la réflexion qu'heureusement Rémi était resté vivre avec Josiane, plutôt qu'avec Jean-Noël à la Résidence des Cigognes. Sept chats en tout y avaient été noyés. Qui aurait cru que cette folle de Corinne était capable de faire du mal à tous ces chats simplement parce qu'ils se battaient avec le sien ?

– Puis-je vous poser une question ? Avec la crémation de mon Rémi, je me suis rendu compte que j'avais encore les cendres de mon défunt mari dans une urne sur la cheminée. Denise, je me suis dit que vous souhaiteriez peut-être décider avec moi d'un endroit où les répandre.

La proposition manquait de tact. Josiane aurait pu au moins épargner à Éric ce petit tacle. Pourtant, les derniers évènements dramatiques avaient comme apaisé la situation, gommé les rancœurs et révélé les non-dits. Éric ironisa :

– Josiane, vous m'étonnez ! Oseriez-vous pour une fois ne pas respecter la loi ? En France, il est interdit de répandre les cendres de quelqu'un.

Josiane rougit, mais conserva sa bienséance. Denise ne put retenir un rire gêné, appréciant la plaisanterie d'Éric. Ses traits d'humour se faisaient irrémédiablement de plus en plus rares. Elle fit cette proposition :

– Jean-Noël avait fait de la science toute sa vie. Il faudrait choisir un lieu symbolique lié à ses recherches ou à une découverte génétique majeure... Qu'avez-vous fait des cendres de votre chat ?

La question avait été spontanée. Cependant, Éric ne laissa pas à Josiane le temps d'y répondre.

– Le meilleur endroit, c'est ici !

Il fixait le vieux mirabellier. Source de presque deux décennies de conflits de voisinage. Celui-ci s'était refait une santé et était tout en fleur. En le contemplant, Éric fut ramené des années en arrière. Dans des souvenirs qui seraient probablement les derniers à faner dans sa mémoire.

– Je veux dire, pour disperser ses cendres. Le meilleur endroit, c'est au pied de son mirabellier. Celui que Jean-Noël a lui-même planté ici il y a vingt ans !

Josiane sembla désarçonnée. Elle avait fait de la vie de ses voisins un enfer à cause de cet arbre. Elle avait si souvent exigé de le faire abattre. Jean-Noël lui rabâchait les oreilles de laisser ce pauvre fruitier vivre. Le bougre ne le lui avait jamais avoué. Éric poursuivit :

– Cet arbre était important pour lui. Une sorte de lien avec ses origines lorraines, j'imagine. Quand il m'a proposé de faire ça, de le planter là, j'ai trouvé que ce serait une belle idée. Qu'à cet endroit la vie rejaillisse. À mi-chemin entre lui et toi, Denise… Et moi, évidemment…

Josiane était gênée. Elle ne comprit pas tout de suite pourquoi les larmes coulaient sur les joues de Denise. Les yeux rivés sur le tronc du mirabellier, Denise se souvenait de la nuit où Jean-Noël avait pioché cette terre et où elle l'avait creusée et déblayée à mains nues.

– Il faut qu'il repose aux côtés de sa petite fée…

Éric tiqua et sourit de son lapsus.

– De sa petite fille, je voulais dire !

FIN

Remerciements

C'est une grande fierté pour moi d'avoir réussi à boucler ce second roman et le voir édité me procure une joie immense. Il représente l'aboutissement d'un long travail, d'une écriture qui a demandé une immersion exigeante et qui m'a obligé à dépasser « la peur du moins bien ». Ce que je retiens, c'est le plaisir que j'ai eu à l'écrire.

Je veux remercier mes proches pour tout le soutien qu'ils m'ont apporté. Merci à mes enfants, ma femme, ma maman, mon papa, mon frère, ma famille, ma belle-famille et mes amis. Vous êtes ma source d'inspiration, vous êtes ma source de bonheur !

Un grand merci à Arnaud, Christiane, Charlotte, Valérie, Olivier, Julia et Cécile qui m'ont accompagné, au travers de toutes les versions de ce roman, par leur sensibilité, leur passion, leurs idées, leurs propositions et leurs encouragements.

Merci aux lectrices et lecteurs de mon premier roman. Je ne m'attendais pas à faire autant de belles rencontres et à être aussi touché par vos ressentis. Merci, par avance, à vous qui aurez ce deuxième roman entre les mains de lui donner du sens.

Je tiens à remercier toute l'équipe des Éditions Prisma d'avoir œuvré à la publication de *Les Larmes noires des cigognes*. Mille mercis et toute mon estime à mon éditrice Ambre Rouvière pour m'avoir accordé sa confiance et m'avoir épaulé de ses conseils si précieux. Merci à Vesna Veljkovic d'avoir cru en moi. Je remercie Jean-Laurent Poitevin et les éditions Les Nouveaux Auteurs d'avoir mis en lumière *L'Ombre du funambule*, point de départ d'une jolie aventure.

Du même auteur

L'Ombre du funambule

« UN THRILLER MÉMORIEL HALETANT »
Niko Tackian
THRILLER
Ce que cachent les jupes des filles
Cécile Astachenko
GAGNANT
PRIX SUSPENSE
Histoire 2024
LES LAURÉATS
CÉCILE ASTACHENKO
Ce que cachent les jupes des filles

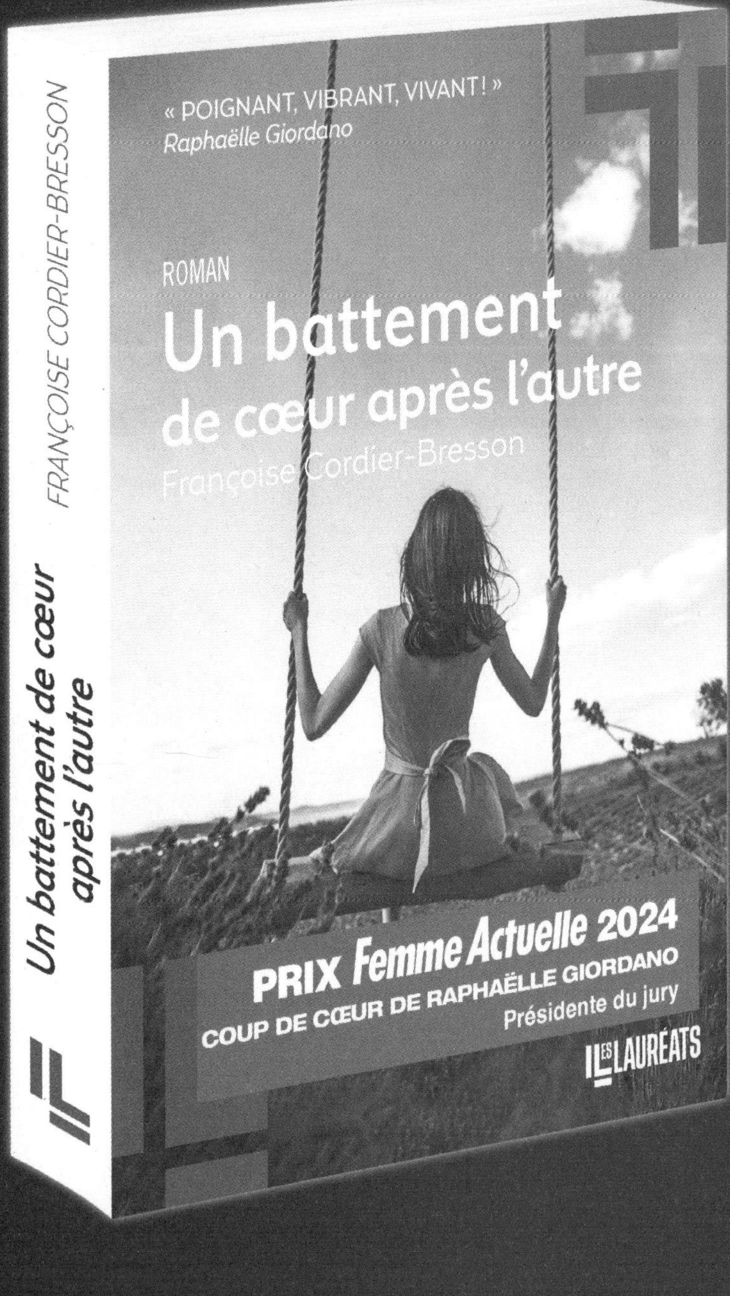
FRANÇOISE CORDIER-BRESSON
Un battement de cœur après l'autre
« POIGNANT, VIBRANT, VIVANT ! »
Raphaëlle Giordano
ROMAN
Un battement de cœur après l'autre
Françoise Cordier-Bresson
PRIX Femme Actuelle 2024
COUP DE CŒUR DE RAPHAËLLE GIORDANO
Présidente du jury
LES LAURÉATS

Sous la direction de : Ambre Rouvière
Assistante éditoriale : Brune Valton
Correction : Nord Compo
Composition : Nord Compo
Conception graphique de la couverture : Nord Compo
Illustration de couverture : © Prisma Media avec l'aide de l'IA MidJourney

PEFC
10-31-1601
Ce produit est issu de forêts gérées durablement et de sources contrôlées

FABRIQUÉ EN FRANCE

Depuis 2009, Prisma Media met en place une politique d'achat éco-responsable. Ainsi, près de 100 % du papier de nos magazines est certifié PEFC (gestion durable des forêts). La fabrication des livres des Éditions Prisma s'inscrit également dans cette démarche.

Dépôt légal : novembre 2024 – n° d'impression 2407.0088
Achevé d'imprimer en France par : Aubin Imprimeur